傳媒類型寫作

II

政大傳院媒介寫作教學小組　著

政治大學傳播學院頂尖大學計畫叢書

五南圖書出版公司 印行

總　序

　　1990年以來，臺灣大學院校數量遽增，新聞傳播學系的數目與師生人數也快速成長。如在1987年時，全國新聞傳播學系專任教師只有58人，至2007年，臺灣已有二十所以上大學院校設有89個新聞傳播相關科系及42個研究所，專任教師已逾五百人，學生人數超過二萬三千人。

　　雖然臺灣新聞傳播教育發展迅速，師生人數亦大幅增加，但學者出版的新聞傳播學術著作數量仍然有限，不僅中文學術專書明顯不足，高水準的相關中文教科書亦付之闕如。

　　本人於2004年8月出任國立政治大學傳播學院院長後，隨即規劃出版新聞傳播學術專書與核心教科書。適逢教育部於2006年推出「頂尖大學計畫」，政大並被選為臺灣十二所頂尖大學之一。在前任校長鄭瑞城與現任校長吳思華教授的領導與擘劃下，傳播學門成為政大頂尖大學計畫的四個重點領域之一，傳播學院也成立「頂尖大學規劃小組」，負責擬定、規劃未來五年的發展方向與重點項目；出版新聞傳播學術專書便是該小組建議的重點項目之一。依此計畫，未來五年傳院每年將出版二至三本學術專書，總計出版十至十五本學術專書。

　　目前政大傳播學院共有新聞、廣告及廣播電視三個學系，均設有碩士班，新聞系並設立博士班。此外，傳院還有碩士在職專班、國際傳播英語碩士學程兩個研究所，全院專任教師共有四十六人。政大傳播學院絕大多數教師治學嚴謹，學養深厚，教學之餘也積極從事學術研究。由政大傳播學院師生出版的「國立政治大學傳播學院頂尖大學計畫叢書」，其品質與內容當可預期，預計涵蓋新聞採訪、媒介寫作、大眾媒介概論、傳播研究方法、視聽傳播等新聞傳播核心課程。

感謝政大傳院「頂尖大學規劃小組」籌劃這套叢書，也感謝五南圖書出版公司協助規劃、出版政大傳播學院的「頂尖大學計畫叢書」。本人深信，這套叢書不僅可以彌補中文新聞傳播學術著作不足的缺憾，也是近年來臺灣新聞傳播學術界最重要的學術叢書。

羅文輝

於國立政治大學傳播學院

前言——站在風口浪尖上

寫作能教嗎？如何教？——或者更明確地問：傳媒寫作能教嗎？

一派的人認為傳媒寫作不能教，因為寫作靠經驗，而經驗是個人化的，時空脈絡無法複製，故經驗無從外傳，媒介寫作不能教，去寫就是了，寫多了自然就會。相信這派「理論」的人還不少，漫說從前的報紙，即使現在的臺灣新聞記者中，仍有將近半數在上工之前從未正式學過新聞寫作。我個人的觀察，發現他們的專業表現，並不比科班出身的新聞記者差。這些人未曾修過傳媒寫作的課，卻學會了傳媒寫作，其過程值得玩味。

我說「值得玩味」的，不是指一般認為他們靠經驗學會了寫作這一類的答案，而是指大眾傳播媒介的本質值得玩味。是媒介的本質混合了人類的期待，形成媒介體制。我們期待媒介是什麼，我們的期待就會逐漸成為媒介本質的一部分。電報是在人類社會的盼望之下誕生的，但歐洲人期待電報會是類似郵政系統的一種公用事業，在美國電報卻是不折不扣的商業；廣播發明之初，美國軍方曾寄予很高的軍事用途期望，但歷史發展說明了尋常百姓的娛樂需求，才是廣播本質所以發揮到極致的主要力量。

又例如，我們期待報紙成為社會喉舌，希望新聞報導正確、公正、平衡，實在是非常晚近的事，大約只有一百年，而且是在大學設立新聞系之後的事（美國密蘇里大學率先於1908年成立新聞系，為近代報業發展建立了社會正當性）。在此之前一百多年的「黨派報紙」時期，新聞寫作沒有章法可循。不要忘記，即使是在21世紀的今天，報紙作為社會的基本體制之一，所謂「為民喉舌」的報業價值觀，也只是行諸於若干民主社會的報業理論，不是普世價值；在其他社會裡，報紙「為黨喉舌」、「為統治者喉舌」才是主流價

值觀的，不在少數。對它們而言，西方傳媒的正確、公正、平衡報導之類的核心價值，常常並非所問。

在大媒體時代，我們對媒介的看法又變了。寬頻網路來臨，傳媒形式改變了傳統媒介的運作規則，報導跟意見不分，新聞跟廣告不分，媒介娛樂化當家之類的媒體新環境，我們又如何去預料未來媒體走向，告訴學生未來的傳媒寫作是此非彼？在傳播學院裡，連傳媒寫作這種屬於相對技術性課程，也不免面臨了認同的危機，被推向風口浪尖的位置。

思路決定去路。此時此地，我們究竟應該如何理解傳媒寫作？

真正的關鍵在傳媒本身，不在傳媒寫作。必須是新的傳媒價值觀確定了，我們才能談傳媒寫作的種種細節。

這幾年間，各校傳播學院的教學引進了許多當代西方的人文社會理論或領域，像符號學、文化研究、後結構主義、女性主義、接受美學等等，老師各擅勝場，將之融入相關科目的教學之中，授課內容與過去的新聞、廣電、廣告課程，逐漸拉開距離。等到Web2.0到來，網路成為印刷、電子之外的第三個大眾傳播媒體之後（手機第四？），大勢已不可擋。新理論、新媒體融入課程，並開始小心地滲入了傳媒寫作的教學。其中「敘事」（narrative）理論以及「再現」（representation）和「重構」（reconstruction）等相關論述，我覺得可以用來回答上述「我們應該如何理解傳媒寫作」這個問題，理由是：「敘述」理論直擊了傳媒寫作的本質。

過去的傳媒寫作，以功利或功能的立場看問題，其價值觀不出「媒介能為我們做什麼？」「媒介的社會功能是什麼？」在這樣的思路下，報紙出現了以「科學主義」為基礎的「如實書寫論」（一稱「客觀報導論」），認為事件凡是可以驗證的，則記者透過文字所形成的「新聞現實」，是可以完整還原現場，成為「社會現實」

的。這種觀點，把文字符號的描述等同於現實世界，在語言學家早川（Hayakawa）提出「符號是地圖」，「符號代表了地理，不是地理」的觀念之後，「社會建構論」於1970年代開始，迅速占領了傳播學的橋頭堡，成為傳播學的主流理論，也衝擊了傳媒寫作長久以來信之不渝的基本信念。

「如實書寫論」沒有把傳播現象置於一定的社會脈絡中，故無法解釋傳播者、文本、閱聽人的互動關係。一則訊息可以是有用的資訊，也可是垃圾；可以促成社會認同，也可以造成社會分裂。

負載著這樣的價值判斷，真是傳媒寫作的不可承受之重。不過想當然這也是必然的結果：客觀是否存在，從頭到尾都是一種價值判斷。

「社會建構論」重在分析敘述，不在價值判斷；他們知道文字符號系統的極限，所以從不自稱「如實書寫」，因為「真實」是一種依賴敘述的社會建構過程，只能存在於文字符號的表徵系統之間，是被「製作」出來的。

「敘事」家族的相關理論幫助我們認清傳媒邏輯。要進入媒介的世界，就得按照媒介的本質和規律辦事。這是很簡單的知識辯證，但經此去濁存淨，結果竟大為不同。本書第一章就在以其實不怎麼太新的「敘述」理論，來鋪陳本書的基本主張：所有的傳媒寫作，都是敘事，都是說故事；敘事的邊界，就是世界的邊界。

這一套邏輯是這樣的：事實或真實的存在，必須依附在敘事之上，而敘事必須依賴語言文字或影像。

沒有語言文字當「載體」，就幾乎沒有事實、歷史、文化，所以海德格說「語言斷裂處，即無存有」，政論家南方朔說「語言是我們的居所」，即是此意。晚近人文社會科學知識「向語言轉」（the linguistic turn），一方面把語言放在知識建構的中心地位，另一方面清楚說明了符號與現實的關係，是地圖與地理的關係。

採取「敘事」的思路，一路走下去，傳統傳媒寫作的相關問題雖然不一定迎刃而解，但寫作出現了新的機鋒和光彩。「真實」

被放在文字、社會的脈絡之中，而不是一種絕對、超然的存在。這樣轉換思路，對於教的人和學的人，都是一趟充滿了興味的學術之旅。在這裡，我們聚焦「敘事」的過程和條件，以「資料蒐集方法」、「新聞與數字」、「圖表說故事」、「結構四式」四章，來支持傳媒寫作是一種社會建構這個觀點。這樣說並不意味著傳統的傳媒寫作書籍完全未曾碰觸這些話題，而是說，本書作者們嘗試著在這四章裡凸顯社會建構的基礎因素，讓本書的「敘事」立場，能夠比較清楚地顯露出來。

這樣做在學院裡是有必要的。姑不論坊間的傳媒工作者是否意識到這個新的寫作思想的存在，傳播學學術界從70年代開始，陸續將各種新思想引進傳播學院的「理論」科目內，已經成為各校的主流傳播學實質內容，反觀傳媒寫作之類的「實踐」科目，卻不動如山。本書作者之一曾經檢視1990至2000年這十年間出版的英文傳媒寫作教科書，共十本，發現70年代開始蓬勃發展的社會語言學、符號學、文化研究、批判理論之類的思想，全部缺席，連實證社會科學極其普遍的資料蒐集方法、應用統計方法等章節，也幾乎不見蹤影。這些書所談的，不外記者在訪問消息來源之前要做什麼準備、如何與消息來源約定訪問、訪問的幾種策略、如何記訪問筆記，等等。這些議題不是不能談，而是談得偏離了學院裡的其他系列的課程。以前的學生問「學研究方法有什麼用？」現在的學生問「學文化研究、批判理論有什麼用？」傳播學院內，科學與人文、質化與量化、理論與實踐孰重的「兩種文化」爭執，由來已久，似乎大家已經見怪不怪了。

面對新思潮的衝撞，我們這個媒介寫作教學小組嘗試以「敘事」來統括我們的當代傳媒寫作觀點。你自然也可以另做嘗試，選擇像「再現」、「解構」、「製碼—解碼」之類的理論概念，來解釋什麼是傳媒寫作，說不定在挑戰「如實書寫論」的方方面面，這樣的嘗試對初學傳媒寫作的人或許更具啟發性。多方嘗試（包括引進異端、挑戰權威）不就是大學的任務嗎？

本書第一部分「類型的基礎」，希望突破過去傳媒寫作的窠臼，嘗試引進一點現代人文社會科學的理論，來給前路的風景添增一點顏色。

⊙　　　⊙　　　⊙　　　⊙　　　⊙

初級或入門傳媒寫作，通常指的是純淨新聞寫作。離此一步，便是進階寫作了。本書第一章「媒介寫作與敘述理論」圖1.2，以政大傳播學院過去幾年在前述理論思潮挑戰之下的反省，根據作者個人的理解，列出了一系列傳媒寫作的進階科目。其中以「類型」為思考主軸的課程次結構，被用來框架本書的第二部分「類型寫作分論」。

所謂「類型」（Genre），實即文章的文體或體裁。劉勰《文心雕龍》論文章，從本原論、體裁論、創作論、批評論四方面談起，其中「文章體裁論」前一部分十篇，包括明詩、樂府、詮賦、頌贊、祝盟、銘箴、誄碑、哀弔、雜文、諧讔，屬於有韻的文章；後十種包括史傳、諸子、論說、詔策、檄移、封禪、章表、奏啓、議對、書記，屬於無韻的文章。不同體裁，各有各自的源流和特徵，為作文的人（也為讀者）所遵循。

「報章體」或「新聞文體」（journalese），在過去指的是不正式、沒規矩、未徵信的報章雜誌文章。記得作者初入大學時，老師諄諄告誡學術報告不可引用報紙上的文章，因其不可信也；時至今日，傳媒這一行改變很大，學術論文不僅大量引用報刊、雜誌文章，甚至還以報章、雜誌上的文章當做文獻或史料，來研究當代的社會現象。「報章體」專指報章寫作的文體，目前已無貶意，而與一般抒情文體、論說文體、敘述文體、公文、書信並列，為通用文體。劉勰如果生在傳媒無所不在的今天，猜想他的《文心雕龍》的文體分類，一定不會漏掉「報章體」這一體。

傳媒專業化的結果，傳媒文體隨之細緻化了。從「類型」來

分，報章和廣播電視的文體，通常可以區分成純淨新聞、社論或短評、特寫、專欄、專題，各有各自的特徵、規則和寫作「公式」。傳媒寫作者根據「類型」的公式來寫作，讀者也期盼、根據「類型」的特性或要素方面的公式來理解一則訊息。採用特定的類型，目的是為了傳達特定的意義。我們可以說，「類型」是創造意義的基礎，是寫作者與讀者之間意在言外、心領神會、超乎文字本身的溝通橋樑。

　　寫作的類型——或傳媒寫作類型——其意義與電影的類型相似：戰爭片、偵探片、恐怖片、愛情片、歌舞片，仔細看，都各有各自的結構、邏輯、文法修辭。

　　傳媒的發展伴隨者傳媒寫作的細緻化，使「報章體」衍生出許多的「次文類」（「次文體」），在本書中，也泛稱「類型」。廣播電視的寫作文體慢慢自成一格，逐漸脫離平面媒介寫作規範自成一體；即使在平面媒體之內，報紙與雜誌的寫作風格漸行漸遠，幾乎有各自成體的架勢。至於新的傳媒文體，像早些年的報導文學（或稱「紀實文學」），由盛而衰幾度春秋，今人見怪不怪，當年卻形同叛逆。這樣看來，才冒出頭的網路「火星文」，此刻誰能說不會是明天網路世界的主要文類？

　　這本書是為準備進入大眾傳播業工作的大學生而寫的，適合用於一學期二或三學分的課程，每週一章。它補充而非取代傳統教科書，有助於初學者鳥瞰傳媒產業的內容產製範圍和邊界。我們建議學生普遍涉獵每一種類型，淺嘗即可，不需深入。將來入行，至少對傳媒工作的其他領域的工作，有個基本認識，不致認為與己無關了。傳媒大環境變化如此之快，什麼工作才是「自己」領域的工作，什麼工作與己無關，不是人所能預料的。新時代跳槽轉業成為常態，具有通識視野的人常會得到額外的青睞。

至於深度，則有賴於後續的課程來支援。本書的每一章，都可以開成完整的一門課。各校日後可視資源及人力，開設若干進階寫作課程。本書的類型討論，將來還需要主題式教材（文本、閱聽人、閱聽過程與情境、修辭、比喻、風格、意象、視角等等）來彌補。學習多元寫作觀點，或許是大學傳播學院課堂上面對「寫作能不能教」這個問題時所能作出的回應。幸好五南圖書出版公司已另刊行《新聞採訪與寫作》（馬西屏，2007）、《新聞訪問：理論與個案》（臧國仁、蔡琰，2007）、《進階新聞寫作》（彭家發，2008）等書，足可增益本書所不能之處。

　　若干其他傳媒寫作的文體或類型，如調查報導、評論寫作、精確新聞報導，坊間已有書籍，本書不贅。我們的最大期望，是「敘事」理論用於理解傳媒寫作，能有機會邁出第二步、第三步，貫徹到所有傳媒寫作的其他環節裡。我們初步發現，從「敘事」觀點來理解媒介寫作，各媒介文體和類型的寫作彼此之間有著驚人相似之處。如果「敘事」觀點果然替傳媒寫作的教學提供了新的視野，帶來一點新意，而不只是增加一些細節，那就是我們最大的期望了。

　　大眾傳播學的學院教育，一向困於所謂的「綠罩燈對卡方」之爭（註）。學術殿堂裡的這一場質化對量化的對峙，依我之見，不出一場茶壺裡的風暴，其嚴重性應不超過人身左手和右手的「對峙」程度。重要的是，在西方新一代學術思想風行大學校園許多學術領域二、三十年後，迄今仍然沒有一本傳媒寫作教科書曾經反映了相關的新理論、新思想。傳媒寫作理論化的嘗試，在「綠罩燈」和「卡方」兩個陣營裡，都可能被視為異端。這不是對峙，是共同的盲點。

⊙　　　　　⊙　　　　　⊙　　　　　⊙　　　　　⊙

　　本書以「敘事」為主軸，貫穿「類型的基礎」和「類型寫作分論」兩部分，留下了不少破綻。「類型的基礎」未能一氣呵成，

而「類型寫作分論」未能窮盡相對普遍、重要的文類，不能不説是缺憾。這些，限於資源、能力，只有留待來日彌補。

必須承認：「敘事」只是行走於各篇章的概念，原本就沒有打算具體落實在各章節之中。原本就要求各章節「儘量求完整、獨立，不需避諱與其他章節重複，宜細則細，宜簡則簡」，來方便「逛一下就走」的讀者閱讀部分章節。至於用詞和行文風格，也未要求一致：傳媒、媒介、媒體可以，導言、引語、引言也可以，更不論「張三、李四和王五」或「張三、李四、王五」了。

參與本書寫作的政大傳播學院十位老師，過去或現在是「媒介寫作教學小組」的成員，趁著共同寫書的機緣，把個人的工作和教學心得整理出來。他們之中，有幾位曾經在傳媒圈內十分活躍。他們負責的章節，讀起來有著「傾囊相授」的急切感。其他幾位擅長理論分析的作者，則講條理，重思考，不吝於為理想和理念辯護，給出了相對理性而不媚俗的傳媒寫作學術規範。這樣的組合純屬巧合，「是否會因此迸出什麼火花，還有待觀察」（請原諒我套用了時下媒體喜用的陳腔濫調，來反諷無所不在的新聞寫作「媚俗」）。編者要感謝這十位老師的配合。

本書的完成，特別要感謝政大傳播學院前任院長羅文輝教授和現任院長鍾蔚文教授的鼓勵。他們勇於任事，積極推動以著書服務社會的構想，是本書歷經數個寒暑終能問世的主要推手。猜想浸濡既久，書裡各個篇章的千古寸心，他們兩位一定點滴在心頭。此外，傳播學院組員蕭媛齡小姐協助本書編輯過程中的行政庶務，為編者分勞，在這裡要一併感謝她。

政大傳院媒介寫作教學小組　謹識

2008年10月

（註）「綠罩燈」（green lid lamp）是綠色罩子的檯燈，又稱banker's lamp，這裡指牘案勞形的傳統新聞編輯人員；「卡方」（chi-square），又稱列聯分析（contingency analysis），是一種以百分比計算兩個「名目變項」（nominal variable）之間相關程度的統計模式，這裡意指從事民意測驗、社會調查的行為科學家。新聞學院的教師，大體分屬這兩類。其實現在又增加了一類：人文文化理論學者。

第 一 篇
類型的基礎

第一章　傳媒寫作與敘事理論[*]

Truth is stranger than fiction, but it is because fiction is
obliged to stick to possibilities; Truth isn't.

（by Mark Twain）

——這個星期六【2007年6月6日】臺鐵要過一二○歲生
　　日。為慶祝走過兩甲子，臺鐵舉辦首次鐵路蜜月專車
　　之旅，共吸引九十對佳偶報名，比預期的六十對多
　　【了】三分之一！……

報名夫妻【須】在報名表中寫明自己的戀愛故事。有人寫
著「記得有一次搭火車因為座位問題，當時列車長重新安
排一個新座位，鄰座來了位窈窕淑女，當下印象頗佳。交
談之下才知道美麗佳人的目的地跟我同一站。沒想到列車
長意外當了我們夫妻的月老，展開甜蜜的愛情，一年之後
終於踏上紅地毯。」

也有人【寫】說，「退伍那一天，在月臺上第一眼就瞧見
她，後來竟然搭乘同一班車，同一站下車，似乎是上天注

---

[*]　本章依政大傳播學院現有課程用法，內文皆以「媒介寫作」為名，其意與「傳
　　媒寫作」相同。

定。之後家人安排相親的對象，竟然就是她！我倆因臺鐵而成為連理。」

每一份報名表都是一篇美麗動人的故事，「每次約會總想多相處幾分鐘，常趕搭末班車回家，差一點就趕不上車」，讓一對對鐵路夫妻靠著火車串起一生情緣。

臺鐵管理局長陳峰男表示，臺鐵免費招待搭乘目前最紅的「喜洋洋蜜月專車」由臺北往花蓮，搭配兩天一夜、每人三千五百元自費觀光旅程，白天是音樂與歡樂的專車及各項活動，夜晚享受燈光美、氣氛佳的「永浴愛河—浪漫燭光晚會」。臺鐵並會贈送紀念證書、拍照留念，讓彼此「再愛一次」！（改寫自《中國時報》黃如萍臺北報導/A6版，2007.06.04；添加語句出自本文作者）

　　以上短文取材自一則報紙新聞，內容描述臺灣鐵路局為了慶祝鐵路開通120週年，特別籌辦「鐵路牽手情，喜洋洋二度蜜月之旅」活動，邀請六十對曾經「相戀在鐵路」的夫妻們免費搭乘頂級商務列車到花蓮二度蜜月。未料報名者踴躍，竟來了九十對佳偶，全都經由臺鐵安排浪漫行程，再度見證愛情的可貴與婚姻的圓滿。今年九十一歲的鄧有才老先生也是受邀佳偶之一，回憶起七十年前在花蓮玉里到臺東的火車上追求太太吳藜英的傳情故事，直說「甜蜜感覺歷歷在目」。

第 一 節　本章範圍和目的

　　生活在21世紀的人們每天透過大眾傳播媒介（如報紙、電視、網路；見下節說明）獲取各類訊息，藉此瞭解周遭環境之變動與趨勢。大眾傳播媒介因而常被視為處於社會環境與個人日常生活間的

中介管道，也是現代社會無可取代的訊息來源。

此類觀點源自早年以「傳輸」（transmission）為主的資訊取向想法，指稱傳播活動係由發送者至接收者的一段資訊製碼與解碼過程，其重點乃在關注大眾傳播媒介如何傳遞訊息並產生效果。另有學者認為大眾傳播媒介也常透過其內容描述不同社會習俗與慣例，邀請閱聽眾進入一齣齣【社會】舞臺戲碼，藉此促進社會大眾瞭解彼此生活樣式，或可稱之為「文化儀式」的傳播觀點。

然而除了訊息傳遞與文化儀式功能外，大眾傳播媒介實也大量生產「故事」，無論是報刊、雜誌、書籍、電視、廣播、電影、小說、漫畫、廣告皆不停地訴說著故事，其內容所及不僅早已成為眾人精神力量的泉源，也是日常生活的學習對象。如上例中的「鐵路蜜月專車之旅」新聞內容感人，讓讀者得從記者所述見證了真人真事的愛情故事，且其轉述之「鐵路戀情」自傳式故事（autobiographical stories，如前引新聞之「有人寫著」各段）也精彩生動，讀後易生共鳴而萌「有為者亦若是」之感，立志效法前人經驗而與相戀情人守護一生。

因而除去前述「傳遞資訊」與「文化儀式」的功能外，大眾傳播媒介亦可說是不斷地以「說故事」（storytelling）形式向社會大眾講述人生經驗、傳遞文化共識、詮釋事件意義的中介管道。透過這些故事，無論是新聞、廣告、廣電節目或其他型式的大眾傳播媒介共同開啟了一扇扇「世界之窗」協助社會大眾認識人生意義，展現並也解釋生命存在的價值（如上例新聞報導顯現的「愛情無價，機緣難求」）。藉著各種情節的鋪陳，故事定義了社會現實，並也組織了觀眾的情性活動。

總之，故事是人們瞭解自己與人生的重要途徑。大眾傳播媒介則不斷透過故事形式協助人們與周遭世界建立情感聯繫，瞭解自己與他人互動的社會真諦，從而得以回顧人生、反省處境，進而懂得珍惜生命、肯定生活價值。

這些故事多半係以寫作方式達成任務，無論是口述言傳（如

廣播節目）、紙本論述（如報紙、雜誌文章）或是兼具視覺與聽覺之效的電視節目或電影，其與寫作間的關係無可替代；一些新媒體（如手機簡訊）更可跨越單一媒體侷限，寫作內容深具隨意轉換與傳遞等方便特性。但無論任何媒介，藉由故事寫作達到共享資訊、鼓舞彼此心靈的功效顯而易見。

　　本章之旨即在說明敘事與大眾傳播媒介寫作（以下簡稱「媒介寫作」）的可能關聯。相關論述迄今為數不多，而採敘事理論闡釋者更少，本文因而有意藉由「敘事理論」建立媒介寫作課程之基本架構。

　　以下將先界定何謂大眾傳播媒介，隨後介紹媒介寫作（課）之內涵，最後說明兩者如何得以敘事觀點連結。

第二節　定義大眾傳播媒介

　　簡單來說，大眾傳播媒介與社會間的互動一向是廣被討論的議題。如《最新大眾傳播理論》（陳芸芸譯，2000/2000）即指大眾傳播媒介「是一個描述『以大規模的方式運作，在程度上幾乎能夠觸及與牽涉社會中每一個份子』的傳播方法的詞彙」。而有關大眾傳播媒介所含樣式十分廣泛，包括前述報紙、雜誌、電影、廣播、電視、CD、Internet、漫畫、廣告皆可屬之，其中又以「傳布廣泛、大量流行、公共特質」最能定義大眾傳播媒介的所屬共通特性。

　　然而對初學者而言，以上解說猶有不盡清晰之憾。首先，何謂「以大規模的方式運作，在程度上幾乎能夠觸及與牽涉社會中每一個份子」？「規模」要如何之大始能謂之「大眾傳播」？次者，何謂「在程度上幾乎能夠觸及與牽涉社會中每一個份子」？一定要「每一個份子」？有無「特殊之每一個份子」（如廣告寫作常針對某些「目標對象」）？第三，「傳布廣泛、大量流行、公共特質」究竟是必要條件還是充分條件？只要滿足此三者之一項就能稱之為

「大眾傳播媒介」，抑或猶須三者俱在始能充分存在？

回到文獻來看，此處所稱的「大眾傳播」（mass communication）實是相對於「人際傳播」（interpersonal communication，如面對面談話）之人類溝通方式，所含類目不但涵蓋前述傳統媒介，隨著網路興起廣受重視的數位新媒體（如手機、視訊、光碟、DVD、MSN等）也漸被納入。

然而也因上述新媒介種類的急速擴充，一般寫作之統一格式早已受到挑戰，過去教科書所言之寫作規範與形式（或稱編採格式）遇到了這些「新起之秀」的數位媒體，常有「扞格」之慮，如將新聞記者之個人部落格與傳統報紙或電視新聞報導內容等量齊觀，即顯有困難。

但一般而言，大眾傳播媒介之共通處或如前述教科書所言，理應至少包含下列項目：其一，「傳布廣泛、大量流行、公共特質」一向是衡量「大眾傳播媒介」所屬類型的重要指標，「公共特質」尤屬核心價值。換言之，大眾傳播媒介指的就是一些提供類似「公共論壇」（public forum）性質的訊息通道，其功能在於促進社會大眾（部分大眾或前述之「每一個份子」皆可）公開討論、交換觀點。無論是娛樂性質、政治內涵、社區導向，凡可供一般大眾參與、共享、轉述且能在同一時間內傳輸之媒介訊息管道即屬「大眾傳播媒介」，其所含內容與一般個人日記或信件之私密性質殊有不同；此即上述「傳布廣泛、大量流行」之公共意涵。

其二，大眾傳播媒介之內容寫作一向由專業製作者負責，無論是新聞組織與新聞工作者（如報紙雜誌聘僱之記者、編輯）或是廣告、公關、廣播、電視、電影公司製作團隊（當然也包含手機訊息人員）皆然，其任務在於將相關的公開資訊（新聞報導、廣告文案、廣播與電視節目、電影或甚至手機簡訊或音樂）整理並加工組織，使之成為廣大群眾（即閱聽眾）可接收的文字、語言、符號、音樂、畫面。當然，這些專業人士所撰寫之資訊內容或故事形式早已反映其所應具備之特殊寫作本領（某些新起媒體之資訊內涵

未必係由專業人士製作，此處暫且不論）。

其三，任何大眾傳播媒介之訊息製作皆有其生產告知對象，如新聞成品之對象包括平面媒體之「讀者」、廣電媒體之「聽眾」或「觀眾」、廣告訊息之「閱聽大眾」、手機訊息之「使用群眾」、網路媒體之「網友」或BBS之「鄉民」等。整體來說，這些訊息對象之特色，即在於其散居各方而彼此並無如親（家）人般地橫向密集聯繫。

換言之，大眾傳播媒介的訊息製作對象乃屬匿名的「散兵游勇」（mass audience），既乏顯著政經勢力，彼此也少互通有無，卻能同步接收相同訊息（故事）並也可能同受影響進而採取行動回應，如面對政治議題成為有組織之臨時「公眾」（例如要求政府重視WTO 開放稻米進口後之農民生計問題而聯合社運團體與立委呼籲陳總統特赦「白米炸彈客」楊儒門），或在商業上群起購買消費商品（如搶購英國進口名牌限量環保袋）。

近來更有純因喜愛某人或某物而組成之「迷群」（fans，如「棒棒堂」或「黑澀會美眉」後援會），成員彼此分享資訊而兼有社會影響力，尤以其關心對象之生活軼事最易引發討論與共賞，大眾媒介刊播的訊息故事因而成為結合迷群「群策群力」之主要來源。

除了上述定義外，我們當然尚能從效果層面來解釋何謂大眾傳播媒介，如大眾傳播媒介內容多屬「說服性」（persuasiveness）訊息，旨在影響接收者之認知、情感、行為，從而對媒介訊息之委託製作者（如廣告客戶、新聞消息來源、電影公司與主角）產生好感（這一點顯與前述私人書寫多為個人感情抒發不同）。另一方面，與前述人際傳播（尤其是面對面傳播）相較，大眾傳播媒介顯然侷限甚多，如訊息製作者難從接收者處獲得立即回應，因而無從立即瞭解訊息是否有效，即為其中之一。

然而隨著網路媒體的出現與普及化，界定大眾傳播媒介已非易事，因為諸多新起媒介皆具橫跨「公共」與「個人」訊息邊界之

特性。為了方便說明，我們暫以「傳布廣泛、大量流行、公共特質」、「專業製作」、「同步接收」等為大眾傳播訊息製作之核心概念，建議未來應持彈性態度並容許更為寬鬆的界定範疇。

第 三 節　簡介媒介寫作與相關課程

如上節所述，「大眾傳播媒介」種類愈來愈多，如要實施單一且可「放諸四海而皆準」的寫作標準確有不易，而「媒介寫作」在多數新聞傳播學府雖屬新興課程，但其重要性不言可喻。

臺灣及國外大學早年多僅設有新聞學系而無今日之廣告、廣播電視或其他大眾傳播相關學系，必修學分含括「基礎新聞寫作」，屬所有後續專業寫作訓練（如「深度報導」、「雜誌寫作」、「分類寫作」等）之前導課程，授課內容多在介紹何謂新聞及新聞寫作要素為何。1980年代以來，隨著媒介種類日趨多元，美國大學新聞與傳播學系紛紛籌開媒介寫作（media writing）課程，相關教科書次第出現，內容雖仍以傳統新聞寫作為本，但亦次第展開其他媒體（如公關、廣告、廣電媒體）寫作方式的教學討論。

以Newsom & Wollert（1988: xvii）為例，其書前言即曾述明乃為「所有後續寫作課程之入門，以能適應無論是平面或廣電新聞寫作課程所需」，暗示了當時（時為1980年代末期）的「媒介寫作」內涵仍與新聞寫作密不可分。兩位作者認為（p. viii），「*正當平面媒體擴充進入有線系統之刻，我們同意今日【1980年代】之大眾傳播【科系】畢業生可能需要熟悉如何製作（preparing）可供多種媒體使用之文件*」（添加語句出自本文作者）。

但作者們也承認，開課之初因限於文獻不足而僅能將不同媒體之寫作要領「折衷成冊」（eclectic collection; p. xvii），倚賴原有新聞寫作知識另加廣告文案寫作與「專論寫作」（opinion writing，如社論與評論），全書既無任何寫作理論亦未述及傳播思

想；其功能雖猶不足，仍可視為是媒介寫作課程教學之首批工具書籍。

　　然而寫作與任何其他傳播行為同樣受到心智影響甚深，寫作者之風格不同乃因其思考方式有異，西諺「寫作起於思考」（*Writing is [a] complex process of communicating that begins with thinking.*）正是此意。傳統新聞（大眾傳播）教學者常在實務領域磨練多年（如擔任新聞記者），所受訓練鮮與寫作理論有關（因其多從認知心理學發展），易將寫作侷限於「經驗傳承」並鼓吹「寫多了就會」，使得此類課程（包括新聞寫作）迄今仍停留於技巧之訓練而難以承繼學術之風。

　　但如「寫作心理學」研究者所言（劉雨，1994: 18），「文章的寫作過程，是以寫作主體為中心的創作性的精神生產過程」，而此寫作主體（指寫作者）必須具備以下條件：建立合理的知識結構、觀察能力、記憶能力、思維和想像能力、文章的結構能力、語言表達能力、非智力因素（如情感與意志）等。如此複雜之心理與語言互動過程顯非上述「寫多了就會」一句話所能囊括，實涉及了主體（寫作者）之運思與語言（或符號）創作能力以及其對寫作客體（無論是人、物、事件）的認知結構。

　　新聞或媒介寫作的心理認知過程當也與劉雨所述接近，如許舜青（1994）的碩士論文即曾說明此一複雜心理互動結構（見【圖1.1】）。簡單而言，許舜青認為新聞寫作乃是記者將知識結構之原有知覺轉化為寫作文本結構的內在心理過程，也是寫作主體（指記者）根據情境因素（如新聞任務、外在事件之類型等）透過自己的監控系統（包括長期與短期記憶）轉換為語意知識結構的複雜歷程；寫作者之寫作經驗（歷）愈多或愈久，其「自動化」此段歷程（即將所思轉換為所寫）之本領愈高。

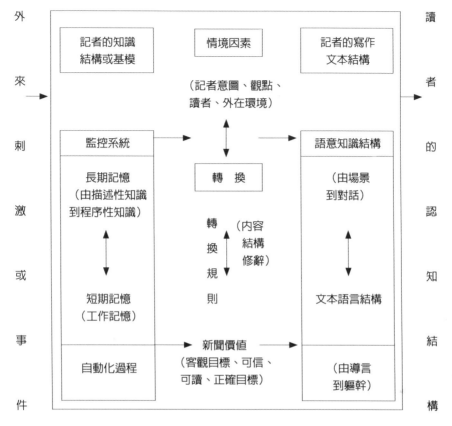

圖1.1　媒介寫作的認知歷程──以記者知識結構與寫作文本的互動為例**

*轉換規則包括：鋪陳規則、整合規則（摘要、刪減、概化、建構、合併、釋義等）、等比規則。

**根據許舜青（1994）改繪。

相關命題：

一、人的知識結構有層級關係（由巨命題到微命題）。

二、新聞文本的寫作結構亦有層級關係（新聞基模或新聞體；由語意知識結構到文本語言結構）。

三、新聞記者的知識結構與其文本寫作結構「相互呼應」。

四、這種「相互呼應」透過「轉換」的規則達成。

五、這個轉換規則也有內在結構，使得不同規則適用於不同時機（或階段）。

六、新聞寫作可劃分為幾個不同階段，由導言、軀幹、段落到修辭。

七、不同新聞寫作階段適用不同轉換規則。

八、新聞寫作的轉換過程受到情境因素影響（如：截稿時間）。

九、新聞寫作的轉換過程依循新聞價值而動作。

十、新聞寫作的訓練就在於促進轉換過程自動化。

　　而媒介寫作（含新聞寫作）與一般日常寫作最大不同另又涉及寫作者之心理思考歷程面臨諸多「轉換規則」（見【圖1.1】中間），如前述「公共性質」即屬其一。換言之，媒介寫作者難如一般私人寫作（如日記）般地隨興提筆、有感而發，猶需服膺前述專業團隊之組織規範（習稱「組織常規」）而需以具說服力之文字語言（含符號）書寫後接受社會大眾檢驗或公評（如新聞報導刊出後之讀者意見或電影上映後的影評）。許多優秀媒介寫作者固常源自良好日常寫作素養，但亦常因其專業寫作本領而後發展成為文學寫作者（諾貝爾文學獎得主海明威Ernest Hemingway即為一例），兩者（一般寫作與媒介寫作）互通成分極高。

　　此地所稱之「組織常規」種類繁多，尤以新聞媒體為最，但如電影製作、廣告影片製作、電視節目等亦皆擁有眾多內規，可解釋為「慣性工作方式」之意，亦即將媒介組織之各項專業工作（包括寫作在內）流程簡化、分類、重組以便「輕鬆且流暢地完成工作」的過程。

　　如新聞報導者（無論報紙、雜誌、廣播電臺、電視臺）常年受到「截稿」壓力，其寫作結構多循「倒寶塔」（inverted pyramid）形式要求，係將最重要消息寫在最前面以便讀者得能迅速瞭解事件發生之梗概。簡單來說，這些組織規範皆屬專業組織所有，既瑣碎又繁雜，但寫作者除須接受其管控以完成任務外，且猶不能（宜）出現瑕疵以免拖累團隊表現，媒介寫作工作之艱鉅可想而知。

　　然而媒介寫作之基礎又在日常寫作，寫作者總得擁有基本寫作知識（包括【圖1.1】右邊所示之「語意知識結構」與「文本語文結構」）方能在專業寫作時游刃有餘。因此，媒介寫作課程之學習歷程，即應包括熟悉上述大眾傳播媒介之各類專業常規，並在後續進階課程（如新聞採訪寫作、廣電新聞報導、廣告文案等）之實踐活動中將此些規範如前述「自動化」方式運用自如。從這個方向來看，媒介寫作課銜接一般寫作與專業寫作之「承先啟後」功能漸明（見【圖1.2】）。

```
┌─────────────────────────────────────────────┐
│              一般寫作                          │
│      （上大學以前的寫作訓練：如寫作             │
│          格式、分類、結構、語言等）            │
└─────────────────────────────────────────────┘
```

```
┌──────────────────────────────────────────────┐
│                  媒介寫作                       │
└──────────────────────────────────────────────┘
```

目標
1. 提供媒介寫作基本知識
2. 討論媒介寫作要點
3. 說明媒介寫作特徵
4. 介紹媒介寫作類型
5. 後續課程介紹

執行內容
1. 寫作理論或過程（企畫、組織、轉譯、語言、意義）
2. 寫作結構（文體、敘事、再現、連貫性）
3. 寫作語言（文本句法、情節、主題、修辭）
4. 寫作情境（讀者、人際關係、資料引用、組織文化）
5. 寫作品質（風格、美學、情感引發）

執行方式
1. 閱讀文獻資料
2. 分組討論個案
3. 批判實務作業
4. 練習比較
5. 演講座談
6. 口頭報告
7. 訪問（業界人士）

```
┌──────────────────────────────────────────────┐
│               進階媒介寫作                      │
│         （即分類寫作之初階課程）                │
└──────────────────────────────────────────────┘
```

純淨新聞寫作（平面媒體）、廣電新聞寫作、廣告文案寫作、公關寫作、劇本寫作、新媒介（數位）寫作、其他媒介特屬文類

進階分類寫作*
新聞特寫、專題寫作、雜誌寫作、專欄寫作、影視劇本寫作、進階廣告文案

媒介寫作之
周邊教學內涵：資料蒐集、訪問、圖表寫作、倫理與法律、媒介常規介紹

圖1.2　媒介寫作課之定位──以政大傳播學院課程結構為例

*雜誌寫作與專欄寫作因其寫作內涵較為複雜，一般多歸類為進階寫作範疇。

　　依本節所述，我們認為媒介寫作與其相關課程之定位應在銜接大學教育前之寫作訓練以及其後逐步發展之媒介專業寫作。此處我們假設學生在國、高中階段應已培養一般寫作之相關知識，如寫作格式（瞭解何謂題材、字體、字級）、類型（知曉記敘文、抒情文、議論文之不同）、結構（可撰寫具有起承轉合情節之文章）、語言（能使用譬喻與修辭）等，因而在初階媒介寫作課程中僅需針對大眾傳播媒介之特有寫作理論（如不同媒介之寫作企畫方式）、寫作結構（如不同媒介之特殊寫作類型與公式）、寫作語言（如不同媒介之特殊修辭或譬喻）、寫作情境（如不同媒介之讀者接收資訊方式）、寫作品質（如寫作者如何針對不同媒介特性而建立寫作風格）等，稍加介紹與討論即可。

　　如【圖1.2】所示，這些大眾傳播媒介的特殊寫作類目至少包含了平面媒體（如報紙）之純淨新聞寫作、廣電媒體之新聞寫作、廣告文案寫作、公關寫作、劇本寫作、新媒介（數位）寫作等，至於其他進階分類寫作（如新聞特寫、專題寫作（雜誌寫作）、專欄（意見）寫作、影視劇本寫作、進階廣告文案）則可視上課時數多寡與學生接收度，略加討論或移後至進階課程再予深究。

　　如課程流程允許，一些周邊內涵亦可納入，如資料蒐集與寫作的關係、寫作者如何訪問以獲取相關資訊並豐富寫作內涵、媒介寫作涉及的一般倫理與法律為何、圖表如何配合寫作、影像作品如何與書寫搭配等。

第 四 節　媒介寫作與敘事理論－由敘事角度整合媒介寫作課程之契機

　　前節業已簡述「大眾傳播媒介」與「媒介寫作」之相關課程內涵，我們的立場已如前述在於強調媒介寫作課程之出現有其歷史淵源，大致上起自媒介種類日多而難再以傳統新聞寫作之教學內容「一以貫之」；何況新聞寫作過去所授多以實務操作為主（此即

「寫多了就會」迷思之源），極少涵蓋任何寫作理論。

　　本節嘗試提出「敘事理論」為媒介寫作課程之核心概念，主因就在於其本就起源於文學領域（敘事學常被稱為源自文學結構主義），涉及了自寫作者（敘事者）、作品（敘事成品）至接收者（閱聽眾）之間的一連串文本與符號之互動，有其理論深度與廣度，且與媒介寫作課程之融合度高。

　　簡單來說，「敘事學」（narratology）一詞係由保加利亞裔的法國文學理論家屠德若夫（Tzvetan Todorov）於1969年提出，指透過書寫語言方式再現真實或虛構之一件事或一系列事件。現有「說故事」的相關分析則源於1920年代俄國民俗學者Vladmir Propp（卜羅普氏）所做的神話故事結構研究，其功用在於促成人們從各種敘事模式中瞭解傳播意義，而敘事則可協助人們選擇採取適當方式批評現實社會。簡單來說，卜羅普氏認為，凡敘事皆有結構（或稱類型），凡類型皆有其組成元素（可稱之為「公式」），類型與公式之組合模式因而反映了敘事者的溝通意圖與策略。

　　敘事結構主義者認為，敘事係由兩個部分組成：「故事」（story）指講述的內容，「論述」（discourse）則指如何表現或再現（representation），即故事內容的講述方法。一般來說，敘事理論的核心議題即在於闡釋作品，討論由「敘事者」（narrator；即傳播者）到「敘事對象（narratee）」（或受播者）間的各項表述行為，包括如何說（故事）、說什麼（故事）等。因此，媒介寫作所涉及的各個要素（如寫作者的社會任務、寫作者在文本內所透露的人際關係）、文本結構（情節鋪陳）、論述方式（語言與符號之使用），都應納入媒介寫作敘事討論之列，也可列為相關課程的研討重點所在。

　　Onega & Landa（1996）表示，故事由一或多個元素分依人物、時間、空間、因果、秩序、結構串成；此處之「元素」專指故事所述之「事件」（fabula），亦即故事中之動作（action；如前述「鐵路戀情」新聞報導之「臺鐵過生日」即可視為故事主要元

素）。

　　Miller（1998: 58）曾列舉幾個故事元素基礎，首先就是時間與地點（如「鐵路戀情」之「這個星期六」為時間元素，但地點元素在此新聞中並不明顯，或可謂其為由臺北往花蓮之「喜洋洋蜜月專車」），其次是人物，即故事的主要角色（臺鐵）。另外，衝突、相隨衝突的行為事件、高潮、結局等也都是重要故事元素，乃發展任何故事的必備要素（如「臺鐵過生日」就是該新聞報導中的主要元素）。

　　正如Berger（姚媛譯，2001/2002）之定義：「*敘事即故事，而故事講述的是人、動物等曾經經歷或正在經歷的事情。故事中包括了一系列按時間順序發生的事件，即敘述『在一段時期間發生的事件』*」（底線為本文所加）。依此定義，大部分日常生活皆可納入敘事範疇，包括新聞、電影、廣播（劇）、通俗小說、廣告、漫畫、卡通、笑話、日記（誌）、對談，舉凡任何將人生經驗組成有現實意義的故事皆可視為敘事。而人們不但透過敘事理解世界，也通過敘事講述世界，更從故事裡找到「寫就」人生的智慧，使得「人生如故事，故事如人生」成為眾所皆知的最佳諺語。

　　Coates（1996: 72）認為，無論自述或是他述（anecdotes）性質，所有敘事都需符合「開始、中間、結尾」的特殊結構，而Labov（1972: 359-360）的著名定義則強調任何敘事理應包含對過去經驗的摘述（recapitulating），並以與原始事件發展次序吻合的方式表述（原定義使用「口述」verbal一字；此二定義皆出自Holmes, 2003: 116-7）。Labov並曾以「摘要」、「方向」（orientation）、「行動」、「評估」、「解決」（resolution）、「結尾」（coda）等概念說明敘事所應包含的內涵，指須以兩個子句完成所需鋪陳的情節要項。

　　上述定義面對不同社會文化時不盡適用，只能視為概要性的指導原則，而新聞是否也能完全套用Labov及其他人的定義顯也有差異，如van Dijk（1987）分析新聞言說時就曾指出與此不同之結構

（雖然言說與敘事兩者仍然有別）。但無論如何，新聞故事與傳統敘事間有相近之內涵應無疑義。

這樣看來，新聞報導（如前引之「鐵路戀情」新聞）及其他大眾媒介所述當也屬故事之講述內容：新聞（其他大眾傳播管道亦可類推）乃係新聞工作者（與敘事研究之「敘事者」略同）從真實世界選擇（挑選）與重組（排序）某些事件片段後之再現（representation）成品，也是新聞撰寫者（或報導者）觀察、認知（思維）、回憶外在世界之變動後，透過語言符號以建構文本世界的過程（如新聞記者根據鐵路局之慶祝活動擷取某些有趣片段撰寫為前述報導內容）。

簡言之，新聞報導亦屬敘事之展現（包含故事與論述二者），代表了作者（寫作者或報導者）在其建構之文本（新聞）中對真實世界之模擬、轉述、再述（見下段解釋）。不同撰述者面對的真實世界不盡相同，而其撰述真實世界時所擷取的片段也不可能完全相同，使得故事內容難以一致，這是無可避免的再現結果。

這個再現或建構真實之歷程並非新聞等紀實文類之專屬，虛構敘事研究早有涉獵。如相關學者即曾提出「敘事典範」（narrative paradigm），認為「說故事」乃係人類基本溝通本能，即人類除具理性外亦屬敘事動物（*homo narrans*），觀察外界的目的常在於尋找「好的敘事（故事）表現」而非如理性典範所稱之尋覓「正確」行為。

在敘事典範的語彙中，人際溝通乃建立在「意義共享」的基礎上，彼此以好的故事聯結意義，而所謂「好的故事」可定義為「*在特定社會與文化情境下符合社會共享價值之故事，易為人理解且覺得是一般人會做的事情*」。此一說法當然涉及了社會文化對此「好」的定義，因而敘事理論一向與美學及文化研究互動密切；此即前述眾人閱讀「鐵路戀情」後，讀者易萌「同理心」之因。

敘事心理學者亦曾整理敘事典範之基本假設並提出下述幾項命題：「*講述故事（即敘事）乃人類基本內涵，人生而能講述*

故事」、「故事人生乃由『似真的』（facticity）與『可能的』（possibility）兩者構成」、「時間與意義須與人生連結始成故事，且『現在』一詞係指『可隨時重組之過去』」、「人生故事常涉及四個層面，包括社會結構、社會文化、人際、個人」、「故事內涵總是相互矛盾、似是而非，一方面顯現講述者之特性，另者則這些內涵難以查證且曖昧不明」。

依上述觀點，任何文本世界（如小說、劇本、新聞報導）之內容皆非「真實陳述」，而係「似真的」與「可能（然）的」兩概念運作之結果，透過故事論述方式而將寫作者（或敘事者）所觀察到的世界以文字或符號再現或陳述。如「臺鐵戀情」乃係該新聞報導者根據受訪者所述而寫，當事人當年是否真的「退伍那一天，在月臺上第一眼就瞧見她，後來竟然搭乘同一班車，同一站下車，似乎是上天注定」實則無人（當事人以外）可予確認或證實。

所謂「似真的」原指「文學創作【文本】所展現之真實」，乃因任何寫作（無論書寫或口頭，包含新聞報導在內）所描述之對象，均屬「已逝去之文本事實」而難以完整再現原始真相，僅能以「寫得（或說得）好像是真的」方式呈現。亦即任何「文本真實」與外在事件之原始真實間必然有距（因後者在文本再現時業已消逝），而透過文字或符號所再現的文本當然也必然與其描述對象間無從達到「完全一致」地步。即便如此，敘事者面對文本的接收者，總也得將其所述講得「好像是真的」方能讓人（指接收者）願意相信；此點無論是虛構故事（如小說、電影、戲劇）或是真實故事（如新聞報導）皆然，誠屬敘事者之最大實務挑戰。

至於「可能（然）的」之意，則在說明任何故事均有多種可能發展情節，寫作者（或敘事者，包括新聞工作者在內）在其認知（思維）與記憶影響下卻總得挑選其所認定之最佳「前後連貫」情節。任何故事（包括新聞）亦可能因不同角色安排而產生新的情節，結局總難定論，須視作者如何安排情節而定。例如，某些媒體之記者可能根據臺鐵提供的公關稿件（參見附件）挑選某些特定佳

偶所述撰寫報導內容,而不同佳偶之挑選常就形成不同報導內容,極難一致或相同。但無論如何安排情節,任何故事之內在連貫仍須「前後一致」方得取信於人。

也因上述故事之多重特性,不同情節間以及不同故事間(如正統歷史與稗官野史間)難以避免地總會互相爭奪意義詮釋之獨占性,力圖成為閱聽眾所能記憶且認為正確無誤之唯一情節或故事(如某些讀者對臺鐵可能僅有「經常肇事」之記憶)。在此同時,故事之某些情節又會嵌入其他故事,甚至彼此相互牽連(此故事含有彼情節)從而形成大敘事(grand narrative),反映了當代社會文化普及並認為合理之價值體系(如傳統中國小說裡所反映的「忠孝節義」價值觀或如「臺鐵戀情」報導展現的「愛情無價,機緣難求」人生觀)。

或如Randall & Kenyon(2001)所言,人生有涯但故事無涯,乃因故事有多重版本特性而可無限延伸與重述(如上述「臺鐵戀情」之撰寫長度,可依不同媒體所需而「任意」加減),敘事分析之重點常在討論「*為何故事非得如此安排與講述*」。實際上,源於說故事歷程乃介於說者與聽者之間的一種相互共構活動(前者總需將故事講得「好像是真的」而後者則需相信故事是「真」的),兩者(指聽者與說者)必須學習共享、合作、互動,因而故事之講述與講述後的詮釋與延伸,俱屬敘事典範的核心意旨。

從van Dijk(1993:123-124)所舉證之敘事觀點來看,我們或可進一步觀察到所謂「故事」的一般意義包括:

其一,任何故事因係人所創造而與人類認知與行為俱有關聯,旨在描述人類行為之目的、地點、情況與後果;

其二,故事常是閱聽眾認為有興趣之事件與行為,但這些事件與行為卻與其過去所知不同,屬「出乎意料之外」或具某些特殊之處(如人情、趣味、異常等)而具閱讀或觀賞之吸引力,此即一般新聞教科書所稱之「新聞價值」或劇本寫作慣稱之「戲劇性」;

其三,故事常為了娛樂閱聽眾而作,其效果乃在影響閱聽眾的

美感、倫理或情緒反應；有些故事與少數民族有關，含有傳遞特定社會、政治或文化價值的功能；

其四，故事藉由抽象結構組織而成，包括習俗慣例中的結構類別與層級，有開始、中腰、結尾等形式。但在某些故事中這些抽象結構階層並不完整（如廣告文案常僅詳述某產品之影響與效果），有些則與一般次序不同（如新聞之倒寶塔寫作乃先講結果而非起因），某些情節部分或與故事本身無所連貫，另些部分或則分段不時插入其他故事；

其五，故事可從不同角度講述，講述者有時是參與者，有時則否。如電視新聞記者在報導中常不斷更換講述立場，有時係以代表大眾之身分「客觀地」報導社會問題，另些時候卻改以參與觀察者身分說明災禍現場之情感流動。這種立場不斷流動的情況在虛構故事中尤屬常見，如電視劇或電影之「主述者」（narrator）常變換自己的位置，有時是背景講述者有時卻又是當事人；

其六，同一故事並可在不同大眾傳播媒介改頭換面不斷「再述」或「重述」，如本文一開始所引之「鐵路牽手情，喜洋洋二度蜜月之旅」活動即可能改以「廣告」形式協助臺鐵重塑形象（顯示其為重視顧客的大眾運輸機構），或為某劇作家改寫為廣播劇、電視單元劇、小說素材，甚至電玩劇本來源。

小結以上所述，敘事是由「故事」與「論述」兩個角度闡釋文本的內在條件：故事是敘事的描繪對象，係由具有邏輯的動作、事件與人物組成；論述則由時態、再現模式、敘事角度與方式組成，可視為是組合系列事件的方法，亦是傳播基本方式。

第 五 節　結論與討論

本文從定義「大眾傳播媒介」出發，試圖提出較前更具彈性之界說，以因應眾多新興媒體廣受重視之現象。其次，本文也以「媒

介寫作」課程為例，說明傳統以「基礎新聞寫作」為核心的教學方式已難以面對網路興起後的媒介世界，因此此類課程的出現有其歷史淵源與背景，理應重視。

然而源自新聞（大眾傳播）寫作教學者過去鮮少接觸寫作理論，一旦面對層次較前抽象之媒介內涵（如從新聞寫作改為教授影視寫作），即使僅為概述也易使授課者因缺少可供參考之寫作理論而心生怯意，仍以傳統新聞寫作為其主要教學內涵。

本文因而建議改以近二十年甫引進的社會科學領域之敘事理論為基本架構，由其「故事」與「論述」面向分論相關媒介寫作之主要內涵。舉例來說，教學者簡介敘事理論後即可分由虛構／非虛構層次比較廣告文案寫作與新聞寫作故事之異同，隨之討論其他元素如「結構」、「類型與公式」、「譬喻與擬真」、「連貫性」、「寫作語言技巧（如修辭）」等在不同媒介展現之意義，藉此或可協助學習者熟悉不同媒介故事寫作之風格、品質、特性（見【圖1.3】）。

如【圖1.3】所示，敘事理論多年來在人文學門早已吸收豐富內涵（如針對小說、戲劇、詩歌寫作之討論），本文借用其基本元素以講授媒介寫作應屬可行。唯在實務面上，因課程時間有限，如何選擇適當素材且維持學習者旺盛心力仍屬教學者極大挑戰。

可行方式或在減少教師口授寫作規則（乃因大部分規則學習者皆已有所知，而與媒介常規有關之寫作規則可挪後在專業寫作課程教授），但容許學生自選並比較其有興趣之媒介文本內容（包括目前新起之部落格、MSN），鼓勵其依比較結果自行創作媒介寫作文本（而非徒以不同媒介之寫作常規加以規範），藉此避免初學者因不熟悉此些常規而易陷於挫折感之氛圍。

但長程而言，媒介寫作教學者仍應與學習者共同討論如何建立「好文章」（好故事）的判準，協助其發揮自己所長，在媒介寫作領域悠遊自得並建立可供終生成長的寫作志業。

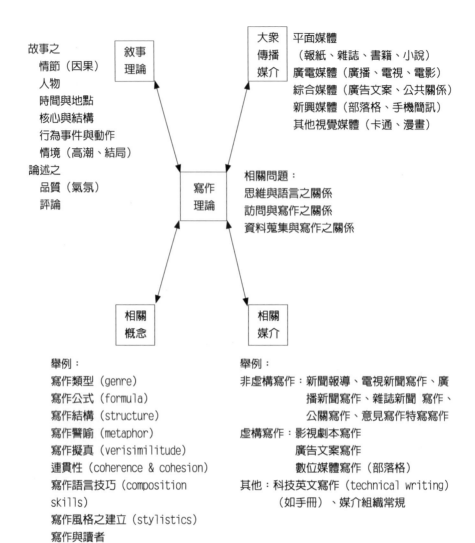

故事之
　　情節（因果）
　　人物
　　時間與地點
　　核心與結構
　　行為事件與動作
　　情境（高潮、結局）
論述之
　　品質（氣氛）
　　評論

敘事
理論

大眾
傳播
媒介

平面媒體
　（報紙、雜誌、書籍、小說）
廣電媒體（廣播、電視、電影）
綜合媒體（廣告文案、公共關係）
新興媒體（部落格、手機簡訊）
其他視覺媒體（卡通、漫畫）

寫作
理論

相關問題：
思維與語言之關係
訪問與寫作之關係
資料蒐集與寫作之關係

相關
概念

相關
媒介

舉例：
寫作類型（genre）
寫作公式（formula）
寫作結構（structure）
寫作譬喻（metaphor）
寫作擬真（verisimilitude）
連貫性（coherence & cohesion）
寫作語言技巧（composition
skills）
寫作風格之建立（stylistics）
寫作與讀者
敘事之時間與空間

舉例：
非虛構寫作：新聞報導、電視新聞寫作、廣
　　　　　　播新聞寫作、雜誌新聞 寫作、
　　　　　　公關寫作、意見寫作特寫寫作
虛構寫作：影視劇本寫作
　　　　　　廣告文案寫作
　　　　　　數位媒體寫作（部落格）
其他：科技英文寫作（technical writing）
　　　（如手冊）、媒介組織常規

圖1.3　以敘事理論為基礎之媒介寫作課教學內容芻議

附件：臺灣鐵路局發送各媒體之公關稿

發文單位：交通部臺灣鐵路管理局（經授權引錄於此）
發文日期：96年6月3日發
聯　絡　人：秘書室三科（新聞）

臺鐵局「喜洋洋蜜月專車」6月26日幸福出航！

　　「您是怎麼認識你老婆（老公）的？」婚後的您，可能已經被問過好幾百、幾千遍吧？還記得民風純樸的年代，不少男男女女都得靠臺鐵才能相識並結為佳偶呢！雖然時光飛逝，可能已經忘記當初是如何認識的，不過在當時互不相識的兩人，不論是被安排在同一班車、同一排位子上，或是相約在時髦的鐵路餐廳喝咖啡談戀愛，也有本身就是從業人員藉由職務之便有意或無意的追求另一半，甚至是在火車上認識，相知相惜最後結為連理並發奮圖強考進臺鐵，佳偶們的內心深處已經對臺鐵留下美好的印象。

　　「記得有一次搭火車因為座位問題，當時列車長重新安排一個新座位，隨後鄰座來了位窈窕淑女，當下第一眼印象頗佳，交談之下才知道美麗佳人的目的地也是跟我同一站，沒想到列車長意外當了我們夫妻的月老，展開甜蜜的愛情蘊釀，一年之後終於踏上紅地毯。」，「我住臺北，而先生家住南部，當時兩人的戀情卻受到距離的考驗，憑藉著共同的意念與決心，彼此相約臺中火車站作為約會的中間站，每次相會時的喜悅笑容、綿綿情意，靠著火車這鵲橋綿延下去，終於有情人終成眷屬。」，「每次約會總想多相處幾分鐘，常趕搭末班車回家，差一點就趕不上車。」，「退伍的那一天，在月臺上第一眼就瞧見她，後來竟然搭乘同一班車，同一站下

車。上天注定！後來有一次相親的對象，竟然就是她！我倆因臺鐵而成為連理！」，「當時開往臺北的平快火車還是吃煤炭的，坐在對面的小姐因為眼睛吃了煤灰而流淚，當時身上有帶眼藥水，我在適當的時機借給她使用並為她吹眼睛，因此導致倆人的熱愛。」報名的連理們在報名表上藉由幾行簡單的字句，敘述出當時倆人在臺鐵發展出「愛的浪漫史」。

今年適逢鐵路120週年，臺鐵局特別邀請60對「相戀在鐵路」且結為連理者參加6月26、27日兩天舉辦的「鐵路牽手情，喜洋洋二度蜜月之旅」！已經在5月30日截止報名的喜洋洋二度蜜月之旅，報名的連理計有90對，將由臺鐵局免費招待搭乘目前最火紅的「喜洋洋蜜月專車」由臺北前往花蓮，搭配2天1夜每人3,500元的自費觀光旅程，白天沉浸在充滿音樂與歡樂的專車及各項活動中，夜晚則享受燈光美、氣氛佳的「永浴愛河～浪漫燭光晚會」；燭光晚會中將由局長親自贈送特別印製的「臺灣鐵路二度蜜月之旅」專輯1冊及參加紀念證書1只並拍照留念，再度見證愛情的可貴與婚姻的圓滿，讓彼此「再愛一次」！

行程規劃：

6月26日（星期二）

09：04　臺北火車站搭乘喜洋洋蜜月專車前往花蓮

12：00　到花蓮午餐

13：00～17：00　專車接送前往兆豐農場參觀

18：00　晚餐

19：00　永浴愛河燭光晚會

6月27日（星期三）

07：00　早餐

08：00　前往太魯閣國家公園旅遊

16：15　花蓮火車站搭乘喜洋洋蜜月專車返回臺北

─ *本章作業* ─

1. 「敘事」包括「故事」和「論述」兩部分。請以本章附錄「臺鐵局『喜洋洋蜜月專車』」新聞為例，分析「故事」在哪裡？「論述」在哪裡？

2. 討論媒介「寫作」和媒介「敘事」，有何不同。

參 考 文 獻

一、中文部分

姚媛譯（2002）。《通俗文化、媒介和日常生活中的敘事》。南
　　京：南京大學。（原書：A.A. Berger [2001]. Narratives in popular
　　culture, media, and everyday life. Thousand Oaks, CA : Sage）

許舜青（1994）。〈新聞寫作歷程初探〉。臺北：政治大學新聞研究
　　所碩士論文。

陳芸芸譯（2000）。《最新大眾傳播理論》。臺北：韋伯。(D.
　　McQuail [2000]. McQuail's mass communication theory (4th Ed.).
　　London: Sage).

劉雨（1994）。《寫作心理學》。臺北：麗文。

二、英文部分

Coates, J. (1996). *Women talk*. Oxford: Blackwell.

Cragan, J. F. & Shields, D. C. (1995). *Symbolic theories in applied
　　communication research: Bormann, Burke, and Fisher*. Cresskill, NJ:
　　Hampton Press.

Fisher, W.R. (1987). *Human communication as narration: Toward a
　　philosophy of reason, value, and action*. Columbia: University of South
　　Carolina Press.

Holmes, J. (2003). Narrative structure: Some contrasts between Maori and
　　Pakeha story-telling. In Paulston, C. B. & Tucker, G. R. (Eds.) (2003).
　　Sociolinguistics: The essential readings. Oxford: Blackwell.

Labov, W. (1973). The transformation of experience I narrative syntax.
　　Language in the inner city: Studies in the Black English vernacular.

Philadelphia: University of Pennsylvania (pp. 354-396).

Miller, W. (1998). *Screenwriting for film and television*. Boston: Allyn & Bacon.

Newsom, D., & Wollert, J.A. (1988). *Media writing: Preparing information for the mass media* (2nd Ed.). Belmont, CA: Wadsworth.

Onega, S., & Landa, T.A.G. (Eds.)(1996). *Narratology: An introduction*. London: Longman.

Randall, W. L. & Kenyon, G. M. (2001). *Ordinary wisdom: Biographical aging and the journey of life*. Wesport, CN: Praeger.

Scholes, R., & Kellogg, R. (1971). *The nature of narrative*. London: Oxford University Press.

van Dijk, T. A. (1987). *News analysis: Case studies of international and international news in the press*. NJ: Lawrence Erlbaum Associates.

van Dijk, T. A. (1993). Stories and racism. In D. K. Mumby (Ed.). *Narrative and social control: Critical perspectives*. Newbury Park, CA: Sage.

第二章　資料蒐集方法

陳世敏

第 一 節　本章目的和範圍

　　本書第一章說明了媒介寫作的本質可以看做是一種敘事。既然是在說故事，那麼媒介寫作的過程基本上也就無異於一般的寫作過程，只不過這種寫作在專業上依附於大眾傳播媒介，有屬於傳媒的額外要求而已。明白了這一點，我們就可撥雲見日，知道傳媒寫作必須同時兼顧一般寫作的要領和傳媒的專業寫作要求。本章作者認為，大部分坊間的媒介寫作教科書，把傳媒寫作迷思化，說得天花亂墜，好像是多麼神祕的一件事。敘事的觀點，正好可以破解迷思，具體指出媒介寫作何處是一般性，何處是專業性。

　　所有的敘事，不論紀實或虛構，都需要在很多寫作環節上運用資料，所以敘事者需要熟悉蒐集資料的方法，媒介寫作者也不例外——只不過考慮到大眾傳播媒介本質的需要，媒介寫作者會偏重某些資料蒐集方法而已。本章目的，是要從媒介寫作的觀點，引介資料蒐集策略的概念，說明寫作的共通步驟，來破解專業迷思：媒介寫作者既非電影中的偵探，也非情報員，不需冒著生命危險，也不需用秘密工具才能達成任務。他們需要的，只是蒐集寫作資料的基本知識罷了。

　　本章將資料蒐集方法歸納成兩類：文獻資料的蒐集方法和人的

資料蒐集方法（觀察法和訪問法）。至於社會科學常用的社會抽樣調查法和實驗法，將在第三章「新聞與數字」討論。

本章將討論轉變中的媒介，針對寫作提出「資訊企畫與整合」的觀念，視之為資料蒐集方法的延伸。電腦網路普及之後，各種跡象顯示，未來傳媒寫作跨越多種資料形式的情形，將會愈來愈普遍，逐漸脫離傳統新聞報導多半依賴單一資料的寫作形式。

傳媒寫作者運用方法蒐集資料，目的是在要將資料轉變成媒介所需要的資訊。這個轉換、製作的過程，其實是一個非常複雜、無比微妙的過程，恐怕需要後續好幾門相關科目才能解釋清楚，此處一筆帶過，只說明一點：資料蒐集方法的存在、更新，在某種意義上將會改變敘事的本質。舉例來說，電報的發明對於虛構的小說寫作也許沒有造成任何影響，但電報對於紀實的報紙新聞，不僅影響了新聞的資料傳遞速度，也在一定程度上影響了新聞資料的詳盡程度和正確程度，甚至影響了新聞寫作格式和新聞的定義。正確認識資料蒐集方法，是動筆寫作之前必做的功課，因為資料本身是中性的，是文本的素材，它能說的話不超出它自己，倒是寫作者運用資料的態度和方式，也就是賦予資料意義的過程，才是資料最後可能是「意在言外」或「言不及義」的主要關鍵。

這裡從媒介寫作者的立場，說明了資料與媒介寫作者之間的關係。

第一，「資料」指的是媒介寫作者所需要、所選擇的素材。「資料」經過過濾、處理、製作等轉換結合過程，才成為具有一定意義的「資訊」（即作品、文本），把「資料」轉換成「資訊」的過程，叫做敘事（俗稱「寫作」）。

第二，所有的媒介寫作都需要資料作素材。有些媒介文體，如影視劇本，可以是虛構的敘事，對資料的需求較少；新聞文體大多是紀實，對資料的依賴較多。資料本身有時候就是新聞的主體，有時候被用作新聞背景。

第三，傳媒寫作的成規，在一定程度上規範了資料類型和資料

的實際運用，但資料本身的性質、多寡、運用方式，也相對形塑了媒介內容的內涵和呈現方式。換句話說，所有的寫作都有一定的社會脈絡。

第二節　媒介寫作的社會性

在這裡要針對前述第三點先表明一個立場，即傳播科技或媒介的性質，相對於它的本性（機械性），在經過多年的社會歷練之後，由社會賦予了它新性格。社會性是指科技或媒介與社會互動、交會的這個介面。這個介面實際上是一般人對科技或媒介的認識來源：例如，電視專業人員認為電視新聞要用動態畫面，不能用靜態畫面或文字。其實，電視強調動態畫面的觀念是電視經過社會使用之後產生的，不是電視的本質。電視剛發明時，其內容有一段時期模仿報紙和廣播，現代人都忘記了電視的這一面社會性。當然，媒介寫作者不需要深入科技原理背後，而是從社會面看見了、參與了媒介，並根據他對媒介的理解進行寫作，不需去追究電視的社會性從何而來。

從這角度來講，媒介的性質（或者是寫作者所理解的媒介性質）會在不知不覺中附身於各種細節，逐漸介入、滲透、干預了寫作過程，包括影響了寫作者對寫作資料的選擇、運用、詮釋。

這裡套用「紐約時報」（The New York Times）專欄作家佛里曼（Thomas Friedman）2005年的著作《世界是平的》一書的表述方式，來說明科技或媒介如何與人類社會互為影響。佛里曼說，近代的人類社會，被柏林圍牆倒塌、電腦視窗普及等「推土機」推平了，成就了一個全球化世界，無論你在哪裡，機會是相同的。全球化進程可以分成三個版本（階段）：「如果說全球化1.0版本的主要動力是國家，全球化2.0版本的主要動力是公司，那麼全球化3.0版本的獨特動力就是個人在全球範圍內的合作與競爭，而這賦予了

它（全球化3.0版本）與眾不同的特徵。」

　　把「全球化」三個字換成「傳播媒介」一樣講得通。在大眾傳播這個領域裡，無論新聞、娛樂、教育的功能，隨著傳媒的發展，我們可以看見媒介的形式與內容如何在不同的環境脈絡下相互滲透、影響。就拿新聞媒介來說吧，在1.0版本時代，國家是主要動力，辦報必須取得國王的特許或國家頒給的執照；在那個時代，辦報的問題實際上是爭取新聞自由——報業老闆爭取新聞自由的問題。於是記者寫的、印刷機印出的內容，多在「監督政府」，報業老闆和記者也因此順理成章被社會賦予「第四權階級」（The Fourth Estate）的頭銜。媒介文本多以「監督政府」為己任，正是那個時代傳媒環境的產物。19世紀的景觀大抵如此。

　　傳媒2.0版本時代，媒介的種類和數量大增，市場競爭激烈，報業的主要動力來自工商企業，報社本身必須成為企業的一環，以企業方式來經營；對照前一個階段，記者在2.0版本時代所寫所登的，超不出商業化大潮流，記者個人也不知不覺間變成了企業體的勞工，為企業體服務，媒介寫作因此負載了沈重的商業任務。這是20世紀的報業特質。

　　傳媒3.0版本時代，傳統媒介產業的高門檻一夕之間被推平了。在網際網路時代，人人是新聞媒介的老闆，個個是作者。傳播媒介的思想鐘擺從「商業利益」擺到了「個人傳播權利」這一邊。這個版本的思想，認為媒介存在是為了「賦權」（Empower）給個人，讓個人透過自主發聲促成社會的多元文化，並從文化交流中體驗人的價值，尊重他人，以「解脫」（Liberate）民族國家時代所遺留下來的種族、文化、社會偏見。從21世紀一開始，我們目睹了個人網路新聞臺、個人部落格如雨後春筍，展現了多元文化各擅勝場的媒介內容，甚至迫使2.0版本的商業新聞媒介倒閉或轉型。

　　今天我們看見的傳媒，其實是看見它的社會性多於它的本性。媒介寫作的觀念處於媒介社會面的風口浪尖上，正是媒介的社會性在引領一時代的寫作風騷，左右了選擇資料的標準和運用資料的過

程。談媒介寫作的資料蒐集，不能不談媒介所處的社會脈絡是一隻無所不在的看不見的手。

　　資料蒐集有了這樣的大戰略觀之後，我們還需在心裡擺著兩把尺。第一把尺衡量文獻資料究竟是第一手資料還是第二手資料。第一手資料又稱原始資料，像手稿、日記、帳冊、契約、報告、會議記錄、調查統計數據等等；第二手資料又稱間接資料，是經過改編、引用、整理、解釋過的資料，像文集、新聞報導、一般書籍、百科全書、文獻資料庫。至於繪畫、照片、電影、電視、光碟、影像資料庫的影像資料，由於複製、合成、剪接的緣故，難以判斷其資料是原始資料還是經過加工改編的間接資料。通常第一手資料的價值高於第二手資料，早先的資料價值優於稍後的資料。文獻資料這方面的判斷，可以參閱梁啟超的《中國歷史研究法》一書。

　　另一把尺測量資料的信度和效度。信度（Reliability）在社會科學指測量的結果是否前後一致，如果一個現象的測量，在同樣條件下每次測量都得到十分相近的結果，則測量所得資料的信度高；效度（Validity）在社會科學指所用的測量工具，是否真正測量了當初設計時原本打算測量的東西，如果測量工具適合用在這個對象上，則此次測量所得的資料效度高。例如，拿體重計測量身高，是無效度的測量。

　　效度問題十分複雜，是許多媒介寫作者困惑之處，這裡再舉兩個現實的例子來說明。這幾年政客琅琅上口「痛苦指數」（一稱「民生痛苦指數」）這個概念，大家都知道是由「消費者物價指數年增率」和「失業率」兩者相加而成，數字愈高，表示民生愈痛苦。從效度的角度來看，我們要問的問題是：「消費者物價指數年增率」和「失業率」這兩個指標，是不是恰如其份地反映了民生痛苦？指數提高，百姓民生實際上也愈痛苦嗎？我們甚至還可以追問：經濟生活愈痛苦，是否精神生活也跟著愈痛苦？如果以上問題的答案皆「是」，則「痛苦指數」的測量所得資料數據，便具有「效度」。

行政院主計處對這個問題的答覆是：目前不是。請參閱下面的
這一篇引文。

引文2.1　主計處對「痛苦指數」的說明

本（1）月24日某報新聞有關「痛苦指數」乙則報導，謂
「去年全年國內的痛苦指數為6.06，創下民國70年以來的
新高紀錄，其中臺北市是最痛苦的城市」，特澄清如下：

一、國際上對痛苦指數之衡量並無一致性規範。將失業率
　　及消費者物價指數（CPI）年增率二者加總，稱為痛
　　苦指數，原係1980年美國雷根與卡特競選總統時，為
　　凸顯當時消費者物價高漲及失業率攀升情形所提出。
　　1970-1990年代，物價通常只漲不跌，造成大眾對此
　　一指標刻板的負面印象；失業率無疑也是負面指標，
　　各國都以追求較低失業率為施政重點。在當時環境
　　下，將兩者相加或有意義。但近年以來，物價指數年
　　增率不但可以降至零的水準，還可以降為負值，進而
　　出現通貨緊縮，造成經濟停滯不前，所以物價已非愈
　　低愈好的負向指標。

二、去（93）年9月21日經濟日報社論以「顛倒黑白的民
　　生痛苦指數」為標題，批判此一指標既不精確又不專
　　業，因為溫和的物價上升有助於激勵企業與投資擴
　　張，帶動整體經濟繁榮成長，而通貨緊縮如果陷入惡
　　性循環對經濟負面衝擊遠勝於物價上漲。93年國內景
　　氣明顯好轉，消費者物價結束連續三年下跌的困境，
　　轉趨上揚，就業人數增加21.3萬人或2.2%，為近12年
　　來最高，失業率由92年4.99%下降為4.4%。可是將兩
　　項已見改善之指標相加成所謂的「痛苦指數」卻因而
　　大增，其謬誤明顯可見。

三、綜所上述，國際上對痛苦指數之衡量並無一致性規

範，且無實質意義，故本處並未編布此項指標，特此
說明。

資料來源：http://www.dgbas.gov.tw/ct.asp?xItem=11938&ctNode=2799

　　主計處「對痛苦指數之衡量並無一致性規範」這句話的另一種
說法是：這一類的測量，通常效度不高，所以不需太認真。

　　明瞭了這個道理，第二個例子「頂尖大學」排比問題，就比
較簡單了。這幾年傳媒不停刊播「頂尖大學」排名，測量指標有簡
單有複雜，通常使用了諸如「教師博士學位比率」、「生師比」、
「SCI論文數」、「研究案件數」、「國際化程度」之類的指標。
一看即知有些指標確實直指「頂尖大學」這個概念，有些指標不
然。我們要問的問題是：還有沒有其他指標會使得「頂尖大學」的
測量更有效度？例如「校園人性化」、「關懷弱勢團體與人權」、
「研究成果對社會的貢獻」、「重視倫理教育」等等，也或多或少
跟大學是否頂尖有關，至少在某些社會層面和歷史時間點上，其重
要性恐怕要超過目前若干商業機構所發表的「頂尖大學」指標，比
較能夠反映一時一地「頂尖大學」的實質，因為這些指標或許「效
度」較高。

　　那麼，誰來決定資料的信度和效度呢？第一，你可以決定。
既然信度是指多次測量的結果前後一致，你就可以憑你的知識、經
驗、常識去瞭解他用什麼方法取得資料或結果？是否每一次都用同
樣的方法，而同樣的結果可以大致被如實複製？如果是，信度高。
你也可以用邏輯或常識，去判斷測量的指標能否代表所欲測量的對
象或概念。第二，如果專家也點頭說是，則效度可能高。畢竟，
資料的信度和效度是個學術問題，不是誰說了算，學術圈內的共
識（又稱資料或知識的「相互主觀性」，Intersubjectivity）才是正
統。商業機構提供的資料，通常價值不如學術機構高，所以辨別資
料背後的主人是誰，是判定資料價值非常重要的工作。

第 三 節　文獻搜尋策略

　　先談文獻資料。凡是已經見諸於書面的資料，稱文獻資料。這是資訊時代，像《第三波》、《資訊焦慮》這一類的書，不停地警告我們資料（資訊、知識）是如何以幾何級數成長，光是美國政府就有七十萬員工其主要工作是資訊的創制、蒐集、分析、傳送；幾乎每一家公司、每一個機構、代理商、基金會、協會、民間團體、各級政府和學校，都僱用了專人參與或管制資訊流通；僅美國政府出版處（The U. S. Government Printing Office）一年就出版了五萬種以上的書本、小冊、摺頁、文件。到處充斥著資料、事實、意見，使傳媒寫作者遭遇到空前的挑戰：資料多了，意味著找資料更方便，但也意味著現代傳媒寫作者需要更高的技巧去找到所需的資料、評估資料的品質——包括評估資料的信度和效度在內。

　　這是專業分工時代。一場SARS來襲，國內外不曉得有多少機構、團體、個人產製了各式各樣的資料，涉及到了多少不同的學術和社會領域，其中使用了多少外行人難以索解的理論和專門術語。資料多是多了，如何加以消化轉換成傳媒所需的作品素材，在在需要寫作者付出精神和勞力。就這一點，媒介寫作者所做的，無異於一個學術工作者。他搜尋資料、消化整理資料，然後用之於報導社會、詮釋社會現象，所作所為跟學術研究者沒有兩樣，唯一的不同是他的「研究成果」是以相對通俗的方式發表在大眾傳媒上，供市井大眾閱讀或觀賞。媒介寫作者也是社會研究者。

　　這是數位化和電腦儲存資料的時代。從政府的文件到股票市場漲跌報告都以電子方式傳送，你不需出門就可以取得大量的資料，包括許許多多電子資料庫的資料。關鍵就在於你是否發展出你自己的一套資料搜尋策略，能夠快速、有效地將資料轉換成傳媒資訊。以下根據美國明尼蘇達大學新聞系教師Kessler and McDonald兩人

所歸納的資訊蒐集「五步訣」[1]，來說明媒介寫作者不論是高手或
新兵都要經過的歷程。以下的說明，儘管對不少人而言，這個「五
步訣」只是日常經驗中默默在執行或者根本是不假思索的動能，而
不是什麼驚人的策略，但對於初學者而言，有機會在這個階段學習
宏觀地檢視資料蒐集策略這件事，也許有助於消除日後面對任務初
期常有的那種惶恐、無助、茫然。

下面就是媒介寫作者的文獻資料蒐集「五步訣」。

步驟一　估量訊息需求

任務在身，你總會有個大致的目標或方向——例如找到簡單的
細節寫一則純淨新聞、匯集專家名單準備寫雜誌專訪、抄錄統計數
字準備用在公益廣告運動企畫案裡。這些目標就是你的需求，稍加
評估，就可以決定搜尋工作的內容，不致茫無頭緒或找錯了對象浪
費精力。幾乎沒有例外，每一個媒介寫作者都從自己書桌上現成的
一般性參考資料來源開始，像字典、小百科、年鑑、統計彙編、名
人錄、工商指南之類的手邊資料來源，平常用熟了，不消幾分鐘就
能斷定當中是否有一些相關資料或線索。

國外的寫作者有較多方便實用的一般性參考資料。美國的寫作
者案頭幾乎人手一冊《世界小百科》（The World Almanac）[2]，內
容無所不包，對初步資料的檢索極為方便。日本朝日新聞社出版的
《智慧藏》和自由國民社出版的《現代用語之基礎知識》，以知識
領域和主題條目分類，蒐羅去年重大新聞，摘要這幾年的知識發展
最新狀況編撰成工具書，也是寫作者有力的基本資料來源。我國的

---

[1]　Lauren Kessler and Duncan McDonald (1992), The Search: Information Gathering
for the Mass Media. Belmont, California: Wadsworth Publishing Company.

[2]　從這本書全名 The World Almanac and Book of Facts，即可窺知它蒐羅古今世界
的「事實」資料，從歷年經濟統計到歷屆世界小姐名單，凡重要事實，一索
即得，非常方便。這本書第一版，是1868年《紐約世界報》編印的，全書120
頁，含廣告12頁。八年後停刊，1886年報業大王普立茲（Joseph Pulitzer）入主
《紐約世界報》，要它做「世界知識彙編」，再予恢復迄今，每年更新。目前
厚度約1000頁，平裝本售價美金約10元，每年銷數超過百萬本。

中央通訊社（CNA）這幾年也編印了《世界年鑑》，摘要敘述過去一年發生的世界新聞大事。

初步搜索往往只得線索，沒有內容細節；或者只得相鄰資料，與原先設定的搜索目標可能同在一個資料來源之中。此時進入延伸搜索階段，拿著線索，按圖索驥，找到我們所要的目標資料。這些資料的形式，可能是統計月報、圖書、期刊文章、研究報告、政府公報、會議記錄、資料庫之類的第一手資料。其中屬於統計資料者，例如人口普查、進出口貿易額、股市交易相關資料，通常還需經過次級分析計算，才能化繁為簡，以找出資料的意義。在這個階段裡，媒介寫作者通常在公司資料室、大學圖書館、公共圖書館、公司行號、研究機構之間來回奔波，翻閱文獻，像滾雪球一般越滾資料越多；如果是意見、評論、分析的資料，則需訪問專家及與主題有關的人士。訪問法是下一節的主題。

這幾年網路發達，利用網路搜尋引擎做初步搜尋工作，快速方便；若干的延伸搜尋也可以在網路上完成。技術上很簡單：用關鍵詞。關鍵詞的選擇，對於搜尋效率是相當關鍵的。搜尋者必須決定：相應於你的任務，最直接有關的關鍵詞是什麼？

第二步　聚焦於問題和結果

資料浩瀚無邊，必須經過逐次篩選來決定取捨。善加使用關鍵詞，是個竅門。

我們都知道文獻資料之前，通常有「內容表」（Table of Content），又稱目次或目錄；文獻之後，通常有參考書目或索引。這些都是指向延伸搜尋的線索，以關鍵詞的型態存在。而關鍵詞來自你要解答的問題和你所預期的搜尋結果。所以，資料搜尋在這個階段，你必須問自己四個問題：

・這次搜尋真正的焦點是什麼？
・這次的聚焦提出了哪些重要問題？
・搜尋過程中可能解答什麼特定問題？
・哪幾類資料來源對回答這些問題最有幫助？

關鍵詞所以重要，因為關鍵詞常常就隱藏在你的問題之中！因此，明確列出你所要解決的問題，絕對是無可取代的動作，別人幫不上你的忙。

傳媒寫作者和學術研究者在資料搜尋階段的處境完全一樣：小題大作，問出明確的問題，選定最可能帶來答案的資料，逐一篩選、猜想這份資料是否與主題有關，是否可能回答你的問題。在資料和問題之間不停地來來回回思考，不停地推敲你的問題需要何種資料才能得到解答，隨時問自己「這份資料跟問題有關嗎？」

第三步　挖掘選定的資料

接著進入批判性搜尋。瀏覽選定的資料需要一點小技巧。首先，快速翻閱資料前頭的關鍵字或摘要，再看看各章節的標題、參考書目、索引。

資料的信度和效度是這個階段可以斟酌的。商業性的、有立場的、不嚴謹的資料，可以排除，不必列入閱讀清單之內。其次需分辨資料的類型，是事實，是意見，是詮釋？是第一手資料還是第二手資料？是學術性的還是通俗性的？是量化的還是質化的？是可以發現新事實的資料還是可以用來解釋事件背景的資料？

所有的敘事，所有的傳媒寫作，一旦拆解開來，都離開不了人、時、地、物、事、為何、如何等六個成分（所謂的五個W和一個H）[3]。從歷史來看，這六個成分的重要性會變動的，如何挖掘資料，乃決定於特殊時間點的考量，不能一概而論。既然媒介寫作的對象是一般市井大眾（通俗性媒介）或特定閱聽人（特殊對象媒介），寫作者「心中有讀者」永遠是寫作時——也是搜尋資料時——一件如影隨形的緊身衣。寫作者對閱聽人的理解，在暗地裡作用著，以致左右了他看到和看不到的東西。

這裡引介兩個理論。第一個理論是伯格（John Berger）的「觀

---

[3] 從這個觀點來看，幾乎所有新聞學教科書奉之不逾的新聞定義之一「新聞包含五W一H」，實在錯得離譜，因為任何媒介寫作，甚至任何敘事，都包含五個W一個H。

看的方式」。藝術評論家伯格論證西方傳統油畫對女性裸畫有一套特定的、幾乎是制式化的描摹方式。他說[4]：

> （當今）描繪女性的方式還是跟男性截然不同，這種不同
> 並非由於男女之間的不同特質，而是因為我們文化依然把
> 「理想中」的觀看者假定為男性，女性的影像則是用來取
> 悅男人……。如今，油畫傳統背後的態度和價值，則是透
> 過更為普及的媒體——廣告、新聞、電視——不斷放送。

這段話用在媒介寫作者身上，同樣恰當。媒介寫作者取悅閱聽人，原本就是天經地義的事。「心中有讀者」的結果，不但左右了寫作者資料蒐集的方向和深度，也影響了寫作成品的內容和布局。

第二個理論是是法國思想家傅科（Michel Foucault）倡議的「有效歷史法」（Effective History）。傅科不認為社會是理性的，所以書寫歷史、探索歷史不應聚焦在歷史事件的源起、正統、順序、行禮如儀本身這些他歸類為「正常」的事物現象，而是應該研究發生這些事件的情境脈絡，尤其研究歷史的「錯誤」、事情的「失敗」之處，才能真正掌握歷史知識的意義。

> 「有效歷史法」的基本立場，是反對追查事物的本源，也
> 拒絕試圖建立年代順序、層次井然的結構、從過去到現在
> 一脈相承的流程。歷史必須放棄絕對真實，一反嘗試尋求
> 通則和萬世一體，應該著眼在差異、變革、斷裂上。事物
> 的差異之處，而不是連結之處，才是重要。所以，我們要
> 問的問題，不是「事物如何維持不變？」而是「事物何以
> 差異，何以改變，為什麼？」[5]

---

[4]　伯格（John Berger）的書 Ways of Seeing，臺灣有三個中譯本。見吳莉君譯
　　（2005）《觀看的方式》。臺北：麥田出版。

[5]　引自 Eilean Hooper-Greenhill(1992), Museums and the Shaping of Knowledge, p.10.

換句話說，根據傅科的觀點，一成不變、陳腔濫調不應是歷史書寫的題材，不尋常的事物或現象才是。媒介寫作者也總是費盡心機要尋找不尋常事物、不尋常資料，一無例外。這是傳媒的營運邏輯。晚間電視新聞主播不可能會這樣報告：「晚安。今天發生的事情，跟昨天、前天、大前天都一樣。今天沒有新聞。報導完畢。」

第四步　紀錄、保存所需資料

選定資料之後，一面閱讀，要一面註記，勾畫重點。確定可以用過即丟的資料，不妨直接用色筆註記、畫線、剪貼，留下備用。很多其他資料需要影印或抄錄。任誰都知道好文章需要好資料，好資料需要經營管理。埋在大堆資料中，我們需要有一套策略性思考，來提高工作效率和日後的作品品質。梅棹忠夫的「知識生產論」[6]值得在這裡引介。

這套理論認為：第一，所謂知識生產，說穿了不過是一堆資料的排比、對照、結合。所有形形色色的「知識」，都依賴資料來構成；第二，資料可以一用再用，用完了別忙著丟。一份舊資料將來跟別的資料結合在一起，還是可以產生新意義、新知識。先決條件是：資料在處理過程中，紀錄和保存需講究標準化。

梅棹忠夫說，資料在抄錄或影印後，要用固定尺寸的書目卡或大張剪貼卡（如A4大小）貼好保存，每條一卡，註明日期、資料來源、主題或關鍵詞，將來運用起資料就方便了。一句話、一條線索的資料，甚至訪問筆記、田野調查筆記，都可以寫在或貼在圖書館用的那種小尺寸書目卡上；剪貼自報章雜誌文章，可以貼在普通A4影印紙或較大的筆記紙上。一落書目卡，一落剪貼卡，一大一小尺寸，平時分別堆在抽屜、資料夾或紙袋裡，保存起來十分方便。寫作時，調出所需書目卡和剪貼卡，依寫作大綱或問題，將書目卡和剪貼卡（此時可以加上地圖、圖片、錄音帶之類的資料）內

London: Routledge.

6　梅棹忠夫著，余阿勳、劉焜輝譯（1971），《知識誕生的奧秘》。臺北：晨鐘出版社。

容相近的，挑出來放在一起，再依寫作邏輯先後順序，在桌面上加以排列完成，幾乎就是一篇文章的骨架了。這個「知識生產」過程所以奧妙，原因在於「一卡一資訊」，今天用過的活頁書目卡和剪貼卡，存起來，日後還可以像玩紙牌一樣，跟別的書目卡和剪貼卡重新排列組合，寫出新文章，產生新的知識！這就是知識誕生的奧秘，當然也是媒介寫作的小竅門。

今天用電腦抄錄、剪貼、儲存資料方便無比，不過臨到寫作時運用資料，傳統方法還是具有若干優勢。試想想：數十張甚至上百張書目卡和資料卡同時攤在桌面上，等待你思考，等待你排列組合，這會勾引出寫作者的多少想像力！

第五步　保持搜尋策略的彈性

寫作是高度的心智活動。想像力到哪裡，資料就在哪裡準備被發掘。所以，每一次的的資料搜尋都會以「遺珠之憾」告終。寫作者無時無刻不在擔心「我還遺漏了什麼？」

例如，你不應該說你想寫一篇關於「理財」的文章，因為「理財」是個領域，一個範圍，不是題目、主題，你必須加上若干限制條件，例如「年輕人如何理財？」、「年輕人偏好哪些理財方式？」、「科技新貴如何理財？」這樣才有具體可以掌握的焦點；有了目標，資料的搜尋才有可能。由於問題明確，有焦點，所以關鍵詞就在你的左右，還不待你實際動手，我們幾乎可以預期到一部分的搜尋結果了。

熟悉Google之類網路搜尋引擎的人都知道：除了單一的關鍵詞之外，我們還可以用「布林邏輯」（Boolean Searching）填入數個關鍵詞，然後限定條件來排除無關資料，集中呈現有關資料，以增加搜尋效率。這裡以《中國時報》全文報紙影像資料庫為例，說明「布林邏輯」的實際應用，如表2.1。

表2.1　布林邏輯

運算元	意　義	舉　例	說　明
AND	詞與詞交集	電腦 AND 網路	查詢同時含有「電腦」和「網路」的資料
OR	詞與詞聯集	電腦 OR 網路	只要是出現「電腦」或「網路」其中任何一個詞的資料，都符合
NOT	詞與詞互斥	電腦 NOT 網路	查詢含有「電腦」但不包含「網路」的資料

　　注意：「運算元」英文大小寫都可以，前後要空一格。此外，使用括號檢索時，括號內的資料會先運算。

　　要特別注意的是：電腦只聽你的命令行事，搜尋你所指定的關鍵詞。真實世界裡，同一個現象文字上有不同的表述方式，如果只搜尋「理財」，也許你會失去若干有關「儲蓄」、「衍生性商品」等關鍵詞的資料。所以，搜尋時保持彈性，多試幾個同義字搜尋，常會有意想不到的驚奇出現。

第四節　訪問和傾聽

　　以上談的，是文獻搜尋。文獻資料提供了基本事實作為線索，幸運的話還會帶來新的寫作想法，或修正原擬的寫作大綱。在資料湧進的過程裡，寫作構想不停受到挑戰、質疑、修正，使主題搖擺、模糊，這是作品醞釀期間很正常的事。

　　媒介寫作所需的資料，除了文獻參考資料之外，很大一部分需要寫作者直接訪問相關人士，或親身到現場觀察，蒐集關於人的資料。本節先談訪問和聆聽方法，下一節討論觀察和田野調查方法。

　　人關心人，人產生新聞，所以新聞學上說「名字製造新聞」。天下大事，說穿了不過是環繞在大小人物身邊的大小事。如果說

「歷史是大人物的傳記」[7]，那麼傳媒寫作的對象廣及五湖四海，讓大人物、小人物通通有機會粉墨登場成為傳媒世界的主角或配角。人物專訪固然在寫人，其實連一般人認為枯燥的經濟、金融題材，翻翻相關雜誌，你將會發現這些雜誌固然在寫錢，也在寫權、寫人。電影、電視更是無人不成戲，其男女主角的生活百態，常令傳媒閱聽人為之著迷。

一、訪問前的準備工作

文獻資料搜尋、名人錄、團體名冊、報社資料室剪報，是草擬訪問名單時的參考資料。決定受訪人（Source, Interviewee）之後，媒介寫作者最重要的工作，就是廣泛閱讀相關資料勤作功課。訪問的目的，通常不是為了取得事實性資料，因為：

- 受訪人可能不知道事實
- 受訪人自認為知道，其實未必
- 受訪人知道但不願意講
- 受訪人願意講但有所保留
- 受訪人可能撒謊或講錯了

訪問之前先作功課，可以找到很多事實性資料，我們不需在面訪時逐一重複，這樣可以節省訪問時間，把訪問過程聚焦在事先預定的寫作主題上。事前的廣泛閱讀可以讓自己對計畫中的主題內容得到基本知識，不至於在訪問進行時聽不懂，而一再要求受訪人解釋對他而言可能是常識性的東西。此外，事先作功課可以找到新線索，來向受訪人當面求證、核對、詢問進一步的細節。

訪問的目的，主要是蒐集受訪人的情緒方面資料，包括意見、評論、反駁、否認、分析、以及個人經驗[8]，尤其涉及外界對當事

人的批評或負面描述時，媒介寫作者更應該主動當面提起，給受訪人機會去解釋、澄清、補充、辯駁，以平衡報導的內容。

二、訪問形式

　　媒介寫作者常用的，有三種訪問形式：郵件訪問、電話訪問、親身訪問。郵寄問題或問卷的方式雖不普遍，但在某些特定的情況下特別有用。廣告、公關、書籍、雜誌專題寫作者，需要多位（就說五、六十位吧）專家的意見時，用郵件訪問，雙方都方便。何況，有些人士不接受當面訪問，但可以接受郵件訪問，因為回答郵件詢問可以字斟句酌，快慢隨己。

　　電話訪問具有即時、快速、便捷的特性，對講究時效的新聞媒介用處很大。有時候對於敏感、尷尬的問題，一通電話隔著距離，看不見彼此的表情、動作等身體語言，雙方較無面對面訪問的心理壓力。但同樣的理由會使人物專訪失去許多細微但意義重大的資料。一般來講，電話訪問適用於查證事實和請受訪者對重大時事議題作簡短的評論，不能取代親身訪問。

　　親身訪問（Personal Interview）又稱面對面訪問（Face-to-Face Interview），由媒介寫作者約定受訪人，在對方的辦公室、家裡、或其他任何地方進行訪問。親身訪問在獲取情境氣氛、現場景象、個人風格方面，是其他方式所無法取代的；更重要的是：採用親身訪問，寫作者才有機會把寫作主題納入相關的情境脈絡之下，使文本作品產生獨一無二的臨場感和意義。這，從來是傳媒寫作者最依賴的資料蒐集方法之一。風險是：由於訪問者的在場，透過有知覺或無意間的互動，資料蒐集者可能涉入了文本和情境的共同建構而不自知[9]。如何在場而不介入，目前並無良策，只能籲請訪問人自

9　社會科學方法術語叫做「訪問者效果」（Interviewer's effect），指問卷調查時因訪員在場而影響了受訪者的反應。

我警惕，盡量避免介入文本的共同建構過程。

親身訪問的種種，有非常多原理散見於語言傳播學、社會心理學等相關學科，包括如何會面、如何寒暄、如何問問題等等主題，通常安排在後續的進階科目裡研讀，這裡無法一一討論。限於篇幅，作者在此只談三個問題。第一個問題是：資料蒐集者與消息來源之間，應該保持怎樣的關係？

大多數新聞採訪寫作教科書都說，兩者應該是好朋友，消息才能源源不絕透露出來。不少著名記者的回憶錄也支持了有好的消息來源朋友的重要性，消息來源甚至成了「好朋友」，下班後彼此酬酢續攤到深夜的清晨時有所聞。本章作者也目睹了在若干婚喪喜慶場場合，記者的「至親好友」中出現了許多他的消息來源朋友，尤其是官場上的新舊朋友。「好朋友」是第一種關係類型。

盡人皆知報紙、電視記者與消息來源，有利益共同之處，但兩者之間存在著更多的利益衝突之處，因為記者代表社會，以監督政府為己任，其職責包括揭發政府不法。借用學術解的說法，消息來源「為社會行動之競爭者，彼此競相在媒介論域中爭取言說論域的主控權。這些競爭者透過組織文化動員資源與人力，建構符合組織框架的言說內容，並試圖接近媒介，以爭取其接納論點，成為新聞框架的核心與基本立場，從而影響社會大眾，建構社會主流思潮。」[10]換句話說，消息來源的機構和主子如有不法，消息來源可能會包庇、欺騙、撒謊，這時，你記者是順他還是逆他？順他，你記者別幹了，社會大眾會唾棄你；逆他，你怎成他的好朋友？

「工作伙伴」是第二種關係類型。資料蒐集者與資料來源之間，僅有工作上的關係，沒有私人情誼，就算有，也只是一種若即若離的私交。我國記者陸鏗說，記者要和消息來源「成為知音而不是朋友」[11]，即是指這種君子之交淡如水的工作關係。美聯社

10　臧國仁（1999），《新聞媒體與消息來源——媒介框架與真實建構之論述》，頁165-66。臺北：三民。

11　陸鏗（2004），《大記者三章》。臺北：網路與書公司。

（Associated Press）記者 Nate Polowetzky 作訪問如家常便飯，談到自己作為記者，他與新聞消息來源之間的關係是：「我認識很多著名人物，但他們不認識我。」

臺灣記者與若干他的消息來源，或阿諛逢迎，或稱兄道弟，或見官大三級，都不足為訓，有違記者的專業。可惜積非成是，這個問題從未在業界討論。

第二問題是：匿名消息來源（anonymous source）可以用到什麼程度？時下大多數新聞媒體都對使用「匿名消息來源」有所限制，通常限於消息來源因透露消息而有受到傷害之虞者，基於保護消息來源，避免當事人因害怕而封口不再提供新聞，記者才在新聞中使用匿名。美國記者因拒絕透露消息來源而遭起訴、入獄的，時有所聞。最著名的是1972年美國「水門案」（Watergate）的「深喉嚨」（線民），直到2005年才曝光，所幸「深喉嚨」聯邦調查局副局長Mark Felt 已經退休了，未曾賈禍。由於「水門案」是一樁涉及重大公共利益的案子，採訪記者Bob Woodward 採用匿名消息來源全程獲得他的報紙《華盛頓郵報》（Washington Post）和社會的支持。此事導致尼克森總統去職，記者幸而全身而退[12]。

但濫用匿名消息來源，一定帶來災難。記者（Reporter）的工作，原本是「報導」（Report），報導就需指出消息來源向讀者負責所報不假，這是新聞專業長久以來形成的專業成規，也是媒體監督社會的合法性基礎。如今新聞動輒匿名，不肖記者藉以報料、挾怨、揭隱、指控、陷害的事便層出不窮，傳媒至少成了社會亂源的幫兇。這個問題愈演愈烈，也乏人聞問。

第三個問題是如何問問題。一般認為，見面之後需要先有「暖身」題目來打開受訪人的話匣子，逐漸進入主題。資深記者常常告誡後生晚輩「不要問假設性問題」、「問題要循序漸進，像剝洋蔥

---

[12] Bob Woodward 報導「水門案」之初，還是實習記者，後來升為郵報的副總編輯。他與伙伴Carl Bernstein 合寫了兩本報導水門案的專書All the President's Men（《都是總統的人馬》以及The Final Days（《最後百日》）。

一樣,把最重要、或最尷尬的問題留到最後」、「多問開放式問題,少問封閉式問題」等等。另一派記者主張,既然是事先約好的訪問,受訪人知道你的來意,也產生了一些預期,事實上這已經不是一個自然的互動場合,雙方各有所圖,也各懷戒心。因此,所有的訪問都是一種經過精心安排的社會建構過程。談如何問問題才能得到真實答案,其實是虛幻的,已經不重要了。

這樣說並不表示訪問不能得到真實的答案。本章作者認為,大多數資深記者的個人採訪密技,如上所述,是互相矛盾的;更大的致命傷是他們把受訪人物化,把採訪過程工具化了。其實,訪問不過是人際互動的一環,其複雜性不會超過家庭裡的親子關係或高中教室裡的師生互動——只是他們的年齡比線上記者小了幾輪而已。如果訪問者和受訪人能夠懷著同理心對話,則我們可以預期「善於傾聽」對訪問者的重要性,將不亞於「如何問好問題」。如何問問題的許多名記者經驗談,也許具有啟發性,但我們無法學習,除非它形成了知識理論。

三、訪問資料的類別

訪問不採取哪一種形式進行,目的都是蒐集寫作資料,為了發表。受訪者關心發表的後果,所以在訪問結束之前,有的受訪者會與訪問者就資料的使用問題達成默契,將訪問資料歸類為下列四種之一:

- 不列入記錄(Off the Record):僅供參考,對外界不承認有紀錄存在,當事人他沒說過。此類資料僅提供訪問者個人參考,不得使用。
- 不可指出來源(Not for Attribution):可以使用資料,但不可指出是誰說的。
- 背景資料(Background):可以使用資料,但資料來源需用泛稱(如「總統府高層人士」)。

‧深度背景資料（Deep Background）：可以用資料，但必須說明
這是訪問者你自己的資料。

　　這四類資料常常很難區分清楚，現實世界裡也有傳媒寫作者
打破以上分際，用迂迴方式發表了原為「不列入記錄」的資料。畢
竟，媒介寫作者的訪問工作，如果沒有發表，豈不有違初衷？此
外，在這裡我們也看到了訪問法的重要性及其極限。本章作者特別
強調訪問法的過程是一個對話與溝通的過程，需要訪問者的耐心和
細心去傾聽受訪者的心聲。時下商業媒體工作者的強勢訪問態勢，
並不完全可取。其實從一開頭使用「訪問」兩字就已經霸權心態畢
露了。你不妨試試把「訪問」的整個過程改成「傾聽」，看看世界
是否因而變得不同？

四、訪問的另一面：傾聽

　　太多名記者傳記宣稱他們怎樣在問問題時設下圈套，挖到
秘辛；太多電視訪談節目的主持人咄咄逼人，直把來賓當犯人審
問。太多陷阱（例如，「你最後一次打你太太，是多久以前的
事？」），機關算盡，伶牙利嘴，反成了坊間電視訪問的常態。這
是錯誤的觀念。不少電視訪談節目畫面上唇槍舌劍，其實是為了畫
面熱鬧，事前預演套招的結果；更多成功的訪談，不採取壓迫式
詰問，而採溫馨方式。名記者根室（John Gunther）幾乎憑著一個
問題「什麼是你們這地方的人最引以為榮的事？」寫出了《歐洲內
幕》、《非洲內幕》、《美國內幕》、《亞洲內幕》、《拉丁美
洲內幕》等專書報導（Book Journalism）；美聯社專欄記者羅居理
（Jules Loh）花了八年遊遍美國，寫「美國別處」（Elsewhere in
America）專欄，每次訪問開頭便問：「誰是城裡最好的人？為什
麼？」接下來只是傾聽、適時的回應、必要的追問。過分倚賴壓迫
式訪問，是阻礙傾聽的第一個原因。

　　阻礙訪問者傾聽的第二個原因，是花太多心神在記筆記和錄音

上。筆記重點確有必要，但如果從頭到尾低著頭猛寫，跟受訪人之間沒有眼光的接觸，沒有注意到受訪人的面部表情和身體語言，則結果必然平淡無味。至於錄音，必須獲得當事人的應允。錄音可以保存資料（如有糾紛，錄音帶是證據），對需要逐字引述的片段寫作時可以覆按。但僅僅是錄音機的存在，會造成訪問者和受訪人之間，談話時「三思」而後言，為傾聽設下了無形的門檻。

第三個原因是預擬了太多問題，訪問者害怕變通、害怕問不完問題，於是照本宣科，只想到要問你想問的問題，卻無心傾聽，以致錯過了可能有意義的資料。

第 五 節　觀察和田野調查法

訪問法適用於瞭解事實、個人的觀點和感情；觀察法對於理解文化意義、社會互動關係、人際網絡特別有用。兩種方法所蒐集的資料，在效度的層面上也各有千秋。

觀察法（Observation）分為兩種，涉及資料蒐集者的角色位置。第一種是「局外人觀察法」（旁觀法），資料蒐集者表明身分（例如掛著「記者」臂章），在現場冷眼旁觀，最好與現場的參與者保持一定的距離，以免因為這位特定「局外人」在場旁觀而影響了此一社會互動現場的人際關係。記者採訪體育競賽、表演、演講、研討會、各式集會即屬此類。如有訪問或發問，是以記者的身分為之。第二種方式叫「局內人觀察法」，又稱「參與觀察法」（Participant Observation），資料蒐集者以團體成員的一份子參與，不透露身分。記者潛入示威遊行隊伍，或喬裝工人進入工廠，其角色即是參與者。

工廠、社會福利機構、社區、城鎮、少數民族，主要是社會學家進行社區研究或文化人類學家進行「民族誌研究」（Ethnography）的研究場域。他們蒐集資料除了採用前述一般方法之外，相對於媒介寫作者，他們對觀察法和田野調查法依賴較

多。所謂「田野調查法」（Field Method）其實是一個綜合各種方法的一種社區研究資料蒐集技術，主要的形式特徵是研究期間長，有時長達數年，並與研究對象共同生活一段時間。這種方法，媒介寫作者也可以採用。《別對我撒謊》[13]一書，就收錄了不少例子。

媒介寫作者過去對社會重大議題，如核爆、戰爭、漁業、環保、礦場、童工、販毒、青少年犯罪、愛滋病、醫療院所等等問題，都曾經以類似一般社區研究的資料蒐集方法，寫出了許多作品，只是媒介寫作者比較缺乏系統性資料蒐集方法的意識，以致行而不知，對資料蒐集方法說不出所以然來罷了。這樣說並不減損媒介寫作者的資料蒐集工作事實上也是一種社會研究的價值。所以，成功的媒介寫作者，也必須是一個成功的社會研究者，必須知道許多社會研究方法。[14]

這裡只談一事，來說明「好寫作需要好資料，好資料需要好方法」這個觀點。

前述「民族誌研究」大體上屬於田野調查法的一個分支，其形式特徵與「田野調查法」相同：研究期間長、高度介入。不同之處在於「民族誌研究」特別重視田野調查的資料蒐集和日後的資料詮釋，要儘量站在「在地人觀點」（Native Point of View），而非傳統人類學家所抱持的傳教士、獵奇者、殖民者、外地人的觀點。這個以美國普林斯頓大學文化人類學家葛爾茲（Clifford Geertz）[15]為代表的文化詮釋學派，認為文化是獨特的，是「地方性知識」而非普世價值，所以文化的意義應該取決於在地人的自主性詮釋，才是現代人看待「文化」這個東西應有的適當態度。這種社區本位、在

---

[13] John Pilger 編，閻紀宇譯（2006），《別對我撒謊》。臺北：商周。

[14] 傳播學相關系所開設「研究方法」的課，背後的觀念無疑是「寫作者即研究者」。本章作者任教傳播學院期間，聽到在學的、畢業的學生質疑無數：「為什麼要念研究方法？」這裡就是答案的一部分：媒介寫作者即資料蒐集者，即社會研究者。

[15] 葛爾茲的名著《地方性知識》和《文化的闡釋》兩書，都有中譯本。

地本位的敘事方式，極大成分符合中國方志學的資料蒐集原則和書寫的敘事原則[16]。

依此演繹，資料或資料的的詮釋是多面向的。虛構作品和紀實作品之間，客觀論者和在地論者之間，對何謂「好資料」的標準便大有不同，遑論對「好作品」的判斷各有千秋。說到底，我們必須甚至在動手蒐集資料之前，先澄清自己的敘事觀點究竟是局外人還是局內人，才比較可能有立場去討論一件文本是否真實、正確、客觀，從而避免了因敘事觀點的出入而各執一詞。

從紀實性紀錄片到新聞報導的媒介寫作，對資料的意義詮釋，本章作者認為我們與其討論文本是否客觀而爭論不休，不如討論是否符合「在地人觀點」來得實際些。所謂資料會說話、事實會說話之說，只是浪漫的想法。當資料以文獻的方式出現時，我們賴以理解社會「事實」的唯一根據便僅剩文本了，尤其像中國典籍六經之類的第二手資料（次級資料），其意義多半取決於詮釋者的觀點。在這一點上，現代的媒介寫作者親身觀察或田野調查，對「在地人觀點」的文化詮釋大可跳出傳統新聞報導的思路和框架，就顯得重要了。

對媒介寫作而言，「在地人觀點」的提出，不但挑戰新聞客觀性問題，也挑戰了主流社會科學對於資料效度的看法。前文說過，資料的好壞決定於資料的信度和效度，這是現代行為科學家的金科玉律。效度是指我們的測量方法和測量工具是否真正測到了我們想

16　本章作者主張將Ethnography一字譯為現成的「方志學」。中國方志學由來已久，清朝章實齋以《文史通義》一書集其大成。章實齋從地方史觀點，認為中國經典詩、書、易、禮、樂、春秋，一向被歸類為文學作品，他認為這些作品實際上是在書寫遠古社會，是遠古社會的歷史敘事，因此主張「六經皆史，以史統文」，從文學作品來瞭解過去的社會。「六經皆史」的思想，符合近代西洋後結構主義「向語言轉」（The Linguistic Turn）思潮；而「以史統文」的資料處理策略，則近似晚近「新文化歷史」（The New Cultural History）的敘事風格。這些都是章實齋的社區本位、在地本位敘事觀點之下的精闢見解，對媒介寫作者極具參考價值。

要測量的東西。是，效度高；不是，效度低。按照葛爾茲「地方性知識」的說法，過去印度某些地方寡婦殉葬，依在地人的觀點是符合當地文化規範的，要受到讚揚；但同樣的事如果發生在其他社會，則屬謀殺案件。這個例子說明了社會性資料的效度，需取決於文化規範（即「地方性知識」）的性質這件事，過去是被嚴重忽略了。媒介寫作者沒有把資料放在特定的社會文化脈絡當中來解釋，就可能因此誤解了資料的意義。

第六節　資訊企畫與整合

　　每一種資料，每一種資料蒐集方法，都以其特定的結構及形式在訴說這個社會、約束這個社會；資料的極限，即表達的極限、作品的極限、世界的極限。我們看到著名寫作者以無邊的想像力衝破了文字的極限，寫出動人的作品，原因很多。這使我想起大作家托爾斯泰在《安娜‧卡列尼娜》一書起首的那句話：「幸福的婚姻生活，原因總是相同的；不幸的婚姻生活，卻各有各自的理由。」

　　傳媒寫作亦同。作品好壞通常不在資料的多寡——雖然足夠的資料是好作品的必備要件——而在是否能將散落各處的資料整合成為「有意義」的資訊。「有意義」不針對寫作者而言，而是針對閱聽大眾，因為媒介寫作的底線是閱聽大眾當中的目標閱聽人。目標閱聽人是傳播媒介的王，順他則生，逆他則亡。這是傳媒市場的運作鐵律。

　　但是市場改變了。女性考上大學的人數超過男性，汽車市場、時裝市場、旅遊市場的女性購買力大幅提高。社會關心弱勢團體、人權，重視多元文化。

　　生活改變了。地下鐵四通八達框架了我們的形體，街角全年無休的便利商店逐漸取代家庭的廚房功能，家庭電腦變成家庭的資訊和娛樂中心。傳媒的定義變了，電子報紙或無紙報紙的浪潮來得比想像要快得多，手機也可傳送小說或新聞，在部落格的世界裡人人

都是作者。新聞的定義變了：

> 在遽變的環境裡，什麼才是新聞？新聞過去的定義是發
> 生過的事情，現在依然如此，但報社要記者添上影響力
> （Impact）——什麼事情對讀者或聽眾才有意義。
> 新的新聞定義是：你可以拿來用的，才是新聞。交通阻塞
> 新聞、閒暇生活新聞，都屬有用的新聞。[17]

　　媒介寫作者也跟著變了。過去記者、攝影、編輯搭配上陣，現在的媒介工作者除了傳統的技能「採、寫、編、譯」之外，還需具備「畫、攝、剪、合」等十八般功夫，否則在Web2.0多媒體世界裡，眾聲喧嘩，誰還會在乎一篇孤芳自賞的兩千字報紙社論或特寫，而出門跑一趟街角的便利商店？

　　未來的媒介寫作者蒐集資料時，應一面構想文字作品的寫作，同時主動蒐集照片、圖表、數字、圖畫、甚至動態影像等視覺資料，整合規劃，一體蒐集。傳媒的視覺表達，對所有媒體而言，重要性日增。《蘋果日報》在短短三年內擠下老字號報紙，成為臺灣發行量最大報紙，一望即知資訊整合是原因之一。本書稍後第四章，將就「圖表說故事」這部分，闢出專章進一步說明。

第 七 節　本章重點摘要

一、敘事需要資料。好的媒介寫作需要適切的資料作素材。

二、媒介寫作的資料蒐集方法，受社會脈絡的影響很深。採取某種資料蒐集方法，會約束、限制文本。

---

[17]　Carole Rich（1994）. Writing and Reporting News, p.21. Belmont, California: Wadsworth. 事實上，美國三大新聞雜誌之一的「美國新聞與世界報導」（U. S. News and World Report），多年來一直保持著一個新聞專欄，名稱就叫做「你可以拿來用的新聞」（News You Can Use）。

三、資料的客觀性難以衡量，反不如正確、公平重要。現代社會科學判別資料的好壞，是看資料是否具有信度和效度。

四、文獻蒐集法的要訣，在於資料搜尋者能提出明確的問題。搜尋任務一旦有了焦點，關鍵詞就呼之欲出了。關鍵詞是初步文獻的搜尋利器。

五、蒐集關於人的資料，依賴訪問法和觀察法。資料蒐集者的立場及其社會脈絡，會影響蒐集所得資料的性質和意義。分辨自己的立場究竟是「局外人觀點」還是「在地人觀點」是有必要的。傾聽，是進入受訪人內心世界的鑰匙。

六、每一種資料蒐集方法（研究方法）自成體系，有著一定的邏輯，所以資料蒐集方法也是思想（思考）方法。

　　媒介寫作者所用的資料蒐集方法，與人文社會學科的方法相同。媒介寫作涉及的學術領域太多了，所以各學科所用的資料蒐集方法都有裨益於媒介寫作者。

　　如歷史研究法、社會研究法、實驗法及相應的統計學知識，通常構成了傳播學院各系所「研究方法」一課的主要內容。有的只開「研究方法」（傳播研究方法），有的分開開設數種研究方法課，再加上應用統計學一門課。後者還可以開成初級統計學、中級統計學、高級統計學。至於電腦軟體（如SPSS）的運用，通常屬於研究方法課或統計學課的一部分授課內容。

─本章作業─

1. 請蒐集資料或訪問專家，寫一篇五百字左右的小報告。兩題擇
一。

(1)訪問時如何記筆記？

(2)訪問時如何傾聽？

2. http://nhis.nhri.org.tw/Files/2001_NHIS_result_Taiwan.pdf
上面是國家衛生研究院「2002年『國民健康訪問調查』結果報
告，No. 1：臺灣地區」這個資料庫的地址。請從第32頁「表
A-1.1『臺灣地區12歲以上完訪樣本心臟病盛行率』」開始，任
選一個表，應用「有效歷史法」原則加以分析。你是該院公關
組的「傳播專員」，請以國家衛生研究院的名義，將分析結果
向臺灣各新聞媒體發一則通稿。

參 考 文 獻

梁啟超，《中國歷史研究法》。任何版本。

柳下和夫著，楊鴻儒譯（1993），《資訊的調查方法》。臺北：建宏出版社。

梅棹忠夫著，余阿勳、劉焜輝譯（1971），《知識誕生的奧秘》。臺北：晨鐘出版社。

第三章　新聞與數字

孫曼蘋

. . . .

第 一 節　本章範圍與目的

　　民國95年5、6月間，臺灣經濟正逢低潮，因為沒錢吃飯而舉家自殺的新聞不時上報。彼時朝野對立尤為嚴重，由於第一家庭相繼發生了臺開案、SOGO禮券案以及國務機要費申報不實等疑似貪腐弊案，前一年還有陳水扁總統親信陳哲男涉入高雄捷運弊案，社會大眾對第一家庭質疑越來越多，在野黨破天荒的在國會發動罷免總統案[1]。陳總統捨棄向立法院提出罷免答辯書，而在6月20日晚間8點在總統府發表「向人民報告」演說，透過電視現場直播辯駁自己的清白，以期化解罷免危機。

　　在長達兩小時直播談話中，陳總統除了對弊案提出說明外，也提出他執政六年來的政績表現。他列舉多項數據，強調臺灣經濟表現亮麗，並非如某些人所說的那麼糟。下面是節錄「總統府公共事務室」所發布總統談話全文中所提出的其中三個數據[2]（文中文句

1　我國憲政史上首次罷免總統案，於6月27日進行投票表決。當天共得119張票「同意罷免陳水扁總統」，雖超過立法院半數席次，但未達憲法修正條文「全體立法委員三分之二同意」門檻的148票，民進黨86位立委集體不進場投票，結果是罷免案未能在立法院通過。

2　總統府（2006. 6. 20），〈總統晚間在總統府「向人民報告」〉，中華民國總統府http://www.president.gov.tw/php-bin/prez/shownews.php4?Rid=11940，上網

下之黑線係本文作者所加，以下均同）：

「第一點，今年5月我們的進出口，無論是進口或出口都在180億美元以上，這是歷史上的新高紀錄，我們上個月創造了歷史上的高峰。
第二點是臺灣的外匯存底，在2000年阿扁上任時，臺灣的外匯存底是1,000億美元，今年5月我們的外匯存底已超過2,600億美元，其中1千3百億美元是來自於外資，如果臺灣的經濟情況不佳、投資環境不好，外資外商怎麼會對臺灣有信心？目前，我們的外匯存底居世界第3，僅次於中國及日本。
第三點是我們的平均國民年所得，去年我們首次超過1萬5千美元，今年我們有機會突破16,423美元，這都是歷史性的新高。」

這段談話第二天各報都擇要報導了，一般民眾對總統這段臺灣經濟成就的辯駁似乎也都認為言之有理。但是，親民黨不分區立委劉憶如當天即針對陳總統的經濟表現談話，提出八大項反駁。她以為，陳總統犯了「誤把警訊當成就」的嚴重錯誤，「陳總統若不是專業不足，就是故意混淆視聽」。本文上段所摘述之三個數據，劉憶如的「回嗆」是[3]：

第一，臺灣貿易出超其實是大幅衰退且落後。以陳總統所舉的5月為例，臺灣出超（出口減進口）只有7億美元，不但比過去幾年衰退，而且遠遠落後於南韓和新加坡。臺灣2002年全年出超為180億美元、2003年170億美元、2005年78億美元。鄰國南韓2005年出超232億美元，新加坡同年出超296億美元。

日期：2008/8/15。

[3] 陳孝婷（2006.6.22），〈劉憶如嗆扁 誤把警訊當成就〉，《經濟日報》，A4版。

　　第二，臺灣外匯存底其實增加幅度也是落後。過去六年來，臺灣外匯存底由1,100億美元增至2,600億美元；但是鄰國日本則由2,900億美元增至8,600億美元，中國大陸則由1,600億美元增至8,800億美元。臺灣外匯存底今年雖然仍排名第三，但落後日本及中國大陸的差距卻急遽擴大。過去六年來，臺灣外匯存底和日本相較，由落後1,800億美元增加為落後6,000億美元；和中國大陸相較，由落後500億美元增加為落後6,000億美元，六年來落後急速增加為12倍。

　　第三，和鄰國相較，臺灣平均國民年所得成長幅度也是最小的。過去五年來，臺灣平均國民年所得僅成長了1,000美元，成長率為6.49%；同一時期，南韓增加了6,000美元、成長率49.76%；新加坡增加了3,800美元、成長率也有16.27%。相較之下，臺灣成長率應該是歷史新低吧。

　　臺灣經濟表現「真相」如何？以一個讀者身分來看，你是比較接受總統陳水扁的說詞？還是認為經濟學者、民代劉憶如的反駁較有說服力？為什麼同一個數據，卻有截然不同的詮釋或意義？數據也可以操弄嗎？

　　其實，立委劉憶如的這段反駁，與她的專業學識沒有多大關聯，任何一個專業記者，或是上過經濟學、基本統計的大學生，應該都有劉立委這樣的反證論述能力。不過，觀察當今的新聞圈，我們的媒體人似乎「善意的懷疑之心」不足，科學素養也不夠，常常是消息來源怎麼說，記者就怎麼報、怎麼播，編輯也未盡到對新聞品質的「守門」職責。

　　數字是新聞報導中一個極為重要的素材，也是寫作者領先他人提出某一新發現或新趨勢時一個很有說服力的後盾。在一篇新聞報導中，如果數字運用得當，可以顯示寫手挖掘故事細節的功力以及故事的深度及廣度，但是數據、統計的背後也可能充斥著陷阱、謊言或魔術，「數據的掌握、分析與解釋者如果沒有足夠的學術素養，和研究倫理，數據無疑是謠言的製造者。」（潘家慶，1988.

6.29）

　　作為一個數據的分析者、詮釋者，寫作者的科學精神及理性研判尤其重要。簡言之，要寫出一篇好看的文章、說出一個動聽的故事，寫作者固然要有生花妙筆，但是嚴謹的邏輯分析與判斷也是不可或缺。

　　這一章就是在討論數字、新聞故事、科學精神間的相互作用。本章全文共有五大部分，第一部分討論數字在新聞故事中的作用，第二部分是如何運用數字來說故事，第三部分是解讀數字時應有的基本科學認知及判斷依據，接下來是討論如何提防數字陷阱，最後本文闡述科學精神對專業記者的意義。

　　首先，我們先來討論數字與新聞故事間的關係。

第 二 節　讓數字來說故事

　　數字和我們日常生活的關係越來越密切。似乎越現代化、民主化的國家，以數字作為佐證、促進瞭解、爭取認同的現象就越多。以歐美為例，舉凡生命健康、環境保育、政治、經濟、民主等等，為引起民眾注意，無一不脫數字，在西方人的生活裡，形形色色的數字已經成為家常便飯。

　　像政治人物或利益團體就經常利用數字來強化自己的立場，例如2008年美國總統大選，從前一年民主、共和兩黨候選人初選階段開始，我們就不時看到各候選人競選陣營都以有利己方的民調結果作為主要戰術之一。體育新聞尤其喜歡大搞數字分析，在中國北京舉行的2008年奧運，不論是美國游泳名將費爾普斯拿下第8面金牌，成為奧運史上贏得最多面金牌的運動員，或是中華女壘隊以2比1力克中國，算是幫中華棒球隊（前兩天中華隊輸給中國隊，傷透球迷的心！）報了一仇，贏家、輸家、刷新世界紀錄的各項成績，當然都是以數字表之。此外，每年我們的衛生單位都會依序排列出國人十大死因，這個排行榜、各種病症死亡率高或低等當然也

是數字。

　　數字在生活中無所不在，媒體報導和人相關的新聞，自然脫不了數字。臺灣媒體的新聞呈現也越來越有這種趨勢。像各家主流報紙及電視新聞頻道不時發表民眾對總統、行政院長或各部門首長施政滿意度的調查結果，或是財經新聞雜誌常做全臺大學某一科系（如EMBA）的所謂的「風雲排行榜」，或是阿扁前總統在2008年8月中旬驚爆在海外開戶匯出數億元巨款，並向國人道歉時，《中國時報》立即做了一個民意調查，這項調查發現，有六成八受訪者表示不相信陳前總統關於海外洗錢的說詞，有七成受訪者認為阿扁家的作為不可原諒等等[4]。

　　數字在新聞寫作、甚至在深度／專題報導中有什麼作用？

一、數字能使抽象的概念更具體

　　記者在報導某些超越了讀者經驗範圍的事物時，數字能夠幫助讀者把抽象的認識，轉化為具體的輪廓。例如臺灣在「亞洲四小龍」時代，最感自豪的就是，在所有新興工業國當中，臺灣貧富差距最小、人民所得分配最平均、中產階級最厚實穩定，這些都是臺灣做國際競爭時的優勢或強項；但是過去十多年來，臺灣經濟成長緩慢甚至停滯，M形社會明顯成形，尤其最近幾年，人們「強烈的感覺到」不但貧富差距越來越大，而且連許多薪水階級家庭都忍不住對物價連番波動而發出哀鳴了。許多人心裡都在問：臺灣經濟已經壞到連中產階級也受不了嗎？我們還有中產階級嗎？

　　《經濟日報》2008年8月在其社論「中產階級的哀愁」一文中，引用一串數據清晰、具體的描繪出這個眾人心中的隱憂，以及數據背後所表徵出的社會危機[5]：

---

[4]　中時民調中心(2008. 8. 17)，〈扁讓臺灣蒙羞　七成民眾不原諒〉，《中國時報》。

[5]　經濟日報社論（2008. 8. 19），〈中產階級的哀愁〉，《經濟日報》，2版。

最近一項主計處委託的研究報告就發現，<u>從1980年到2006年，中產階級消失了82萬戶，其中近28萬戶幸運地晉升到上層階級，但有54萬戶則不幸淪入下層階級</u>。在全國730萬戶家庭當中，這樣的變化的確十分驚人；這不僅表示貧富差距加大而已，更顯示有大量家庭向下流動，而使長久以來支撐社會安定、政治穩定的中流砥柱有所動搖，贏者全拿，弱者翻身無門，中產階級的流失，真正的悲哀在此。

2008年總統大選前，蘇花高速公路興建與否，再度引爆發展派與環保派間的激烈爭議。這年7月，在全世界景氣普遍低迷不振之際，行政院長劉兆玄宣布，政府計畫明年將建蘇花替代公路，群情譁然，很多反對興建者都認為「蘇花替」其實就是「蘇花高」，政府只是在玩弄名詞而已，爭論場域從報紙上的讀者投書、街頭抗爭及請願蔓延到網路相關網站。在一個相當熱門的環保部落格中[6]，版主闡述這項工程之艱鉅及對生態之嚴重破壞，他列舉了一串簡明數據，讓我們這些西部人可以憑著我們現有的生活經驗，更具體想像這項耗資龐大的公共工程可能造成的巨大環境風險：

> 「這條總長<u>86.5公里，預計耗資一千二百億的蘇花高速公路，將以十一座隧道、二十九座橋樑試圖穿越中央山脈，途經十七個環境敏感區域，十一座斷層帶，以及搞不清的地下水層</u>，引發的種種生態環保問題，早是多方提出警訊。」

前述二例，不論是臺灣經濟與社會的隱憂、或是東部未來十年

6　Munch (2008. 7. 7)，〈蘇花高由此去──環臺高速公路的起點〉，漂流　島嶼─Munch網站，http://blog.yam.com/munch/article/16092185 上網日期：2008. 8. 1。

交通建設與環境保育的爭論，兩段論述所引用之數據，如中產階級消失的家庭戶數、向上提升的戶數、向下沈淪的戶數、以公里為單位的蘇花高速公路長度、以億元為單位的公共投資金額，或是以最簡單單位計算的隧道、橋樑、斷層帶數量等，都是在政府公開文獻中早就有的靜態統計資料。這些數據讓讀者把那些抽象概念（例如一個潛在的國際競爭危機，或是對自然生態可能造成的空前破壞）和我們曾有的生命經驗相連接，使讀者的理解更具體，感受更深刻。

二、數字能使文章更客觀、接近真實

以數字傳達意念，讓讀者看起文章來，感覺到比那些空泛言詞、形容詞要具體、實在。美國蓋洛普與時報明鏡（Gallup-Times Mirror）調查計畫的顧問羅賓森（Michael Jay Robinson）就認為，引用數字「這是一種安全的報導方式。通常沒有人會指責你有意識型態或政治偏見。」（廖朝陽譯，1988，p. 61）

新聞界前輩張作錦（1992. 1. 25）多年前曾經為文，對國內報紙記者只根據「聽說」、「外傳」，就在捕風捉影或大作文章，頗有微詞。這篇文章固在闡明記者嚴謹舉證的專業態度的重要，但從其舉例中，我們也可以看出美國記者對蒐集證據的認真嚴謹，最終得以引用這些精確的數字，使其報導看起來更客觀、更接近真實，當然更易博得讀者的信賴。

一九八二年三月十五日這一期的「美國新聞與世界報導」周刊，有一篇題為「一個出差奢侈的內閣」，明確地報導了美國政府高級官員出差時的奢侈浪費。「美新」雜誌記者把卡特和雷根政府近一千位高幹的出差報告加以研究分析，證明他們動不動就買頭等機票，包專機，住三五〇美元一天的豪華套房，坐一百元一天的包車。文章具體地指

出，雷根的十三位閣員之中，除了教育部長貝爾經常坐普通機位外，其他人一出門就坐頭等。有時還假公差之名，繞道回鄉看看或遊山玩水。財政部長李根的手面最闊，去一趟紐約，便下塌三五五元一天的艾塞斯大旅社。都市發展部長皮爾斯在舊金山一趟公差，住在費爾蒙大飯店，一天的房間費也報銷了三二九‧二五元。……

　　這些精確到小數點兩位的數據，確實使文章看起來，遠比「美國官員出差很浪費」的空泛敘述要具體、客觀、有說服力得多。

三、數字能佐證某一新發現，使報導的新聞性更高

　　當新聞界口徑一致或一窩蜂報導同一事件時，記者若想提供讀者另一個角度的觀點或訊息，數字也許是個很好用的工具。1991年當日本還是世界經濟強國時，美國老布希總統有一趟日本之行，目的之一，在縮小美國對日的貿易逆差。布希小有斬獲而歸，卻也帶回來一個令美國人爭議不休的話題。話題的源頭是日本國會議長櫻內義雄（Yoshio Sakurauchi）說，美國經濟不振的原因之一是美國人太懶惰了；日本首相海部俊樹（Kiichi Miyazawa）也公開指稱，美國人可能沒有什麼工作倫理。當時，跟訪的大批美國媒體、大部分美國民眾，似乎也都同意這樣的說法。

　　由美國人出資、發行到全球的《新聞周刊》，逆向思考刊出一篇標題為「美國人真的很懶嗎？一位哈佛專家說日本搞錯了」的報導，來反駁前述說法。該刊記者（Miller, 1992. 2. 17）看到哈佛經濟學者的一本近作，就去訪問該書作者斯考爾（Juliet B. Schor），在這篇問答式的訪問中，斯考爾教授提出若干數據來反證美國人其實不懶。

　　她在受訪時指出，過去20年來美國人的工作時數其實一直在增加，反倒是休閒時間一直在減少。她還舉出數據證明，和鄰國相

比，美國人算是相當勤奮的了。數據之一：歐美各國平均每年休假天數，依序是瑞典30天，法國25天，英國22天，德國18天，日本和美國都是10天，墨西哥則是6天；數據之二：美國工人每年平均工作時數320小時，比法、德兩國工人工作時數都要多，在工業國家中排名第二高。

這段訪問旁觀者看起來似乎美國人有點本位主義、有點強辯、甚至有點鴕鳥心態，但是，不可否認的，這些由哈佛經濟學者做出的研究結果，有憑有據的數據，一夠權威，二夠具體，三則反證有理、論點又與眾不同，當然會被認為是值得相信的反證，而且新聞性頗高，足以引起美國自家讀者的關心。

四、數字能顯示趨勢

在競爭處處的現代社會中，越是多元化，似乎不確定性也越高，於是人人爭相瞭解未來趨勢，好及時擬定或提早準備應對策略。托弗勒（Alvin Toffler）的《第三波》、《大未來》、費瑞德曼（Thomas L. Friedman）的《世界是平的》，還有各種探測未來經濟情勢或新科技影響的書，均在世界各地暢銷書排行榜上歷久不衰，即是明證。

但是，趨勢在哪裡？身為一個資訊提供者，我們應如何領先同業、為讀者提出可靠的趨勢展望呢？如果你看過前段所列其中的一、兩本書，回想一下，這些人如何能提出讓人信服的預測的？你是否注意到了，托弗勒寫出的本本暢銷著作，可都是依據大量有公信力的數據、統計來做一整體、全觀式的分析、研判及預測，他其實是一位將研究精神發揮到極致的社會科學家。的確，只要能正確解讀、研判各種數據，就能敏銳觀察社會現象，成為洞燭機先的預言家。

在資訊服務領域中，運用各種數據來掌握趨勢，用的最多的，當推財經新聞報導，其次是民生、健康等類報導。跨國發行的《時

代》（*Times*）雖是份綜合類的新聞周刊，但其財經新聞報導和財經專業雜誌如《財星》（*Fortune*）（與《時代》同屬一個媒體集團）、《商業周刊》（*Business Weekly*）相比，一點也不遜色。用數字說故事或分析趨勢，也成了《時代》的報導特色之一。《時代》常用一連串數字分析、比對，透過設計創新的圖表輔助，一面幫助讀者回顧過去，一面也針對某一現象做全面性分析及預測。

1991年12月，當喬治·布希總統任期將屆滿三年，正要為明年舉行的總統選舉連任造勢時，《時代》為讀者整理了一份老布希在位期間的美國經濟表現成績單，同時還有民眾對布希執政表現的評價表（Goodgame, 1991, Dec. 9, 圖3.1）。

從圖3.1資訊圖表中，我們清楚看出老布希執政期間（1989到1991年）的美國經濟表現。從國民生產總額、汽車銷售總額、房屋興建數量都在逐年下降，失業率、聯邦政府預算赤字則在任期最後一年快速上升；這個圖表還顯示出，民眾對布希總統是否稱職、對他的經濟措施的評價都在持續顯著下降（註：1990年8月美國出兵波斯灣，翌年3月從波斯灣勝利而歸，所以當時民調滿意度上升，但同年6月民調數字即再度下降），而且趨勢圖還顯示，越到布希後半段任期，美國經濟表現就越差，民眾對他的評價更是坡度陡峻般的下降。

這幾筆統計數字同步呈現在一圖表上，已清楚告訴讀者，老布希當政期間美國經濟發展的衰敗狀況，也間接顯示，未來若由布希繼續當政美國經濟可能的發展情勢，讀者只要看了這些數據波動，對未來選擇應已了然於心了，也難怪第二年的總統選舉，新人柯林頓挑戰成功。

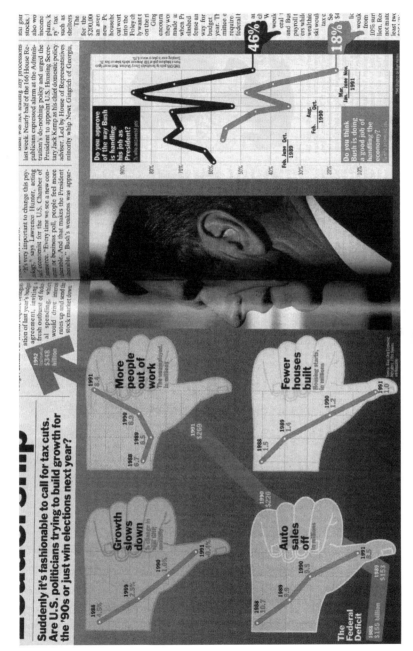

圖3.1

來源：Time, 1991, 12. 9, p. 30-31.

五、數字也可能就是新聞線索

數字往往也是發掘新聞、成就一則好故事的重要線索。BBC經濟事務主編戴維斯曾根據歷史性的統計數據，寫了一篇中國經濟未來發展的預測[7]，可說是一篇以數字成就新聞的代表作。

戴維斯先是查閱到歐洲經濟與合作組織《世界經濟歷史統計》刊物中，依據世界經濟權威學者安格斯·麥迪森刊出的中國幾千年來經濟發展的統計數據。戴維斯整理這些歷史數據，還發現了一個歷史規律：即中國的經濟實力，同它的人口數量是一致的。

於是他寫出一篇中國經濟發展的今昔比較的報導。文中他依據學者麥迪森的統計資料指出，兩千年前，中國的經濟總產值就已占世界經濟的四分之一；一千年前，中國的經濟總產值仍然接近世界經濟總產值的四分之一；到了1820年，中國的GDP已經上升到全球三分之一的水平。他根據這樣的發展趨勢以及他找出來的歷史規律，推斷出一個結論。文中指出，中國雖然在近80年落後英、美，但從1980年代開始覺醒、迅速追趕後，目前中國的GDP已占世界總數的將近15%，人口已占世界20%，因此他預測：再過幾十年，中國的經濟實力一定會達到世界經濟的五分之一。

一位資深記者只參考了一些歷史數據，從中找出有趣的新聞切點，根據他腦中累積夠深的新聞知識，不需再做其他採訪，就寫出這樣一篇觀點新穎、證據鑿鑿、既深縱又有全觀的分析新聞，真令讀者嘆為觀止！由此亦可見其說故事的功力。

---

[7]　戴維斯（2005. 3. 14）：〈中國輝煌的經濟今昔比對〉，BBC網站，http://news.bbc.co.uk/chinese/trad/hi/newsid_4340000/newsid_4349200/4349205.stm，上網日期：2005. 3. 14。

第三節　數字在新聞報導中的運用

數字就在你我的生活四周，但是如何在新聞寫作中適當運用，以有效傳達數字的意義，彰顯報導的深度，而不是破壞文章的可讀性，甚至導致荒謬、錯誤的資訊傳播？在思考此一課題前，我們得先瞭解新聞中的數據是從何而來？

一、數字的來源

在我們生活周圍，數字垂手可得，就差臨門一腳。這一腳就是使用者的新聞鼻、新聞眼。下面這段報導，作者嘗試以具體、有力、常人並不熟悉的一些統計來彰顯首善之都臺北市在整個臺灣經濟發展中的重要地位及影響力（孫曼蘋，1984.9），其中畫線部分的數據都是來自臺北市政府統計處每年發行一次的統計年報。

> 臺北市每天有三百萬人來來往往，總共聚集了資本額幾達八千八百億元的十六萬家營利事業，資本負債總額在一兆以上的四百家行庫（中央銀行和外商銀行除外）。臺北市，不但是三十多年來把臺灣經濟滾向國際行列的一隻巨輪，更是穩定民心的政治樞紐、提升國人精神層面的文化重鎮，和把眼光望向全球的一扇明窗。

寫手如何知道市政府統計處有這樣的出版物？又如何知道統計年報中有些什麼資料？什麼時候、什麼地方可以用的上？這些都要靠平時「看雜書」、慢慢累積這些新發現。

(一)政府機構

與公共事務相關的主要數據、統計來源，都掌握在政府機構手中，其次是研究及學術單位，以及民間專事做數據蒐集、統計分析的資訊服務公司及組織。政府機構中，最大來源是行政院主計處和

各級政府各個單位的主計、統計部門，這些機關的主要職責就是在蒐集、整理政府各部門的數據及統計。此外，各級政府及其附屬單位、營利事業單位，如經濟部／交通部所屬國營事業臺電、中油、中鋼、民營化之前的中華電信、中華郵政等，每年都有各類統計手冊；再者，有些政府機構有定期性的調查報告，如內政部有每十年一次的人口普查報告、經濟部有定期的工商普查等等。

這些資料都很容易取得，如代理政府出版品發行的正中書局、三民書局即有公開販售，另一個捷徑就是直接上網到行政院主計處網站查詢（http://www.dgbas.gov.tw/mp.asp?mp=1）。主計處網站資料極為豐富，幾乎所有政府的公開資訊、各級政府預算、會計及執行情形、政府統計資料、委託外界執行的研究報告書及出版品等，都會定期更新。

各級民意代表機構則是各種政府出版品的匯集地。例如跑中央政府、縣市等各級政府及相關事業單位的記者，一定要養成習慣，即翻看每年從行政院送到立法院，或各級地方政府送到各級議會的預算書和決算書，這是瞭解、檢驗政府施政計畫及實施結果的最佳資訊來源。記者平時信手翻翻，有個初步概念即可，到要用時，就知道到哪裡去找詳細數據或資料。

(二)民間或研究機構、非營利組織

民間單位統計及研究報告也有許多是公開免費，當然營利目的的調查或研究報告就相當昂貴，如市調公司報告、產業市場調查。主跑公司企業的記者，可以到證交所免費索取各上市公司的財務報表，這些基本性資料其實是瞭解整體產業或個別公司營運狀況的最佳入門管道；天下、商業周刊及中華徵信所等一些財經資訊服務機構，每年必對國內各企業做「一千大」製造業和「三百大」服務業調查，也是財經記者一個很好的統計資料來源。

財團法人如中華經濟研究院、臺灣經濟研究院、消費者文教基金會、各產業公會等機構，也各有定期、不定期的研究報告或統計，例如資策會就有定期更新的資訊產業發展動態及國人資訊使用

調查的統計及報告。

　　工具書也是數字重要來源之一。中央通訊社從1989年開始逐年發行的《世界年鑑》，其中詳細羅列全世界各個國家如人口、面積、建國年代、歷年經濟發展表現等基本資料及發展背景；各產業公會或政府單位也會發行個別產業之年鑑。這些工具性出版物應該都放在編輯室、資料室內，供記者、編輯隨時查閱。

(三)最方便、好用的電子資料庫

　　上述所列各機構之出版，目前都已全部提供線上服務了，使用者坐在家裡或辦公室透過電腦及寬頻，就可以享用各種便利、便宜的電子資料庫服務。當然相較於紙本出版，不受時空、媒介形式限制的線上資料庫，其類別、來源也越加多元，跨國家、跨地域、跨語文的網路資訊，幾乎多到使用者怎麼看都看不完的地步。使用者面對的考驗，是如何辨識資訊的信賴度。

　　目前，臺灣本身建構的中文資料庫都已有相當規模及水準，而且幾乎各圖書館都編有相當比例預算定期蒐集、更新，我們只要辨識清楚各家圖書館定位及其蒐藏特色，就能進入資訊世界，自在遨遊了。

　　在得知可能提供數字的來源後，接下來我們要探討在寫作過程中，如何妥善運用數字資訊，來架構新聞故事的深度及廣度。

二、賦予死資料新生命

　　在新聞故事書寫的過程中，我們引用某一數據，就跟摘述某一段資訊（如摘述一段小故事、一段某人的意見或主張）一樣，一定要有所為而為，亦即應該有其引用目的或理由。例如前段引文（第71頁），是為要「領先」凸顯臺北市的經濟地位。作者當時考量到的是，在一般人的認知裡，毫無遲疑的即認定臺北是中樞所在的政治中心，但是較少察覺到、或是沒有具體實例顯示出它在臺灣經濟發展上的重要位置。原本作者認為，臺北市的經濟活動其實非常活

絡、機動，但如何證明這個「創見」呢？於是作者找到了一串數據，如臺北市有16萬家營利事業、資本額將近8,800億元，有400家行庫資、資本負債總額在1兆元以上。臺北市有這麼多公司行號、銀行設在這裡，有這麼多的錢在這裡滾動，所以對臺北市在臺灣經濟發展上的份量，作者所賦予的意義是：臺北市是三十多年來把臺灣經濟滾向國際行列的一隻巨輪。

這段文字用到的諸個數據，原本都只是市政府統計手冊裡一堆制式化表格裡的數字，但經過作者整理、改寫、設計，就都成了有廣度、有規模、有畫面、有具體想像、甚至有動感的資訊或文句了。如何將原本躺在紙面上、躲在資料庫裡的死資料再度產生新價值，是一個專業寫手的必備能力之一。

提升靜態資料的附加價值，有賴資訊處理者的構思、企畫及將資料的有效組織。數據在新聞書寫中之組織或運用，大致上有下列幾個原則：

(一)時間、空間的比對

在新聞寫作中，單獨出現一個數據，由於資訊過簡，讀者感受有限，自然不易理解所述資訊的意義，而且還可能犯了「斷章取義」的謬誤。

例如，在一篇有關香港城市的專題報導裡，為了描述香港地小人稠、生活品質不佳，記者如果單只列出某一香港最擁擠的地區的人口、面積等數字，可能還是讓讀者覺得距離太遠，寫作者應該讓讀者根據他所熟悉的生活經驗，描繪文中所欲表達的擁擠狀況（孫曼蘋，1987. 1，p. 36）。

> 老式住宅區的擁擠更是難以想像。夜晚，從視野最佳的太平山頂俯視，位在維多利亞港口左上角的深水涉，在整片炫目如鑽石的燈海中，只是一小塊星光疏落的地區。但是這裡卻是人口密度最高的地方，曾經每一平方公里住

了十六萬五千人，幾乎是臺北人煙最稠密的龍山區的四倍半。

「每一平方公里住了十六萬五千人」，這到底有多擠？一般人可能感覺不出來，但作者將此一平均數比對臺灣讀者熟悉的經驗範圍裡：「幾乎是臺北人煙最稠密的龍山區的四倍半」，這一來，臺灣讀者便較能瞭解、體會到了香港的擁擠了。以香港深水涉比對臺北的萬華龍山區，是一個跨空間的比對，用一個大部分讀者很快就能理解到的事物，做「同類」或「同質」比較。

不過，作者要提醒的是，如果這個用來比對的最擁擠地區，是在中國、美國或其他已被全世界公認為人口密度最高的地區，但是讀者對這異地卻沒有認知，這種表面上的同質相比，並不是個有效的傳播。在作「空間」上的比較時，寫作者還要考慮到傳播對象的「接近性」。

「時間」上的比對，是指把某一時間點的數據，和過去或預估未來某一時間點的數據相比對。如前文所述布希總統執政三年前後的美國經濟表現的比較，就是採用時間的比對手法。

比對手法時，最好時間點的延伸線要夠長、夠久，有時候甚至可以將時、空比對交叉運用，更能增加敘事的說服力。如本章在一開始引述陳前總統對臺灣經濟表現的自我辯護說詞，以及立委劉憶如對他的反駁論述，我們發現到，雖然兩人所引數據都是以不同時間點的今昔數據比較，但陳前總統引用來比較的數據，較多只限於今年、去年，或是只有比他報告時間早一個月的點式數據比較。

劉憶如這位經濟學者則是以陳前總統執政六年期間的逐年經濟表現數據做比較，而且還跨越空間，將臺灣數據與新加坡、韓國等長年競爭伙伴以同一時間點的數據來相比，有時間上六年比對的深度，也有空間上跨國比對的廣度，更有一個趨勢演變的圖像，讀者一看完，腦中可以即時堆疊出一個立體化資訊結構，相較於陳前總統較平面化、單一或短期數據比對的資訊結構，可以想像出臺灣經

濟表現在亞洲區的位置，讀者當然會覺得劉的反駁論述更有道理。相較之下，陳前總統的說詞倒是顯得有些報喜不報憂，或資訊數據引用不夠周延、完整，他只選用了對自己有利的資訊。這，不就是斷章取義了嗎？

(二)以閱聽人的「接近性」為切入點

如果你的工作不是經常和數字打交道的話，相信大部分人一打開統計報告，大概都是滿頭霧水，覺得自己是在看天書。但是，想寫出生動、有深度、有影響力的文章的寫手，可別被這些龐大、看似複雜的數據嚇跑了，要記得：不要輕易放棄。你可以先試著從幾個角度去思考：你想寫的這篇文章是寫給誰看的？然後嘗試著把手邊數據和讀者所熟悉的事物相扣連，這樣比較能引起讀者共鳴，因為讀者通常只對和他有關係的資訊感興趣。

例如記者報導六年國家建設計畫耗資龐大，總共約八兆二千億元臺幣。這時候，你可能要有發揮一下你的同理心了，試著從升斗小民的知識水準或認知程度來想想：對上兆的數字，一般人能有什麼感覺嗎？「八兆」是8後頭跟幾個0呀？13個？還是11、12個？你能快速分辨出其間的差異嗎？寫作者是否能將此數字換算成加油站的年輕工讀生都能理解的資訊？如將其經過一番換算、寫成「在今後六年裡，平均每位納稅人每年將多繳三千元的稅」，想想，你的目前時薪多少？對一個月薪2.5萬元的社會新鮮人來說，他就業的前六年，每年要多上三天班才能繳出這些稅款呢！寫到這裡，讀者應該能感覺到這龐然大數的威力了。

一定要從與讀者有關的角度思考、書寫，讓他有切身之感，一定要讓讀者有感覺，這些數字對讀者才有意義，這才算是成功的敘事。

(三)數字須經過整理加工，才有新聞價值

散置各處的數字，有時候寫手可以直接拿來引用，但也有相當多的數據有賴使用者加工整理，才成為有新聞價值的資訊。

尤其當記者觀察到一些不尋常的現象時，為使觀察得到有力支持，數據可能是個很好的證據。當你翻遍各種資料，沒有現成數據

可資使用時，不妨動動腦筋，把散在各處、乍看之下沒有什麼意義關聯的數字，加以整理、分析、研判，你一定不難從中窺出端倪，進而證實你先前的觀察、假設或推測。主動從龐雜的資料和數字中去探索，也是一個優秀資訊處理者的必備條件，我們在寫深度報導時尤其需有此能耐。

　　多年前，《天下》雜誌在「老・中・青世代交替」系列報導中就有一些很經典的數字整理和加工產出。早在80年代晚期，天下一群編採記者討論社會趨勢時，忽然發現到政壇、產業界、文化界似乎都不約而同的出現了老中青交班與接班的現象，為證實這樣的觀察「假設」，幾個記者就開始四處翻找證據，後來小組團隊協力寫出了臺灣社會正在世代交替的封面故事。在系列報導中，有一篇探討政治人物世代交替的主文，文中提及老一輩決策者面臨社會改革要求日殷，儘管不十分情願交棒，卻不得不面對歲數已大的無奈。為能更清楚呈現歲月不饒人的事實，採訪記者幾乎找遍列有政治人物年齡、或出生日期的文獻，一筆筆核算、平均、做簡單的統計分析。文中做了這樣的描述（吳迎春，1987. 3，p. 69）：

> 「拒變」或「懼變」的情緒最近有了冰釋。老一輩決策者已逐漸面對年齡上「自然極限」逼近的事實。譬如執政黨決策核心中央常務委員會的十二人革新小組平均年齡已達七十五歲，其中一半以上超過八十歲；行政院最高決策層—政務委員平均年齡六八・三歲，其中超過七十歲的達七〇%以上。老一輩決策者深感一個時代即將結束，加上民間的壓力，也漸接受改變是「大勢之所趨」，無法避免的事。

　　這一段畫線部分的數字引用看似簡單，其實是花了相當時間及力氣綜合各家資料一筆筆整理而來。不過，原始資料來源倒是相當普遍，包括有中華民國現代名人錄、中華民國當代名人錄、立法院

及監察院委員名錄，還有行政院研考會印列的行政院所屬之人事名錄等，前兩項一般書店、網路書店都有販售，若有記者身分，其他的資料則可以向相關的行政機關索取。

可見資料來源其實並不難找，問題在我們平時是否下了功夫去從各種可能來源翻查？要用時，是否肯花時間去找？是否有功力和時間將其消化整理成有報導價值的資訊？

㈣數字引用不宜過多

在文章段落中，一口氣引用一長串的數字，不僅讓讀者消化不了，而且文章的可讀性可能遞減。如果非得寫出長串數字，則不妨用表格，配上插畫或照片。下面這一段落敘述，是中央通訊社在2008年8月18日發稿之第三、四、五段原文，這是該社記者就臺聯黨在記者會上公布該黨所做之「馬政府兩岸政策民調」結果所做之報導[8]。

> 根據臺聯民調，四成七民眾認為政府新的兩岸開放政策，對臺灣經濟有幫助，三成五認為沒有幫助；四成一認為對股市沒有幫助，三成一認為有幫助。
>
> 民調指出，三成七認為馬政府上任後推出的兩岸開放政策速度太快，一成一覺得太慢；七成二認為政府兩岸開放政策對大企業有利，認為對一般民眾有利的不到一成；五成六認為政府兩岸開放措施對改善兩岸關係有幫助，三成一覺得沒有幫助；四成五滿意政府新的兩岸政策，三成六不滿意。
>
> 民調表示，百分之五點九受訪者認為馬總統上任後，生活過得比較好，五成五認為都一樣，三成四認為比較不好；四成六認為馬總統上任後，臺灣的經濟比較不好，三成三

8　中央社（2008. 8. 28），〈臺聯：820抗議後 視情況處理賴幸媛問題〉，《中央社》。

認為一樣，覺得有比較好的有一成。

你認為這三段報導如何？你說得出這個民調的重要發現是什麼嗎？你記得哪些數據？整體而言，這篇報導有閱讀價值嗎？

我以為，此文記者下筆前，可能根本沒有想過：這篇報導的讀者是誰？他為什麼會看？這個民調有什麼引起讀者注意或興趣的重要發現？因為記者沒有這些「心存讀者」的思考，所以寫出來的文章，像是一篇乾澀乏味的作業報告，既未寫出重點，只是一連串統計數字堆疊，也沒寫出數字背後的意義，若是一般報社的文稿，恐怕不易得到選稿編輯的青睞。

受限人腦對數字資訊的接受程度，即使在單句裡，數字呈現也不宜過長、過細，儘量化繁為簡、一語中的，讀者才能快速、正確的接收到數據背後欲傳達的意義。例如根據內政部最新統計，臺灣人口（2007年11月底為止）計有22,945,782[9]，新聞書寫中我們都是以「將近兩千三百萬」表之，一般言之，唯有圖表中才需要如此精確的數字引用。

數字引用固然能說出有深度、有說服力的故事，但從傳播效果面向來看，又似乎有越來越多人不信任數字。學術界對統計數字、民意調查的負面批評及檢討也越來越多。一些拆解數字迷思、揭露數字操弄手法、辨別調查真偽的相關著作也越來越多。置身在資訊充斥的社會裡，我們既是資訊處理者、使用者，也是資訊傳播者，要如何洞悉數字背後誇大不實、卻披著科學外衣的謊言？如何應對他人有意或無意耍弄的數字魔術？如何自我防禦，以免成為數字的奴隸、謊言的受害者？接下來，我們就來探討數字背後可能有些什麼陷阱或謊言，以及如何自我防禦。

9　內政部網站，http://www.ris.gov.tw/ch4/static/st0-0.html，上網日期：2008. 8. 15。

第四節　數字背後是真相？還是謊言？

理論上，數據或統計應該都是經過科學方法（即依照科學的共同標準）測量而產生的，但是許多自然及社會領域的科學家、長期與數字為伍的資深新聞工作者，也都用各種科學方法反證、並以大眾化語言提醒大眾[10]：數據雖然給了我們很多真相，也不可忽略藏在背後沒有公開的另一些可能的真相。像民意調查、食品及藥物效果的研究結果、關於食衣住行的廣告、政府公布的施政成效、只為己利的訴訟調查等等，都可能是披著科學外衣的謊言。身為一個現代的資訊處理者，我們必須有能力來檢驗這些常被人有心、無心誤用的偽善，為讀者找出真相。下面是我們在正確解讀、詮釋數據資訊前該有的基本科學認知。

(一)相同等級才能比較

我們來看看這個案例：英國全球著名的財經雜誌《經濟學人》（*Economist*）在1986年5月31日那期一篇對英國經濟成果的評估。我們看到了幾個引述正確的數據，但卻產生了兩種截然不同的觀點。

當時執政的保守黨（1979-1985）及反對黨工黨各列出英國過去幾年的經濟表現，明明只有一個事實，但卻有兩個不同的陳述、產生了兩個截然不同的觀點：保守黨說他的執政成績亮麗，工黨卻笑說，過去幾年英國經濟成長實在很有限（見表3.1）。

從表3.1中，我們看到英國保守黨並沒有以其全部執政期（1979-1985）來衡量其經濟表現，只利用比較基期不同的差異，製造了高經濟成長率的假象。保守黨選用了較有利的百分比數字，來顯示有利的狀況，但是卻未說出半句假話。可見資料之運用及解讀，各有巧妙不同。

10　臺灣一直有不少譯作出版，如張美惠譯，1996；陳世敏、鍾蔚文譯，1989；鄭維厚譯，1998。

表3.1　一件事實，兩個觀點

表面上的陳述	事實透視
保守黨（執政黨）表示，過去幾年英國經濟表現很好： 1. 1981-1984，經濟成長率每年3% 2. 1979-1985，通貨膨脹下降40% 3. 1985年製造業外銷成長15%	1. 經濟成長率 　1979-1985平均1%； 　1980-1981平均後退1.5%； 　1981-1984平均3% 2. 通貨膨脹率 　1979-1985從10%降到6%， 　即下降了4個百分點，下降率40%
工黨卻認為，執政黨的經濟表現不佳： 1. 1979-1985，經濟成長率每年1% 2. 1979-1985，通貨膨脹只降了4個百分點 3. 1985年製造業外銷成長還不到1%	3. 1985年輸出 　以當期值（金額）比1984年平均增加15% 　以固定值（輸出量）比1984年底只增加了1%

(二)因果關係要能確定

　　我們再來看一個案例。在美國亞利桑納州，死於肺結核的人比其他州的人要多。於是有人懷疑：這是說，亞利桑納州的氣候容易生肺病嗎？但事實卻是：因為該州氣候適宜，對患肺病的人有益，所以外州肺病患者都搬來亞利桑納州了。

　　這個實例說明了，雖然亞利桑納州肺病患者死亡人數比其他州來的高，但此一數字的意義並非表面上看起來那樣，數字雖然不是捏造的，卻因資訊不夠完整，導致人們誤解一個變項（A氣候）的改變會導致另一個變項（B肺病患者）的改變，竟而忽略了還有一個潛在變項（C外州肺病患者也都搬來住了）。

　　兩個變項間的因果關係要能成立，有幾個先決條件，第一，兩變項有關聯；第二，需有事件發生的順序，一定是A變項先發生，B變項後發生，才能推論：A是因，B是果；第三，A、B關係間，沒有其他混淆因素，例如「吸菸」與「肺癌」兩變項間有直接因果關係。當然，因果關係都是經過科學研究證實而得，亦即雖然A、B兩個變項有很強的關聯，若未經過科學檢驗，就不能推論說兩者有因果關係。

㈢須提供完整資訊

我們再來看下面這個案例。有人說，大學畢業生工作不好找，平均薪水甚至比國中畢業的還低，像大學畢業生平均起薪是23,000元，而同齡的國中畢業生，月薪可以達到25,000元。所以，結論是：「讀書無用論」。

乍看之下，一般人可能認為這個推論頗有道理。若再進一步細思，你可能會發現，這裡雖然各列出了大學畢業生與同齡的國中畢業生的月薪，但只用2.3萬元、2.5萬元來相比較，似乎邏輯推論太過簡單，是否遺漏了一些其他訊息？

這段敘述完整的故事是，我們應該用同樣工作年資、同樣年齡者來做比較。大學畢業生剛入社會，年資淺、起薪低，而同齡國中畢業生現在的待遇是已經累積了7年工作年資及經驗的水準，把這兩者拿來相比，似欠公允。我們如果拿同樣是7年工作經驗的大學生月薪來和同齡國中畢業生月薪相比，相信大學畢業生的待遇一定比國中畢業生來得高。

再回頭看那段陳前總統「向人民報告」談話中，提到臺灣經濟表現的數據引用及詮釋的案例，在經濟學者劉憶如眼中，只以一個指標（臺灣外匯存底位居世界第三）來證明臺灣經濟表現優異似太單薄，她還參考了其他不同指標，如歷年外匯存底的增加幅度，並做跨國比較後，她「回嗆」前總統說，臺灣經濟表現其實是最差的：過去六年來，臺灣外匯存底從落後日本1,800億美元，增加為落後6,000億美元，落後大陸也由500億增加為6,000億。

對於臺灣的經濟發展成果，陳前總統雖未說謊，卻只說了部分有利於他的事實，對他不利的事實隻字未提。陳前總統也犯了資訊呈現不夠完整的謬誤，只是不知這是為他準備資料的幕僚有心或無心的誤導？

㈣資料蒐集過程要正確

研究設計要正確指的是調查或研究過程應依科學典範進行，也就是應依循目前這一行科學家所認定的共同標準來進行資料蒐集，

就例如民意調查有其典範，任何一個民調都必須依此典範來進行調查，所得出的結果才會廣被接受。但是由於人類科技越來越進步，典範裡的測量工具越來越精密，數據的蒐集過程及操作方法也就越複雜，是否符合科學精神、是否具有信度和效度等相關問題，也就相對越值得質疑及討論了。

　　例如，誘導式問題是改變民調結果的一種方法。在同一時間進行的兩種民調，雖然提問目的一樣，但由於問題陳述的方式不同，就可能產生完全不同的結果。美國80年代中、晚期，社會對應否讓墮胎合法化爭議頗多，宗教界反對、女性主義者支持，有兩項民調以幾乎完全相似的問卷調查法蒐集民意，結果卻有很大差異，原因在於，問卷中的問題提問方式有很大不同：

表3.2　誘導式問題會改變調查結果

問題陳述一	問題陳述二
是否提出憲法修正案「禁止墮胎」？	是否提出憲法修正案「保護胎兒生命」？
結果： 答「是」者，29% 答「否」者，67%	結果： 答「是」者，50% 答「否」者，39%

　　一個專案的資訊處理需要如何提高警覺、免被表面數據所誤導甚至誤人呢？《華爾街日報》資深新聞工作者Cynthia Crossen（張美惠譯，1996）在其揭穿數字謊言的著作中指出，我們在研判研究結果可信度之前，要先取得此一研究結果的工具，其次瞭解使用工具的方法，指的就是要先取得、瞭解這一調查的研究設計及執行的基本原始資料。目前臺灣的大學教育中，包括傳播科系在內的所有社會學科領域，都安排有必修的統計學、研究方法相關課程，我們只要學通社會科學研究方法的基本概念，就足以判斷這些研究結果的品質了。

第 五 節　如何提防數字陷阱？

對於一些科學研究發現或社會調查，臺灣大部分媒體通常只做報導、少做查證。這些人認為，讀者會自行研判調查結果的真實程度，本文以為，若要做個專業媒體人，可千萬不要以此藉口卸責。數字既然有重重陷阱，身為一個專業寫作者，在運用數字說新聞故事時，應先養成自我防禦的能力，才能進而幫助讀者、社會大眾培養防禦能力。

綜合數字的生產者（如統計學家、社會科學家）及使用或詮釋者（如新聞資訊處理者）的論述，本文建議，在引用數據前，我們這些資訊使用者要問自己以下幾個簡單問題，並且一定要得到答案：

㈠是誰說的？是真正的專家？還是媒體上的專家？

數據使用者要想找出是誰說的，一定要先仔細檢驗，勿被假象所掩蓋。首先，使用者要提防的是，資料來源是否有偏見或為己利？實驗室提出某一證據，只是為了支持某一理論、還是為了研究者本身的名譽、或是為了得到金錢酬勞？或是政治意識型態在作祟[11]？有時候報紙刊登只是為了有一則能引起讀者注意的新聞，或是標題過度聳動，而勞資雙方是為了工資爭論、廠商是為了促銷自家產品、環保運動者則以環境保育至上。

資深新聞工作者Croosen提醒我們，可從另一個面向來問這個問題：誰為這個調查付費？她舉例說，一項研究顯示吃巧克力對牙

---

[11]　例如2008年9月間爆發了所謂的「大陸毒奶」事件，負責食品安全的衛生署於25日幾度修改、放寬大陸輸入奶品所含三聚氰胺（即俗稱蛋白精）檢驗標準，導致署長林郁芳第二天辭職之風波，那兩天，到底是否可以放寬檢驗標準？蛋白精是否也會危及到成人健康？本應由食品檢驗、醫學專家發言，結果媒體上現身的「專家們」卻是，凡事均以意識型態發言、又不用功上進的作秀立委，食品安全專業常識不足、卻想趁機表現的消保官，以及專業知識未與時俱進的衛生官員等，加上媒體記者的無知、後製編輯的聳動呈現，導致消費大眾看遍各電視臺或報紙所有相關報導，只有恐懼卻仍找不到答案。這是個假專家既多又亂，真正專家之言都被口水淹掉的典型例子。

齒無傷，另一調查指出牛奶對嬰兒很不好，許多研究都認為吸菸甚至連一隻跳蚤都傷害不了。接下來，她又提供了研究調查背後更細節的資訊，包括巧克力的研究是由美國一家著名的巧克力公司委託做的，牛奶的調查是由動物保育者付費，至於香菸的調查呢，是由菸草工業做的。Croosen明白點名，美國許多見報的新醫學資訊，其實都是由直接利害關係的公司贊助的，所以研究結果總是符合贊助單位的利益。

有時候，我們在尋找真正的來源時，也可能被「可以接受的名字」所矇騙了，如某一醫學教授、某一科學實驗室、某大學研究團隊等所謂的「學者專家」。不要盲目相信「權威」，不見得明星大學某教授說的就絕對是真理，身為一個資訊傳播者，要的是時時保持一顆「善意的懷疑」之心，大膽假設、小心求證，或者用較通俗的語言說，就是時時保持一顆「溫暖的心，冷靜的腦」。

(二)他怎麼發現的？

接下來你要問：這個結論是否經過研究或實驗？依照科學的共同標準，這些研究是否站得住腳？

你還可以再問：不同的研究是否持續得到同樣的結果？同一領域的人，對這些發現是否已有共識？或者，至少大多數專家都已同一看法？是不是在沒有更多證據之前，先不要下定論？

從新聞、傳播視角觀之，我們常看到有些調查結論很有新聞賣點、值得報導，但當我們回溯某調查的研究方法時，會發現其設計或操作方法或有偏差，如問卷提問時間卷用語暗示性太強、或選用的樣本有偏差、樣本不當，有的樣本無法讓有識之士信服，有的樣本是回函過低，導致統計結果其實是有問題的。

簡言之，要探尋這個問題的答案，就是在考驗記者對研究工具和研究方法的認識。這樣的能力是當下大部分臺灣記者最欠缺、卻也是最必要的專業條件。

(三)是否有人改變主題？

在分析一個統計數字時，要注意在原有資料和結論間，有沒

有人偷天換日改變了主題——因為目的不同，結果可能也會不同，例如美國研究者曾經發現，中國大陸做人口調查時常會有這樣的問題，某地區第一次人口調查時發現該地區人口總計有2,800萬人，五年後同一地區人口調查，竟然發現人口增加到1億500萬人。原來第一次是為收稅和徵兵做調查，第二次調查是為了發放飢荒救濟金。

㈣聽／看起來是否合理？

有時候，為免我們失去掌握數字的基本能力，還是要多用些常民知識去判斷、敲敲簡單的電腦計算表，不實的統計就會現出原形了。曾有一位著名的泌尿科大夫說，美國有800萬個前列腺癌病人，一個記者算了算，發現照這樣估計可能得此病的年齡群中，每個男人都得了前列腺癌。

多年前，素負聲望的專業期刊《科學》（*Science*）刊登一篇談論植物病蟲害的文章，提到加州有一塊田每英畝可以生產75萬顆瓜，一個讀者算了算，一英畝等於43,560平方英尺，所以每一平方英尺約可生產17顆瓜（750,000/43,560=17.2），於是他寫信給編輯、並附上他的計算公式及結果，還很幽默的寫道，如果這些瓜是哈密瓜的話，以一顆哈密瓜所需的面積來算，「我猜它們一定是一顆顆疊著長，總共有17層。」後來編輯有點不好意思的回信說，正確的數字每英畝應該是大約1.1萬顆。（鄭維厚譯，1998, p. 125）

《華盛頓郵報》記者科恩在其著作《新聞與數字》（*News and Numbers*）中，建議記者每一次都要問的問題是：是否提出可靠的統計證據作為立論基礎？確定或不確定的成分有多少？你對這個結論有多大的把握？（陳世敏、鍾蔚文譯，1989，p. 14）

柯恩在書中一再強調，統計的重點顯然不在數字，而是態度與政策。記者應用統計蒐集資料時，應有正確的判斷力，而這種判斷力，應是以記者該有的科學素養為基礎。

第 六 節 結論

陳世敏認為，新聞報導不只是新聞價值判斷、新聞素材剪裁的問題，也是思考方法的問題。有的新聞直接涉及數字，有的新聞中隱含著數字的概念。碰到數字時，「記者有『觀其所以（指統計數字現象）、察其所由（指科學研究方法）』的能耐。集合兩者，便是思考方法。」（陳世敏、鍾蔚文譯，1989，p. 177）

思考方法包括了記者該有的基本科學素養，如或然率、功率、樣本數大小、偏差和混淆因素、變異的程度等等。坊間出版的一些通俗性統計書籍、資深新聞記者揭露操弄數字真相的著作，其實就是在企圖澄清這些統計基本認識。

事實上，一個優秀的記者、寫手或資訊處理者的養成過程，和一個科學家的養成過程是一樣的，具有科學家的科學素養及科學精神，也應是專業記者的終極目標。經常與兜售「真理」的信徒打交道，記者如何分辨清楚其中的事實或糟粕，的確不易，若能一本科學家探詢證據所用的理則與方法，必能提高新聞報導的可信度及可讀性。

如果我們都同意，科學語言是最精確的語言，那麼在書寫新聞報導時，就嘗試著儘量用科學語言。其實，科學語言的背後就是一個科學觀念，所以我們學寫新聞報導，其實就是在學科學性資訊處理及呈現。

───本章作業───

1. 請查閱你學校社區所屬的鄉（鎮、區）公所之人口統計相關數據，分析過去五十年來，這個社區人口結構變遷狀況，再做訪問探究其原因及意義，將其寫成一篇約五、六百字的新聞報導。

2. 請找兩則相關的新聞報導，消息來源如何透過媒體呈現「一件事實，兩個觀點」？並分析媒體如此呈現手法有何缺失？造成這些缺失的可能原因何在？

3. 找出2008年8月間發生的所謂的「毒奶事件」案例剪報，依本章第四節之邏輯謬誤、第五節之記者的科學精神，檢驗記者有哪些缺失？

參 考 文 獻

一、中文部分

吳迎春（1987. 3）：〈權位與歲月拔河〉，《天下雜誌》，第70期，
　　頁69-76。

夏沛然譯（1971）：**《統計的魔術》**，D. Huff 原著，*How to lie with
　　statistics*，臺北：科學月刊社。

孫曼蘋（1984. 9）：〈臺北市長楊金欉：被放錯了的棋子？〉，《天
　　下雜誌》，第40期，頁36-43。

孫曼蘋（1987. 1）：〈公平嚴明的法治社會〉，《天下雜誌》，第68
　　期，頁36-43。

張作錦（1992. 1. 25）：〈新聞記者的「聞風言事」〉，《聯合報》，
　　25版。

張美惠譯（1996）：**《真實的謊言：揭開民調與統計的黑盒子》**，原
　　著：C. Crossen（1994）. *Tainted truth: The manipulation of fact in
　　America*. 臺北：時報出版社。

陳世敏、鍾蔚文譯（1989）：**《新聞與數字》**，V. Cohn原著，*News
　　and numbers*，臺北：正中。

廖朝陽譯（1988. July 11）：〈數字遊戲〉，《美國新聞與世界報導》
　　中文版，頁59-61。

潘家慶（1988. 6. 29）：〈不要塑造民意假象〉，《聯合報》，第11
　　版。

鄭惟厚譯（1998）：**《統計，讓數字說話》**，原著：D. Moore.
　　Statistics: Concepts and controversies. 臺北：天下遠見。

二、英文部分

Goodgame, D. & Traver, N. (1991, December 9). A time for leadership. *Time*, pp. 22-24.

Miller, A. (1992, February 17). Are American really lazy: A Harvard expert says Japan has it wrong. *Newsweek*. pp. 30-31.

第四章　圖表說故事

陳百齡

....

第 一 節　本章範圍和目的

　　圖表是當代社會常見的一種文本。當代的人們每天暴露在各種圖表當中，想知道未來幾天氣溫高低、晴雨變化，人們得看看氣象圖表；關心當天股價漲跌走勢，人們得看股市分析圖表；想要瞭解剛買的手機有哪些特殊功能，還是得看看使用手冊中的示意圖。不僅如此，當陌生人前來問路，比手畫腳說怎麼都說不清楚之際，最好的方法還是拿支筆在紙上畫上幾筆、指出方向。可以這麼說：圖表是當代社會表意的一種方式，傳播專業人員透過圖表做為工具，讓閱聽人瞭解這個世界，一般人日常生活偶爾也製作圖表，讓別人瞭解自己所要表達的意思。因此，傳播學院的學生要成為未來的傳播工作人員，理當瞭解圖表設計和產出過程的種種相關因素；做為一個當代的媒體公民，至少也應該瞭解各種圖表所呈現的意義，以及有效掌握圖表呈現原則，以便精確表達自己的意念。

　　本章稱為「圖表寫作」，顧名思義是要探討圖表呈現的相關議題。過去人們對於寫作的認識，大都來自於文字的運用和表現，所以寫作被理解為各種文字相關的創作活動。但倘若「寫作」涵蓋人們發展意念，蒐集、分析、整理材料，並透過媒材展現事實或意見的活動過程，我們對「寫作」的關注重點，其實應該放在設計創作

活動本身，而媒材特性只是其中整個活動中的一環。由於當代社會資訊科技高度發展，人們在書寫活動中可以選擇的媒材越來越多。媒材如影像、音樂、動畫，甚至於超鏈結，都可以用於表意和創作。從而，「寫作」一詞不該侷限於文字，凡是社會文本的產製活動，包括攝影、音樂創作、電玩遊戲和本文所聚焦的圖表製作，都應該視為寫作。

本章聚焦於圖表（Graphics）。我們將探討人們利用圖像和文字媒材組合而成的一種表達資訊方式。本章內容將區分為四個部分：首先，我們將探討圖表的定義、重要性和歷史流變；其次，我們將探討圖表類型和敘事方式；第三、我們將討論圖表寫作的製作流程與表現策略，也就是圖表應用的知識；為了讓讀者容易瞭解，我們將以兩件圖表個案進行綜合分析；最後，我們將從圖表寫作知識進一步指出，在傳播教育和知識學習方面可以進一步思考的若干議題。

第二節　圖表是什麼？

「圖表」（Graphics; Information Graphics）包括「圖」（diagrams）和「表」（charts）。所謂「圖表」是指：運用文字、圖像或各種媒材的搭配組合，呈現數量、時間和空間相關的事實、概念或關係，包括統計圖、地圖、示意圖、時間表和表格等類型，以協助讀者獲取或分析整理特定或整體的資訊。圖表常應用在各種新聞、娛樂、勸服等資訊服務領域。以下進一步解釋圖表的定義。

圖表通常由幾種媒材共同構成內容。雖然我們認為圖表是一種圖像為主的視覺表意方式（visual representation），但是圖表通常都是文、數字和圖像的組合，很少圖表會只用圖形呈現內容，就以統計圖中的條狀圖為例，條狀圖是利用人類視覺感知原理，把數字化為若干等寬長方形，讓讀者比較長方形單邊距離，進而認識到

數字資訊之間的差異。條狀圖內容雖然由簡單的幾何圖形構成圖表主體，但仍然必須有文數字輔助，才能完成呈現數量資訊。所以圖表的目的是讓讀者透過圖形在解讀資訊上獲得方便，但是並不是只呈現狹義的圖像元素，而是多種媒材組合的結果。近年來由於科技的進步，許多媒材陸續加入圖表呈現的行列，在網站上呈現圖表，可以加入聲音和動畫媒材元素，這使得圖表成為多種媒材的表現場域，我們也可以期待圖表的媒材越來越趨向多元。

圖表的內容，主要在呈現數量、空間和時間相關的各種事實、概念、流程或關係。如果把所有的圖表都集合起來，逐一檢視圖表呈現哪些內容，我們將會發現：雖然圖像所資訊內容各異，但所要表現的不外乎是事實、概念和關係。所謂事實，包括數量相關的事實，如「新竹市人口數」；空間相關的事實，如「臺南縣芒果主要產地」；或是時間相關的事實，如「人類登陸月球的大事年表」。概念通常指的是一個觀念或想法，例如，達文西在15世紀繪製的飛機草圖，敘述人類利用機器飛行的想像，或者美國太空船「探險者號」向外太空生物陳述的「地球人類」觀念，都是把原本抽象的觀念化為具體成形的示意圖。流程（process）則是指一個自然現象或社會事件從開始到結束的內容和階段，前者如「月全蝕過程示意圖」；後者如「美濃紙傘的製作流程」。有些圖表描述時間和數量的關係，如「1895至1945年臺灣人口成長統計圖」；有些圖表描述空間和數量的關係，例如「臺灣南部七縣市汽機車數量統計圖」；有些圖表則描述空間、時間和數量三者之間的關係，例如「唐、宋、明、清等四朝代中國詩人分布統計圖」。

第 三 節　圖表的緣起

圖表敘事方式隨著時間而演變。早在新聞圖表問世之前，圖表以各種形貌出現在歷史之中。西元前35,000年克羅馬農人在庇里牛斯山洞穴留下壁畫。這是目前所知，最早的人類使用視覺符號

遺跡。西元前3,800年，蘇美民族用泥板刻劃來記錄美索不達米亞平原的農地分割狀態。接下來是西元前2,800年，埃及民族製作日曆，將一年分做365天，並用圖文方法加以記錄。西元600年，希臘民族使用經緯線以標記地圖，因有經緯線而提高地圖正確性。1682年 E. Halley 繪製出第一幅正確的星圖，正確預測出哈雷彗星將迴轉。這是目前所知人類最早印行的星圖。

中國甘肅天水放馬灘一號秦墓（西元前239 年）的七幅地圖，內容呈現戰國時期秦國所屬的行政區域、地理概貌和經濟概況。先前考古學家也在湖南馬王堆三號漢墓（西元前168 年）發現三幅古地圖。這兩幅墓葬出土的地圖之一，可說是中國迄今最古早的圖表作品。此外，西元 1121 年（北宋宣和三年），榮州刺史宋昌宗所立的「九域守令圖」問世，這是現存最早的中國行政區域圖，以縣為基本單位。「九域守令圖」並未留下來，但西元1136 年問世的「禹跡圖」，則一直保留到今天。

西方考古家從庇里牛斯山岩洞發現萬年之前先民把牲畜影像刻在洞壁上，做為計算財產之用。但是近代圖表的濫觴，一直要到文藝復興時代才正式出現。達文西（Leonardo de Vinci）被公認為是西方歷史上圖表傳播的先驅人物。他在1519年所撰寫的筆記當中，以各種視覺方式呈現他的觀察記錄和想法。這數百篇筆記資料是後世圖表的前身，也是資訊視覺化的先驅。1682 年Halley 站在巨人的肩膀上，遵循達文西的腳步，繪製出第一幅正確星圖預測彗星迴轉，是目前所知人類最早印行的天文圖。

計量圖表大約在18世紀後期開始流行。1786 年，被後人稱為「統計圖表之父」的 William Playfair 首先提出條狀圖和線型圖，是目前所知最早出現的現代統計圖表。西元1848年，電報問世加速傳遞氣象觀測訊息、提升氣象圖繪製效率。1851年，英國舉行倫敦博覽會，在水晶宮展出「每日氣象報告」。這是第一份公開發行的氣象觀報告。1861 年法國工程師 Minard 繪製「1812年拿破崙征俄示意圖」，圖內展示五項資訊：軍隊人數、氣溫、行軍方向、位

置、時間,是目前所知的第一幅綜合圖表。

　　新聞媒體上也把圖表納入新聞例行出版工作的內容,最早成為新聞內容的圖表是氣象圖。1875年英國《泰唔士報》印行「每日氣象」,固定刊載氣象資訊。1879年,《每日畫報》開始用圖表呈現氣象資訊。也因為氣象資訊的需求,美國政府為滿足氣象資訊的大量需求,在1910年創設政府氣象組織,每天定時用電報提供氣象報告給全國各報社。隨著電話和傳真機問世,報社直接用傳真機接收氣象圖表,報社美編甚至不必再花時間自己動手繪製。1960年,氣象圖表更透過衛星傳輸訊號,1990年代初期網際網路崛起以後,以網路直接傳輸圖檔,速度更為快捷。

第 四 節　爲何圖表有效?

　　從以上這些例子可知,人們使用圖表已經有相當長的一段時間。為什麼使用圖表?有人說,是因為圖表比文字更吸引讀者目光、更容易凸顯訊息重點;也有人說,是因為圖表的訊息不同於文字,可以提供讀者另類思考的模式。然而,圖表的優越性從何而來?過去文獻提出三種說法,稱為:物質論、視覺文化論和機緣論。

　　主張圖表有效溝通的第一種說法強調圖表在認知上的優越性。圖表之所以能促進溝通,是因為圖表本身具備某些「物質性」(materiality),包括點、線、面、材質、色彩等視覺媒材元素,這些媒材元素經過組合,產生若干視覺上的特質。例如,長條圖形由數個長方形構成,可以展現類別上的數量差異,餅狀圖以線條切割一個圓形,顯示總數內的比例。這些媒材「召喚」人類的心智結構,也由於圖表同時提供圖像和文字媒材,讓主控語文、數字和邏輯思考的左腦半球和主控圖像、藝術和空間思考的右腦半球,同時啟動。所以人類處理圖文整合的訊息時,比起純粹文字或影像媒材,更加有效率。

但是，也有學者指出，圖表之所以有效，並非圖表本身的物質性，而是社會文化使然；圖表的效能來自於社會建構力量。圖表成為一種主流的符號系統與論述方式，與人類社會長期以來使用數字、強調計量有關。也就是說，圖表做為一種「人造的認知工具」（cognitive artifacts），它的優越性來自於社會的形塑和慣行，逐漸演化而成為當代社會處理資訊的輔具，因此不全然是圖表在認知上具備優越性所致。例如，有些圖表（例如，所謂的「假圖表」或「垃圾圖表」）並不全然符合圖表呈現數量的原則，但依舊大行其道，便是社會文化的力量使然。

第三種說法稱做「機緣論」（Affordances）。這個觀點則認為，圖表有效促進溝通，既不全然是基於客觀的圖表物質性（認知上的優越性），也不完全是主觀的社會需求或預期（文化的驅動力）；圖表之所以產生效果，其實是主客觀兩方面若干特性共同組合所促成。圖表的確具有若干物質性，而產生認知優越性，但是圖表各種媒材的組合和展現，也是圖表設計者在社會文化條件下的選擇和重組。簡單地說，圖表是視覺特性搭配上特定社會文化條件，兩者「共振」（isomorphism）而產生效果。

以上這三種說法，為圖表的設計和評估，提供許多想像空間。倘若我們相信圖表資訊的優勢建立在物質性基礎之上，我們就必須掌握點、線、面、材質、色彩等圖形元素對於人們認知的影響，依據視覺元素的認知特性而按部就班設計圖表，以便產生預期的視覺效果。另一方面，假使我們認為圖表資訊的優勢，是建立在社會建構基礎之上，則我們會設法瞭解人們的慣性或品味，以便能夠設計出符合當代社會需求或期待的圖表。最後，如果，我們相信的是機緣論，那麼我們將要設法找出當代媒材的物質性和人們視覺之間可能交互影響的因子，透過組織、操弄或調合的設計過程，使得圖表一方面充分展現其物質性，另一方面也必須依循社會文化的脈動。從這一意義來說，圖表創意可說是設計人員在當代社會文化情境下，針對媒材物質性的重新定義與重新組合。

第 五 節　圖表與科技：媒材與工具的演化

　　圖表發展歷史，反映了人類媒介科技生態的演化。圖表能夠產製出來，一方面必須依賴縝密的社會分工體系，另一方面，資訊科技不斷演化，也影響圖表的呈現方式。

　　早期圖表的發展跟隨著造紙和印刷技術而演化。最初是用木雕、銅板刻劃出版面，再大量印製，在銅板或木板等硬材質上製作圖表，必須使用鋒銳刀具，既危險、也難以修改，因此早期書報圖表數量很少，因為圖表製作耗時，成本昂貴。一直到20世紀中期平版印刷術普及，人們於是可以在紙面上完稿，經照相製版後量產。照相製版可以表現圖像細節，例如陰影和材質，同時也比較容易修正，使製作時間大幅縮短，在新聞上被大量應用於戰爭和災難新聞。

　　電腦在20世紀中期以後成為圖表產製的幫手。1970年初期，政府和企業引進大型電腦，用以設計汽車、飛機，這是電腦繪圖的濫觴。爾後由於個人電腦問世，使得電腦進入一般辦公室和家庭。特別是1984年第一部蘋果電腦公司的麥金塔個人電腦（Apple Macintosh）Postcript 語言，以及雷射印表機相繼發明，使得繪圖成本和技術門檻都大幅降低。圖表在1991年波灣戰爭報導過程中獲得報界和讀者高度肯定，從此圖表在媒體版面上的應用，獲得前所未有的重視。人們使用電腦繪製圖表，不僅圖像文字整合變得容易，製作時間縮短，也便於圖表資料修改、儲存、複製和循環使用。

　　進入21世紀以後，電腦圖表開始走向立體和動態呈現。三度空間和動畫的概念和圖表相結合，使得原本只能以二度空間呈現的圖表，開始立體化和動態化。2001年《紐約時報》等新聞媒體報導雙子星大樓遭恐怖攻擊的九一一事件，大量利用網頁動畫軟體呈現整個事件的過程，使讀者可以透過介面選擇閱讀新聞事件，並得知時間和空間的變化過程。至此，圖表也正式進入「立體、動態呈現」

的時代。

　　1990年代之後，個人電腦軟硬體價格越來越便宜，資訊技術門檻因此下降；而網路科技快速普及，也使得人們很容易接近使用各種軟硬體技術。當家家戶戶能夠支付軟硬體，人人會具備電腦網路素養，但未必保證每個人都可以畫圖表。在傳媒敘述上，圖表說故事有一套自成體系的說故事邏輯和表意方式，因此，我們製作圖表前，不能不先稍稍瞭解圖表敘事的一般原則。

第六節　圖表如何說故事：敘事與文類

　　圖表是當代人們說故事的一種方式。人們在日常生活中通常透過特定的結構訴說故事。例如，新聞報導通常呈現標題、導言和新聞內文；用照片說故事通常也有一定的規則，例如，前景通常呈現故事所要強調的部分，主角位置通常位於影像中央地帶。人們說故事的時候，也會使用一些手法，例如，排序（由小而大、自古迄今）、對照（好與壞、新與舊）、或者比喻（對比、隱喻）等等。我們每天看到的圖表，通常是某些特定媒材的組合；讀者熟悉這些組合型式，也依賴這些型式而期待圖表內容展現某些意義：看到餅狀圖期待整體數量下的個別比例分配；看到曲線圖期待時間序列下的數量變異。圖表也出現在當代社會各種媒體（包括平面、電視和網路媒體）。當圖表載具不同時，圖表的表達手法也就必須略做調整。例如，電視比起報紙，在展現圖表時，不僅展示和閱讀時間受限制，解析度也較低，因此電視圖表敘事必須相當簡化，否則無法達成用圖表敘事的目標。圖表也常常使用排序、對照和譬喻。當代圖表設計便常用圖像譬喻（visual metaphor）的策略；例如，以油桶圖像呈現條狀圖的數量指標，藉以表明此一圖表內容和石油議題相關。圖像譬喻有如一把兩面鋒利的刀：圖表設計使用恰當的圖像譬喻，可以為讀者理解加分，然而一旦引喻失義，則可能更加誤導讀者。因此，圖表設計人員如何選擇恰如其份的圖表敘事策略，是

非常重要的。

　　圖表敘事的另一個重點是類型（genre）。一般說來，當代圖表可以區分多種類型。按照表意的目的，計量圖表（quantitative graphics）包括曲線圖、餅狀圖或條狀圖等，通常用來顯示數量差異的資訊。另一方面，定性圖表（qualitative graphics）例如表格、示意圖、地圖、時間軸線等，目的則在顯示時間或空間的變化。每一種圖表類型所要表現的訊息不盡相同。表格是以排序表達文數字之間的關係；條狀圖餅狀圖和線狀圖通常用來比較項目之間的數量差異；地圖表現空間分布；示意圖表現事件的元素與相互關係。此外，圖表設計者有時也會把數種類型的圖表，合在一起。例如，關於戰爭或重大災禍的圖表，常常集地圖統計圖或表格於一個表框之內，這種彙整數種類型的圖表，通常稱為「複合圖表」。

　　每一種圖表所呈現的訊息重點既不相同，構成元素當然也會有別。條狀圖目的在讓讀者經由比較線狀長短而推論出數量上的差異，因此必須具備類別和數量這兩種訊息，其基準點、類型名稱和數量刻度等元素，也因此不可或缺。再如，地圖旨在提供空間位置的訊息，因此地名、方向和位置等元素固然不可少，有時還需要比例尺、等高線等參考訊息。

第 七 節　圖表如何產製：流程與分工

　　我們把繪製圖表視為廣義寫作的一種類型，製作圖表的流程和一般文本書寫也非常類似。大體而言，當代圖表產製通常經過四個階段：(1)創意發想；(2)資料蒐集；(3)繪製與組合；以及(4)後製階段。

　　每一幅圖表都始於想像。當開始要製作一幅圖表之際，負責繪製圖表的個人或團隊對於即將動手製作的圖表，大都會進行構思。一個深思熟慮的圖表製作人員在想像他的圖表的同時，腦海裡往往縈繞著以下問題：繪製圖表目的為何？（這幅圖表主要目的是陳述

事實？勸服讀者？還是娛樂讀者？）讀者是誰？（讀者已經具備哪些知識？在什麼情境下閱讀？）圖表要表達什麼內容？（要傳遞哪些訊息？和其他同時呈現的文本有何關係？）圖表在什麼載具上呈現？（載具有何特質？有哪些媒材可以使用？有多少空間／時間可以呈現？）當然，還包括資源的問題（有多少人力支援？何時截稿？需要哪些設備？費用多少？）當然，在繪製圖表的初始階段，製圖者不可能一一預見上述所有的條件，有些資訊為已知，有些則為未知，有些因此接下來他（她）必須進入蒐集資料的階段。在當代媒體當中，圖表的構思未必是一個人的責任，而是由一群人共同進行腦力激盪。

圖表產製的第二個階段是蒐集資料。圖表不是塗鴉，不能憑空想像。圖表通常存在著某些目的和手段，要傳遞特定的訊息內容、呈現某些意義，因此圖表本身必然涉及若干事實、概念或關係。但是繪製圖表的個人或團隊未必掌握這些訊息，因此必須補齊眼前不足的資料。例如，在繪製圖表呈現「1981-2000年臺灣地區晶圓外銷數量」時，繪圖人員需要這廿年的數量資料，這時便必須依賴資料蒐集。資料蒐集是提出問題和解決問題的過程。我們可能會問：繪製這幅圖表，需要蒐集哪些資料？這個問題其實涉及晶圓生產知識，能夠掌握這些知識的結構，才有辦法確實掌握相關資料。另一方面，查找資料也涉及實作，因此必須偵測各種可能儲放資料的來源管道、查找數據、設法證實手中數字的正確性。由於繪圖和蒐集資料都是高度專業，且可能非常耗時，因此當代社會許多圖表繪製工作都組織團隊，資料蒐集讓內容專家來做，繪圖則交給專業繪圖人員，但儘管分頭工作，雙方還是彼此溝通聯繫，否則就會產生問題。例如，報社新聞圖表由記者蒐集資料，繪圖則由美工人員擔綱，通常由編輯居中協調。俗語說：「七分材料，三分手藝」，圖表產製亦是如此；沒有好的內容素材，就沒有好的圖表。由此可知圖表內容素材蒐集的重要性。

圖表產製的第三個階段是繪製和組合。繪製圖表，通常在資料

蒐集告一段落之後開始。當初步構思已經具備，需要的資料也都到位，這時便進入繪製圖表的階段。繪圖需要工具和技術，相較於先前手工產製的時代，電腦繪圖軟硬體環境提供相當多的便利，使得圖表繪製的經濟和技術門檻都大幅降低。從前訓練美工人員熟練使用針筆畫線，通常需要六個月至一年的時間；同時畫線一有閃失，整張圖表都必須重新繪製，非常耗時。但在電腦作業模式下，繪圖軟體提供復原和版本管理功能，可以回溯先前版本，減少工作作業時間，也確保繪圖作品的品質。

其次，圖表繪製工作也有「組合」的意涵。當代新聞媒體的繪圖人員經常面臨「瞬間鉅量」的問題，也就是在截稿前的極短時間內，必須處理大量訊息的狀況。例如，在戰爭爆發、地震或海嘯等重大新聞事件發生時，圖表需求更甚往常，往往超過繪圖團隊的人力上限，必須加以克服。除團隊分工之外，必須縮短工作流程。圖表產製人員很難從頭逐步構思圖表，而是在平日就蒐集可能運用得到的資料，把自製或外購的圖像資料納入資料庫，一旦遇有急需使用，則從資料庫中調出半成品，修改部分資料，以符應截稿時間。可以說「產品組裝」的意味甚於「作品原創」。在這種情況下，繪圖人員及其團隊的圖表繪製能力，可以說是表現在資料庫建置、圖像調度與內容修改這幾方面。

後製階段是整個圖表產製流程的「最後一哩」。所謂「後製」，是指圖表原稿完成之後，在載具上呈現之前的工作流程。圖表資料必須經過校對，確認圖表中的文字、數字和圖像無誤。一般媒體的守門行為，表現在校對工作上，但是圖表中含有圖像，其校對工作和文、數字校對不盡相同，此外，所有圖表設計必須輸出到印刷機或者網頁伺服器，圖表產製也注意後製階段中的檔案格式轉換、解析度和分色或網路頻寬等問題。印刷出來的圖表，倘若解析度不足或紙質不佳，可能影響圖表品質，而圖表倘若圖像資料量過於龐大而未經壓縮處理，可能影響網頁呈現的時間。圖表產製人員在後製階段通常必須和技術人員（例如印務人員或程式設計師）協

力工作，所以良好的人際溝通是完成任務的重要因素。

第 八 節　濫用圖表：垃圾圖表、假圖表與圖表倫理問題

　　研究圖像的學者Wainer 認為，一幅好的圖表必須滿足三項標準：正確、清晰、和美觀。其中又以正確性最為重要。如果新聞圖像不能夠正確報導事實，即使圖表再清晰、美觀，也無濟於事。當代媒介大量使用圖表，但是許多圖表的訊息內容未必正確而適合讀者閱讀。垃圾圖表、假圖表或被扭曲的圖表，都是圖表遭到濫用的例子。人們可能因為圖表製作過程中的不可抗力、過失或故意，以至於誤導讀者、甚至於完全扭曲圖表的意義。以下將分別討論濫用圖表的三種情況。

　　圖表常被濫用的一種情況是「垃圾圖表」（chart junk）。所謂垃圾圖表，通常是指那些使用過多版面、或過度裝飾（over-design），但卻只展示有限資訊內容的圖表。「垃圾圖表」通常起自美工人員企圖吸引讀者注意，而放置過多版面或圖像元素，反而掩蓋了原本要呈現的資訊內容，這種圖表本身未必扭曲資訊或誤導讀者，但是由於使用版面空間或美工手法的程度過當，違反「比例原則」，因而造成讀者視覺處理上的負擔。

　　另一種圖表濫用是「假圖表」（pseudo-graphics）。所謂假圖表，是指不當使用圖表型式、以至於誤導讀者的圖表。一般圖表，是透過圖表元素展示而使讀者產生數字、空間或時間上的推論。「假圖表」則是僅有圖表型式，但圖表元素並不產生作用。例如，條狀圖利用長方形一側的長度比例而產生數量差異的比較意義，但有些假的條狀圖不用基線、也不提供數量單位，而直接以數字表示數量；或改變部分長度比例，致使讀者產生錯誤認知。又如，地圖圖面上的距離必須遵守等比原則，但有些假地圖則刻意改變圖面上部分空間距離，又未善盡告知讀者的責任，因此而誤導讀者對於空

間距離的推論。通常「假圖表」之所以有機可乘，源自於讀者對於圖表類型的預期所致。

最嚴重的一種圖表濫用，源於不實資訊。「不實」是事實呈現的大忌，圖表造假，大致上有兩種類型：一種是圖表內容未經過合理的資訊蒐集過程，例如，靠著憑空想像或捏造產生資訊，數據內容自始至終就是虛假的。目前在報紙上很流行的社會新聞「示意圖」，繪圖人員只憑著新聞報導的粗略描述，根本沒有新聞事件當事人或事發現場的諸多細節，卻可以憑空「想當然爾」地繪出相關圖示，便是一種造假的圖表。另外一種「不實」，則是隱藏關鍵資訊，無論是將其排除於圖表之外，或者是透過圖表型式、讓重要資訊隱而不顯，都可能構成不實的圖表。例如，透過年資、教育等分類而隱藏男女同工不同酬的訊息。圖表製作人員為避免不實圖表，除了資訊蒐集時必須進行查證之外，對於資圖表呈現型式是否可能隱藏訊息，也必須小心以對。

第 九 節　一個圖表產製的個案

L報美術編輯召集人A在晚間八時左右接到編輯主任的指令，編採會議中總編輯指示要製作一幅當天群眾遊行新聞的路線示意圖，以搭配次日報紙三版的新聞。伴隨著電話指令而來的是一幅記者傳真來的現場草圖。A估量這個晚上五位美編組同仁的工作量，決定把這件工作交給B，這已經是B當晚的第四件繪圖任務。三版新聞通常在晚間十點完稿，所以B必須在三小時內繪出示意圖。由於記者傳來的草圖字樣相當潦草，也未註明方向和附近地標，所以B去電請記者補充資料。她一面用電話聽取記者的口頭說明，一面以電腦連上全球資訊網，蒐尋遊行地段附近的電子地圖和衛星空照圖。記者口頭補充結束，B也順利下載遊行地區附近的電子地圖。B使用向量繪圖軟體載入電子地圖檔案，她把底圖旋轉一個適當角度，讓地圖呈現立體感，然後用預置在繪圖軟體中的樣式，修改色

調和線條尺寸，以符合報紙體例。接著B又從光碟中的圖像資料庫中取出本市警察局、法院和市政大廈的圖樣，這些公共建築圖樣是她預先繪製的向量小圖檔，通常用來當示意圖上地標的譬喻，便於讀者辨識方位。B把圖樣貼到圖內，按照記者提供的草圖，把路線用較粗的紅線標示出來，最後還要鍵入相關街道名稱。由於B對於遊行區域附近並不熟悉，她從書架上隨手取出一本剛出版的城市街道圖集，一一核對街道名稱。B把完成的草圖電子郵件送給三版編輯，兩個人在電話上交換意見之後，把示意圖填入編輯預留的版面。B把完稿送給製版組人員，請他們進行模擬分色，後製版組測試後回電告知結果，這時壁上時鐘指向晚間十時，B完成她這個工作夜的第四項圖表任務。

從以上這個報社圖表產製的個案當中，我們可以看到當代媒體的圖表產製作，必須經由各方協力。這則個案顯示，新聞圖表製作人員不僅必須和記者、文字編輯以及製版人員協力，更必須和各種科技共同協力，包括電腦軟硬體、網際網路、資料庫等。新聞圖表製作人員的目標來自於媒體組織，但是在完成繪圖任務的過程當中，B不斷在媒體常規（如截稿時間、查證程序等）、物質工具和時間之中尋求一條道路可以滿足繪製圖表的多重目標。或許B個人對於這場遊行有許多想像和表達方式，但為讓讀者易於瞭解圖表所呈現的事實，也為符合媒體的報導體例，以及讓完稿如期送上製版機，每個夜晚，當B坐在美編的位置上繪製每一幅新聞圖表，她都在尋找眾多目標當中的一個平衡點，她不在追求至高無上的美感，她也不在日復一日固定地複製圖表的格式。她在有限資源之間尋求出路，讓作者自己、讀者和媒體三方都可以接受的條件下，用圖表展示社會上剛剛發生或從來不為人知的一些訊息。

第 十 節　本章重點摘要

以上這個章節，我們討論的主題是「圖表如何說故事？」當代

媒體公民的圖表素養，至少表現在三個層次上：首先是瞭解圖表意義內涵，其次是能判斷圖表呈現的優劣，最後則是能夠用圖表精確表達自己的意念。

在本章有限的篇幅當中，我們介紹了圖表的緣起與歷史發展，同時也說明了當代社會廣泛使用圖表的原因：人們使用圖表已經有數千年的歷史，圖表之所以普及，不僅是因為圖表的物質基礎有利於人類視覺資訊處理系統，同時也是肇因於人類社會反覆使用圖形承載資訊的慣性。傳播科技和媒材的發展，維繫著圖表敘事的多樣性。科技越發展，使得圖表敘事越趨向多元性。當媒體科技的基礎逐漸從「鉛與火」走向「光與電」，不僅圖表製作的科技和經濟門檻降低，圖表敘事也從平面走向立體化和動態化。

圖表敘事是一種跨媒材的敘事方式，具有一定的結構，如何透過排序、對照、譬喻等策略，使得圖表敘事能夠在固定不變的結構下推陳出新，是圖表製作人員恆久的議題。因此瞭解圖表敘事結構與策略，才能製作有效而精確的圖表。

圖表製作始於創意發想，經過資料蒐集、繪製和訊息的組合，最後經過後製而告完成。「七分材料，三分手藝」的說法，凸顯圖表資料蒐集的重要性，由於當代媒體常規具有瞬間鉅量的特性，圖表工作者需要在短時間內處理大量資訊。因此，團隊分工、資訊預置和資訊元件組裝，是呈現圖表製圖能力的關鍵因素。

當代社會大量使用圖表的同時，也產生許多圖表濫用的現象，包括垃圾圖表、假圖表和虛偽作假的不實圖表。人們除了必須能夠區辨這些濫用的資訊類型，並且也必須知道如何避免自己落入圖表濫用的陷阱。

附錄一：圖表類型

	餅狀圖（pie charts）：通常用於表現部分與整體的數量比例關係。
	橫條圖（bar charts）：通常用於表現個別部分之間的差異。
	長條圖（column charts）：用來比較數個類目的數量上差異。
	堆疊條狀圖（step charts）：用來比較各個類目在不同時段所呈現的數量差異。
	線狀圖（curve charts）：用於顯示時間所造成的數量波動。
	塊狀圖（surface charts）：用於顯示時間所造成的比例變動趨勢。
	點狀圖（dot charts）：藉由點的分布狀況，以勾勒出數量的集中趨勢。
	表格（tables）：乃是透過欄（橫排）和列（直排）的排列組合，藉以呈現資訊類目之間的關係。
	地圖（maps）：表達空間中各種元素的關係。有時和統計數字或時間表共同呈現。
	流程圖（flowcharts）：表現事件發展過程中各個步驟或階段之間的關係。
	組織圖（organization charts）：表現組織團體的結構關係。

	結構示意圖（schematics）：表達概念或理論各個元素之間的關係。
	時間軸線（time lines）：表現時間的先後順序。
	時間流程圖（time-and-activity charts）：顯示事件發展的歷程。

附錄二：圖表範例

近來你的專題團隊團隊負責一本全球最富王室成員專刊，回顧近十年的每年全球最富王室成員榜，你負責2008年的部分。你致電富比士雜誌後獲得圖片與排名後，上司要你製作簡單的前十富王室成員圖表。

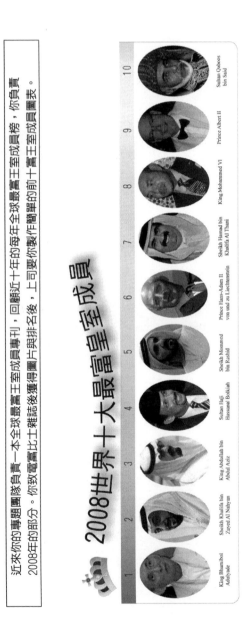

2008世界十大最富皇室成員

1　King Bhumibol Adulyade
2　Sheikh Khalifa bin Zayed Al Nahyan
3　King Abdullah bin Abdul Aziz
4　Sultan Haji Hassanal Bolkiah
5　Sheikh Mommed bin Rashid
6　Prince Hans-Adam II von und zu Liechtenstein
7　Sheikh Hamad bin Khalifa Al Thani
8　King Mohammed VI
9　Prince Albert II
10　Sultan Qaboos bin Said

近來做班級健康檢查，導師請你幫忙製作全班同學各區身高的人數統計圖，拿到資料如下。

性別 人數 身高	女	男
141～150cm	1人	0人
151～160cm	8人	2人
161～170cm	7人	6人
171～180cm	2人	8人
181～190cm	0人	2人

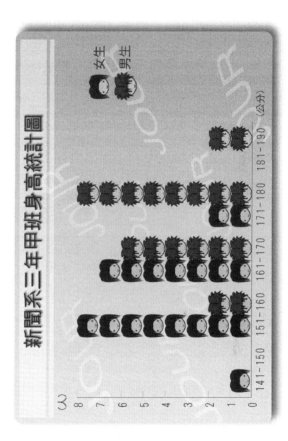

新聞系三年甲班身高統計圖

朋友想到101逛逛，但他101周邊道路不熟，加上手邊沒有電腦和地圖軟，於是你找了一張101周邊地圖，但影像與字體不是很清楚，可能也不夠聚焦，於是你打算重新描繪整理一份簡單扼要的清晰地圖給他，讓他能自行開車前往。

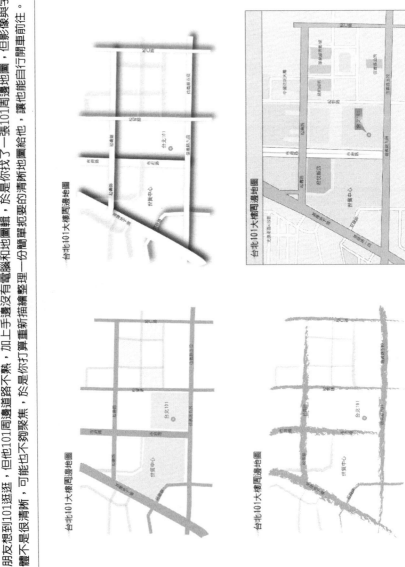

台北101大樓周邊地圖

台北101大樓周邊地圖

台北101大樓周邊地圖

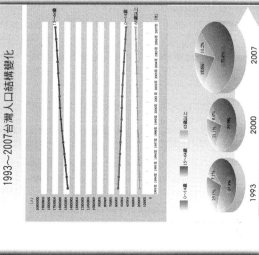

1993~2007台灣人口結構變化

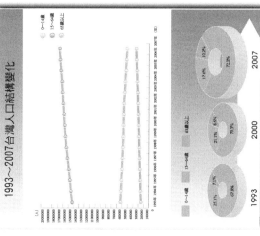

1993~2007台灣人口結構變化

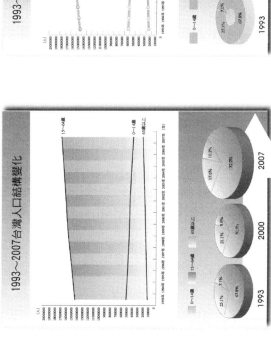

1993~2007台灣人口結構變化

為了觀察近十五年的台灣社會人口組成變化，何妙如以下資料，進行繪製組成改變的圖形。組成的資料取自民國1993、2000、2007年台灣人口組成結構的統計資料。下列是民國1993~2007年底未滿十五歲至未來三階段年齡層的人口數變化表。

年	年 齡 人 口 數		
	0~14歲	15~64歲	65歲以上
1993年	5279705	14226910	1498801
1994年	5195981	14449597	1562356
1995年	5076383	14650294	1631054
1996年	4982343	14851282	1691608
1997年	4914280	15076479	1752056
1998年	4815400	15302960	1812231
1999年	4734596	15492319	1865472
2000年	4703003	15652271	1921308
2001年	4661884	15773327	1973337
2002年	4598892	15890584	2031300
2003年	4481620	16035196	2087774
2004年	4387082	16151565	2150475
2005年	4259049	16294530	2216804
2006年	4145651	16443867	2287029
2007年	4800645	16584623	2343092

妹妹剛考進政大，為了幫助熱愛運動又不愛爬太陽樓的她認識室內體育館的運動場地和設施，你決定畫一個簡潔精美的立體導覽圖給她，讓她能好好認識利用。

舞蹈教室
(往B2) 設有軟墊與重訓器材。

鏡室
分為四場地，分別供班級、社團使用。

桌球館大廳
提供教學及校代表隊使用，不對外開放。本體育館地頗受運動比賽時、須事先向本地借用。賽前、須事先借用器室申請、賽後至體育室申請。

(往B2) 綜合教室
設有軟墊、沙包、跳繩等、多種室內運動在此進行。

美語教室
有九張桌說課，上課及代表隊練習時不開放。

正門
1. 入館請勿吸煙、飲食、穿著皮(拖)鞋，其餘事項詳場館館辦法。
2. 場地聯絡分機67087/62750
設有快訊認照燈與電子溫度表。

❶ 正門
❷ 體育館大廳
❸ 桌球教室
❹ 綜合教室

❺ 舞蹈教室
❻ 韻律室
❼ 鏡室
❽ 教室休憩室

❾ 冰塊供應室
❿ 器材（借還）室

女洗手間　男洗手間
女更衣室
男更衣室

─ 本章作業 ─

1. 請在本週的報紙版面（或新聞網站）上分別找一幅好和不好的圖表，並說明為什麼這幅圖表的優點和缺點。

2. 如果你要設計一幅圖表，表現貴大學過去三年學生中輟的資料：(1)你心中對這個議題的想像為何？(2)請說明哪些資料與這個繪圖任務相關？(3)哪裡可以蒐集到相關資料？具體策略為何？(4)你要如何呈現這個圖表？你會採用哪些圖表類型？你會採用哪些圖表敘事方式？

3. 當你就上述圖表，分別製作網路版和平面版時，哪些流程或媒材會有不同？(1)網路版和平面版各在表現哪些題材時，較具有優越性？(2)需要用到的符號形式有何不同？(3)製作團隊所需的能力有何不同？

延伸閱讀

一、通論、參考工具書

Baird, R. N. and McDonald D. (1994). The graphics of communication. Harcourt Brace Jovanovich College Publishers.

Finberg, H. & Bruce D Itule (1990). Visual editing: A graphic guide for journalists. Belmont, Calif.: Wadsworth.

Harris, Robert L. (1996). Information graphics: A comprehensive illustrated reference: visual tools for analyzing, managing, and communicating. Atlanta, Ga.: Management Graphics. Jacobson, Robert E.(1999). Information design, Cambridge, Mass. : MIT Press.

Tufte, Edward R. (1990). Envisioning information. Cheshire, Conn.: Graphics Press.

Wilbur, P. (1998). Information graphics: Innovative solutions in contemporary design. London: Thames and Hudson.

二、傳播科技與歷史發展

Finberg, H. I. (1984). "Mapmaker, Mapmaker, Make Me a Map: A Review of How U.S. Newspapers Illustrated the Invasion of Grenada." Design 15: 9-11.

Monmonier, M. (1995). "Photoengraving, Photowires, and Microcomputers: Technological Incentives for Journalistic Cartography." Syracuse Scholar.

余鳳高（2005）。《插圖的文化史》，香港：中華書局。

海野一隆（2002）。《地圖的文化史》，香港：中華書局。

薩里謝夫（1982）。《地圖製圖學概論》，李道義、王兆彬譯，北

京：測繪出版社。

三、視覺化與視覺思維

Finberg, H. & Bruce D Itule (1990). Visual editing: A graphic guide for journalists. Belmont, Calif.: Wadsworth.

Card, S. K., J. D. Mackinlay, et al., Eds. (1999). Readings in Information Visualization : Using Vision to Think. San Francisco, Calif., Morgan Kaufmann Publishers.

Fallyad, U. M. (2000). Information visualization in data mining and knowledge discovery. San Francisco, Calif., Morgan Kaufmann.

Ware, C. (2000). Information Visualization: Perception for Design. San Francisco, Calif., Morgan Kaufmann Publishers.

諾爾曼（2001）：《心科技》，黃賢楨（譯），臺北市：時報文化。

四、圖表敘事與文體

柯恩（1989）：《新聞與數字》，臺北市：正中書局。

林良（1976）：圖畫裡的世界，《淺語的藝術：兒童文學論文集》，121-131，臺北市：國語日報出版社。（傳圖，815.907 225）

蔡琰、臧國仁（1999）：新聞敘事結構：再現故事的理論分析，《新聞學研究》58，35-71。

Shires, L. M. & Cohan, S.（1997）：《講故事：對敘事虛構作品的理論分析》，張方（譯），臺北：駱駝出版社。

Kress, Gunther R (2001). 柯瑞斯（1999）：《解讀影像：視覺傳達設計的基本原理》，臺北市：亞太圖書公司。

Jones, G. E. (2005)：《別讓統計圖表唬弄你》，葉偉文（譯），臺北市：天下遠見。

Harrower, Tim (2002). 于鳳娟（譯）：《報刊編輯手冊》，頁148-159; 184-190，臺北：麥格羅希爾出版，五南發行。

五、製作流程與團隊分工

Hansen, Kathleen (2004). Behind the message: Information strategies for communicators. Boston, Mass.: Allyn and Bacon.

Holmes, N. (1984). Designer's Guide to Creating Charts & Diagrams. New York, Watson Guptill Publicatins.

Glasgow, D. (1994). Information Illustration. New York, Addison-Wesley Publishing Co.

Meyer, E. K. (1997). Designing Infographics, Indiapolis, IN: Hayden Books.

Ward, Jean (1987). Search strategies in mass communication. New York : Longman.

Holmes, Nigel (2005)：《有例可圖：停格的異想世界》，臺北市：時報文化。

六、圖表濫用與倫理問題

Wainer, Howard (2000). Visual Revelations: Graphical Tales of Fate and Deception from Napoleon Bonaparte to Ross Perot. New York, N. Y.: Springer-Verlag.

Hooke, R. (1983). How to Tell the Lies from the Statisticians. New York, Mercel Dekker, Inc.

Jones, Gerald Everett (2001). How to lie with charts. Gerald Everett Jones.

Mauro, J. (1992). Statistical Deception at Work. Hillsdale, New Jersey, LEA.

Cohn, V. (1989). News and Numbers: A Guide to Reporting Sttistical Claims and Controversis in Health and Other Fields. Ames, IA, Iowa State University Press.

Monmonier, Mark S. (1991). How to lie with maps. Chicago: University of Chicago Press.

Hayden J. E. (2000). Digital manipulation in scientific images: Some ethical considerations. Journal of Biocommunication, 47:11-19.

第五章　結構四式

陳世敏

第一節　本章範圍和目的

文章結構，指的是寫作材料的組織方法，包括材料呈現的先後次序、某類材料與另一類材料的關係、導言與主題、主題的開展、導言與結語之間的呼應。文字是一種線性媒介，一次只能寫一件事，寫完了寫第二件事，這樣才能避免文字糾纏不清，前言不對後語。所以，結構也是文字邏輯的問題。我們熟悉的作文之道「起承轉合」，既指寫作材料的組織方法，也指文字邏輯。對本章而言，一般作文原則自然有參考價值，但不在本書裡特別討論。本節「結構四式」，只討論傳媒寫作材料的組織方法。

一般傳媒寫教科書，將「純淨新聞寫作」視為入門，通常會談到純淨新聞的結構，包括「導言」與「正文」兩部分，並論述相互關係及各自的功能。「導言」是一則報導中最具新聞性的事件要點精華，是主題；「正文」則是主題的重複、細節、補充。儘管如此，純淨新聞是新聞事件的簡單報導，通常文章不長；如果事件複雜，媒體的習慣作法不是拉長一則純淨新聞的長度，而是將事件分開拆成幾則新聞處理。一般中文純淨新聞字數，約在三、五百字之間，也有長至七、八百字的。再長的，就少見了。廣播和電視純淨新聞的長度，很少超過三分鐘的。

從性質來分，特寫（專題）有五類：背景特寫、調查報導、人物特寫、人情趣味故事、幽默特寫。

要提醒的是：字數或長度並不是區分純淨新聞或特寫（專題）的唯一標準。

結構俗稱布局、章法。印刷媒體的新聞特寫或專題寫作，文章長、內容多，就必須特別講究結構，可以向讀者顯示文章材料的安排輕重有別、急緩有序、進退有節、終結有時，而由頭至尾一氣呵成。從這個意義上來說，傳統文章章法「起承轉合」，是完全可以應用到任何類型的特寫和專題寫作上的。

「起承轉合」模式的確是架構一篇文章的好方法，所以歷久彌新，老師從小學教起，教到初中、高中。「起承轉合」最大問題在於：這個文章結構模式，雖然同時觸及了寫作材料組織方法和邏輯順序這兩方面的結構問題，但也僅止於指出原則，卻沒有具體的執行方法細節、步驟，所以不盡然對每一位媒體寫作初學者有用。如何「起」，如何「承」，如何「轉」，如何「合」，要看個人的體會而定，沒有定則；既無定則，便難學習。這就是為什麼歷來偉大文學家的寫作經驗難以造就另一位大文豪的緣故。經驗只能參考，不能移植——如果你缺乏主人公所述的人生歷練，也不生活在同一個社會脈絡中，那麼你可能連理解他的經驗都有問題，遑論移植他的寫作技巧。

本節目的，在介紹四種實踐中的特寫寫作的結構模式，即華爾街新聞模式、馬星野模式、漢聲雜誌模式、漆敬堯模式。你閱讀時，請多注意每一種模式的特殊之處、適用範圍，以及它與「起承轉合」模式的相似度（或差異度）。

第 二 節　華爾街新聞模式

《華爾街新聞》（The Wall Street Journal）的特寫和專題寫作結構，慣用文學寫作從部分看整體的手法，是一種「聚焦法」

（The Focus Structure）。新聞媒介的故事，通常篇幅不長，很難在有限篇幅內說清楚大體制、複雜問題、龐大數字的意義來抓住閱聽人的眼球，讓他瞭解。一般人搞不清楚稅制對個人的影響，如果你談新稅法害他的所得減少了多少，他就瞭解了；一般人也不懂小麥市場如何運作，如果你寫的是小麥從進入市場最後變成餐桌上的一條土司，他會看得很仔細，因為這攸關他的日常生活。先看看下面《金融時報中文網》的這個範例。

打飛的去香港上班？

Jane Moir 原作

飛機通勤族

傑勒德・麥科伊（Gerard McCoy）的通勤之旅開始於他那5英畝大小的農場。從這裡開車出發，經過很短的一段路程，來到新西蘭克賴司特徹奇市的機場。隨後，他登上飛往奧克蘭的飛機，在那裡等候一個半小時後，他又登上另一班飛機。12小時之後，他出現在香港。

麥科伊是一位律師，在香港法律界頗有名氣，他曾在幾起香港基本法案件中與港府據理力爭。但14年前，他認定他的家人（包括患有呼吸困難疾病的女兒）在一個污染較少的環境中會過得更快樂。於是，他舉家遷往新西蘭，自己在香港高等法院（High Court）附近租了一間公寓，開始了他的定期長途通勤旅行。他解釋稱：「在香港，我女兒看上去非常痛苦……這是一個痛苦的選擇，但我已經這麼做了。」

為了更好的居住環境

香港地產代理機構流傳著許多關於外籍人士做出的類似的事——很多人在城市繼續從事薪水豐厚的工作，但住在環境更乾淨、消費更低、人口更少的地方。慢慢地，他

們不再搬住郊區，而是遷往飛行幾小時以外的不同城市。「在我認識的人中，有不少人在香港和悉尼之間通勤往來，」香港高力國際（Colliers International Hong Kong）董事總經理皮爾斯·布魯納（Piers Brunner）表示：「他們主要是出於家庭原因；這是一種生活方式。」

在這座亞洲商業之都，人們對豪華住宅的需求依然強勁，而且房屋租金仍在不斷上漲——2006年上半年漲幅已逾6%。但來自移民部門的數據顯示，香港的吸引力正在減弱，對外籍人士而言尤為如此。2005年，居住在香港的美國、加拿大和英國公民數量減少了14%。

人力資源公司Hunt Partners管理合夥人邁克·雷塔克（Mike Raytek）證實，日益嚴重的污染是人們大批離去的原因之一。在諮詢公司ECA International推出的年度生活質量排行榜上，環境污染問題導致香港的排名從第20位跌至第32位。他表示：「（潛在雇員）越來越頻繁地提到香港的污染問題，這會影響到他們的決定。」

飛行通勤族的難題

頻繁而更為便宜的飛行，包括高速互聯網和視頻會議在內的新興通訊技術，令這個通勤形式成為可能。約翰·巴克斯特（John Baxter）在香港經營著一家崗前考察企業，現在居住在澳大利亞西部城市珀斯。他表示，至關重要的是，兩地間有7小時的夜間航班，而且不存在時差。「如果你必須在凌晨1時參加電話會議，那麼，即使住在一個擁有卓越生活方式的地方也毫無意義。」

麥科伊將他在克賴司特徹奇和香港的時間大致平分，他承認，連續旅行並不輕鬆。「我的年紀漸漸老了。有一、兩次，我覺得疲憊極了，原因就是長期時差紊亂。」

飛機延誤、日益複雜的聯繫和偶爾出現的小問題，也

會讓人頭疼。「曾有幾次，我回新西蘭之後，在晚上6點接到電話通知『現在回來』，結果，我在凌晨4點半又出門了。」

麥科伊的家人很愉快，而且他這種方式甚至使他提高了工作效率。他在家裡完成一些前期準備工作。他的家被一個小湖泊環繞，那裡有成群的鴨子、新鮮空氣和極少的噪音。「對我而言，這是一個思考綠洲，」他表示，「在這種安靜的環境裡，我1個小時能做在香港需要花費6個小時才能完成的工作量。」

（資料來源：http://www.ftchinese.com/sc/story.jsp?id=001006836）

「華爾街新聞模式」將特寫分成四個部分（區塊）。第一是「聚焦在特定人物身上」。特寫文章的破題，是特寫的前一、兩段（偶爾也有長達三、四段的），地位相當於純淨新聞的導言，但與純淨新聞的導言功能不同。典型的純淨新聞導言必須開門見山寫出事件最具新聞性的重點；特寫的導言功能，則只在引起讀者的注意力和興趣，為主題埋下伏筆，不需直接跳到主題上去。

實踐上，「華爾街新聞模式」的破題方式，幾乎沒有例外，都聚焦在某一個特定人物身上，從這個人開始寫起。當然，這個人之所以有趣值得當焦點，必須是這個人是這篇特寫主題的代表人物，值得寫，也方便文章的開展，可以順利過渡到主題。這一點不難理解。新聞離不開人，即使寫事，也環繞著人寫。新聞專業工作者很早就從小說家那裡學會了敘事的技巧，知道人最關心的，是人。所以「新聞」（News）這個字，英文也叫「故事」（Story），寫新聞實際上是在寫人的故事！一旦找到一個可以引人入勝的軼事（Anecdote），是「華爾街新聞模式」標準作業程序（SOP, Standard operation procedure）。

寫新聞就是寫人的故事，一向是新聞事業的傳統。《華爾街新聞》喜用「聚焦法」還有一個專業的理由。眾所周知，《華爾街新

聞》屬於商業性報紙，以報導商業為主。可想而知它的新聞報導充滿了銀行、期貨、創投、晶圓、科技的相關內容，看起來冷冰冰缺少「人」味。專業是專業了，總覺不美。無論何種主題，《華爾街新聞》的寫作力圖聚焦在人身上，添增一點「人情趣味」（Human Interest）這個新聞要素，來創造自己的新聞風格，也是可以理解的。

「聚焦法」的導言，不論段落多寡，總要進行到導言最後一句，才點出主題。在範例中，前三段的導言，聚焦在一個非常具體的個人，名叫麥科伊，直到第三段末尾才從這個人的通勤軼事，連接到一個現象：定期長途通勤飛行。[1]這種手法，先用一個具體的事例引出一個現象，隨之進入主題，寫作上稱之為「過渡」（Transition）。關於「過渡」，從小到大，寫作老師很少說清楚，所以我們準備在討論第四種結構模式時，再度分析作文如何「過渡」的問題。

第二部分是「過渡到主題」。這部分是對主題的解釋或背景說明，也包含主題本身。如果特寫導言是開胃菜，那麼主題就是主菜，是重點，所以必須交代清楚這個主題為什麼值得一寫。特寫的主題，有如純淨新聞的主文，必須力求詳盡，不放過任何相關的細節。任何「深入」的寫作，需要很多相關的細節來堆砌；紅花再美，還需綠葉襯托。

在我們的範例中，作者清楚交代了為什麼其他人也搭飛機去上班，原因包括重視家庭團聚、香港住宅租金昂貴、環境污染、子女入學名額緊缺。這時候，故事所聚焦的第一位主角，功成身退，從此隱身，通常直到結尾才又重新出現。

媒介寫作者蒐集資料時，細節愈多愈好。臨到寫作，只有相關的細節才宜納入。不要忘記：長途通勤飛行還有許多主題可以寫成

1　本範例的題目「打飛的去香港上班？」，需要略微解釋。廣東話計程車叫「的士」，「打的」是坐計程車，這種表述方式已經通行於中國大陸大部分地方；「打飛的」意指搭飛行的計程車。「的」，音作「低」。

多篇文章，就留待日後還可以寫成之二、之三續篇，千萬不要把不相干主題的材料一股腦兒堆塞在一篇文章裡。所以打從一開始，你就得決定你手頭這一篇特寫要寫什麼，不寫什麼。應聚焦於主題，避免散亂蕪雜。一篇一主題，才能讓一粒沙有足夠的空間去展示一個世界。媒介寫作如此，所有其他類型的敘述，也都要儘量避免敘事蕪雜渙散。

第三部分是「擴展主題」。主題鋪陳過後，特寫文章從目前的主題轉向主題的其他面向，來增加主文的深度和廣度。在我們的範例裡，作者第三部分筆鋒轉向「飛行通勤族的難題」及個人的應對策略，特別著重時差適應問題，反覆鋪陳，目的都在進一步擴展「飛行通勤」這個主題，但在構思上，把主題從現象面轉向問題面。這使主題立體化了、多面化了，預先回答了讀者可能產生的種種疑惑，使讀者讀後有飽足之感。

除了主題立體化之外，另外一個擴展主題的方法，是對照法（比較法）：現在與未來的對照，現實與理想的對照，過程與結果的對照，甲策略與乙策略的對照等等，寫作者可以採用的開展主題的手法，委實不勝枚舉。

如果篇幅許可，主題可以多層延伸，也可以分支延伸，使結構複雜化，成為一本皇皇巨著。

第四部分是「回到焦點人物身上」。這是「華爾街新聞模式」最獨特之處：文章從哪裡開始，就在哪裡結束。始於焦點的人與軼事，也終於這個焦點的手法，有如小說寫作的「懸疑法」，讓讀者的閱讀興趣持續保持到最後，看到結尾焦點人物如何解決他的問題，才嘎然作罷。文章結束了，讀者的心思卻還留在焦點人物身上打轉，不能自已。

請特別注意：原文作者寫到飛行通勤的難題，只聚焦在「時差」這個問題上，訪問了好幾個人，卻故意把原文的焦點人物放在「擴展主題」這個區塊的最後，方便在第四階段「回到焦點人物」時，順勢進入結尾。結尾通常替導言所埋伏的懸疑，提出了有如撥

雲見月般的視野、令人莞爾的趣味、意想不到的收場。

看出來了嗎？「華爾街新聞模式」只不過是傳統寫作模式「起、承、轉、合」的舊瓶新酒，說得更具體、更容易操作、更符合媒介敘事的需要而已。這種寫作模式廣泛見於新聞性媒體，影響所及，臺灣幾家以品質取勝的雜誌，像天下、遠見、商業周刊，也普遍採用這種方式寫作。比較詳細的介紹，除了英文媒介寫作教科書外，還可以參考羅文輝[2]、彭家發[3]的中文著作。

第三節　馬星野模式

馬星野先生是政大新聞系創辦人，先後擔任南京《中央日報》和臺北《中央日報》[4]社長。他是第一位系統引入現代歐美辦報觀念的人。《中央日報》是國民黨黨報，馬星野辦報，在服務政黨和服務民眾之間，採取「先日報，後中央」的政策（新聞理念重於黨的立場），使《中央日報》成為那個時代頗有影響力的報紙。

馬星野在新聞寫作方面，也有許多獨到的見解。比方說，他主張一則好的新聞寫作要符合四個條件「新、速、實、簡」。他借用大陸時期「新生活運動」要旨，巧妙應用在複雜多變的新聞寫作上，既幽默又睿智。這個新聞寫作「理論」用在當今的臺灣報紙，依然不失意義。

至於新聞寫作，他的門生《大華晚報》社長耿修業[5]引述馬星野的說法如下：

2　羅文輝（1991）。精確新聞報導。臺北：正中。

3　彭家發（1989）。非虛構寫作疏釋。臺北：商務。

4　《中央日報》已於2006年停刊。

5　耿修業帶領一批《中央日報》員工，於1950年創刊《大華晚報》。不久韓戰爆發，《大華晚報》走「質報」路線，深受知識份子喜愛。1988年停刊。「新聞鉤子」理論，見耿修業（1991）「一個新聞工作者的回憶」，《新聞鏡》第134期，頁48-51。

　　「當你寫一篇特稿，一篇評論，或一則方塊，起首必須有
『新聞鉤子』，『鉤』出你要敘述或發抒的一切。這樣可
以吸引注意，引人入勝。
　　報紙是『新聞紙』，凡刊在報上的文字，都應該與新聞沾
上關係。深一層說：當發生一件新聞以後，一些靜態的塵
封往事，也常因之被鉤吊出來，而富有新聞趣味。」

　　耿修業說，他「主持大華晚報，即將此法引進，三十多年來，
同人們善加應用，寫過無數篇優秀特稿及評論」。後人對《大華晚
報》的評價，與此相若。

　　「馬星野模式」適用於特寫中的解釋性新聞、背景新聞、人
物特寫，用來配合主新聞。報面上，通常緊挨著主新聞或新聞評論
或新聞方塊文章。相關的主新聞，就是「馬星野模式」中的「新聞
鉤子」的本尊，可以用來「鉤」出一篇「靜態的塵封往事」，使往
事與新聞沾上邊，舊聞變新聞。「新聞鉤子」通常是這篇特寫文章
第一段的第一句話——不多不少，只有一句話。特寫文章的其他部
分，與新聞無直接關係，之所以會見報，是記者把往事鉤出來，與
主新聞沾上關係而已。

　　例如，波斯灣戰爭期間，多國部隊有一支隊伍攻抵伊拉克東北
方「幼發拉底河」流域，完成對伊軍的包圍。臺灣的報紙除了刊登
數則軍事進展的主新聞之外，其中一家報紙也用了「新聞鉤子」的
手法，刊登了一篇特寫，導言只有一句「新聞鉤子」：「聯軍今天
攻克的地區，就是古時兩河流域所在」。接下來將近千字的文章，
介紹兩河流域曾是聖經上「奶與蜜流經之地」，等等背景說明，像
極了高中歷史教科書的課文。這些歷史性文字，拜「新聞鉤子」之
賜，才躍上新聞版面，成為新聞背景。

　　至於解釋事件來龍去脈的解釋性新聞，可能事情本身沒有新聞
性，或者是舊聞登過了，原本不值得刊登，但如果有個相關新聞剛
剛發生，平白創造了一個「新聞鉤子」，使舊聞得以掛上鉤子，成

為一篇解釋性特寫。這樣的新聞作業，資深記者最為拿手，因為資深記者滿肚子舊聞，順手取來，掛上新聞鉤子，便自成篇章。

例如2006年年初，以色列總理夏龍重病入院，因為事值中東和平關鍵時期，報紙新聞登得很大。《新華社》記者黃恆寫了下面這篇特寫來配合主新聞。

人口統計學讓沙龍[6]「急轉彎」？專家敲警鐘

以色列總理沙龍的病情13日依舊「嚴重而穩定」。人們仍在探討一個存在已久的疑問：是什麼原因讓沙龍突然同意放棄部分占領土地並同意巴勒斯坦建國？路透社13日從一個側面給出的答案是：人口統計學。

以專家敲響警鐘

以色列海法大學地緣政治學教授阿爾農·索弗回憶道，在沙龍蟬聯總理寶座的那天，家裡的電話鈴響了。「他告訴我『明天把你的（以巴）分治地圖拿給我。』」這份地圖充分說明了索弗的觀點，以色列需要與巴勒斯坦人分治，才能建立一個猶太國家生存下去。

不少以色列學者發出警告，因為占領土地中巴勒斯坦人口增長迅速，如果巴勒斯坦占人口優勢，是否會選出一個非猶太人總理呢？路透社說，以色列人害怕巴勒斯坦人不再尋求巴以分處，轉而要合併為一個國家，那麼巴勒斯坦人的人口優勢將給猶太國畫上句號。

土地放棄還不夠

路透社說，這有助於解釋為什麼沙龍突然轉變態度，也有助於解釋以色列建設「隔離牆」的路線。

在去年9月沙龍加沙撤離計畫實施之前，以色列控制

6　沙龍，臺灣媒體作「夏隆」；加沙，臺灣媒體作「加薩」走廊。

土地上1,050萬人口中，51%為以色列人，而在約旦河西
岸與加沙地帶，阿拉伯人口占51%，猶太人為49%。撤離
完成之後，以色列控制領土中阿拉伯人口占總人口的比例
降至40%。

　　但索弗說，目前以色列放棄的領土還不夠。如果按照
他的計畫撤軍，以色列控制土地內阿拉伯人只占總人口比
例的16%，這樣才能一勞永逸。

（資料來源：2006-01-14「文新傳媒」網頁）

　　從加薩走廊撤軍的原因，是基於敵我人口消長的考慮，這項解
釋像是歷史教科書上的課文，很難單獨見報，直到夏隆總理住院，
有了這個「新聞鉤子」，才適時成就一篇有趣而深入的解釋性特寫
了。養兵千日，用在一時。記者的人文社會知識背景，到用時方恨
少。或者說，這筆中東人口政治學資料，在記者的資料櫃一躺多
年，終於等到時機，被「鉤」出來，成為一篇解釋性特寫的主角。
請注意，這篇特寫的導言，係來自一則純淨新聞，說「沙龍住院，
病情穩定」──就這麼一句，不多不少，居然使舊聞變新聞。新聞
鉤子之用，是為大用。

　　以此類推，久未見報的新聞人物、重大新聞事件週年，如果時
機到了，有相關的主新聞當鉤子，也可以順勢成為特寫的主角。新
聞特寫裡頭的人物特寫（又稱「人物側寫」）、新聞背景之類的文
體、社論、短評，在在需要一把「新聞鉤子」來鉤出陳舊的往事。
此處，也是新聞與歷史分道揚鑣之處。

　　何謂新聞，定義很多，其中一條調侃著說「太陽底下沒有新鮮
事」（非新鮮事不成新聞）。非新鮮事不成新聞？「馬星野模式」
的特寫寫作模式，剛好戳破這層新聞迷障，明心見性，直指新聞的
本質，特別適用於新聞特寫寫作。在「馬星野模式」裡，靠新聞鉤
子一鉤，舊聞立即變成了新聞，有如清水變雞湯，可以說是顛覆了
傳統的新聞定義。

第 四 節　漢聲雜誌模式

　　特寫結構的第三種模式，源自著名的《漢聲雜誌》。《漢聲雜誌》自1971年創刊以來，便以記錄華人民俗文化為己任，以專輯（專題）方式，每期一個主題，出版了獨樹一格的傳統藝術報導。類似「中國結」、「美濃紙傘」的許多報導，曾在社會上引起很大的迴響。

　　《漢聲雜誌》以「平衡東西文化交流」為出版宗旨。我們可以看到這樣一個明確的出版定位，如何透過一系列的編採實踐行動得以貫徹。這裡要談的，是它的「考工法則」[7]。

　　坊間報導民俗工藝的文章、雜誌不少，《漢聲雜誌》怎麼做？創辦人之一黃永松說：

　　　「如何才能避免浮光掠影、純粹審美、甚至是獵奇式的民
　　　俗文化及民間技藝報導，而能使傳統文化中潛藏的古老智
　　　慧，成為一份被發掘出來的『新發現』為現代人重新承接
　　　和使用呢？早在辦ECHO的年代，我們就已經再深思這問
　　　題，並開始嘗試以更細密、更有效的方式來進行民間工藝
　　　的調查和紀錄方式了。」

　　ECHO是《漢聲雜誌》的英文名字。由於期望傳統智慧得以保存，並進一步為現代人所用，《漢聲雜誌》格外注重傳統工藝的紀錄方式，於是他們揉合了人類學家、考古學家、藝術家的資料蒐集方法，自行開拓一套「考工法則」特寫（專題）寫作的標準作業程序，全體員工在記錄、調查、資料整理、寫作編輯時，依照「考工法則」執行，使《漢聲雜誌》團隊，從第一頁到最後一頁，中規中矩，顯現一貫的風格。

7　黃永松（1998），〈考工法則：體、用、造、化——談漢聲傳統工藝的調查方法〉，《傳統藝術研討會論文集》，頁537-548。國立傳統藝術中心籌備處。

「考工法則」包括四法十六則：

體──形制、材質、色彩、紋飾

用──使用之人、地點、事件、用法

造──材料、工具、工序、要訣

化──歷史、地理、人（使用者）、演變

「漢聲雜誌模式」的主要內涵，是「體用造化」。其中「體」，指調查主題對象的外觀型態；「用」，指調查主題對象的功能；「造」，指調查主題對象製造和生產過程；「化」，指調查主題對象的文化淵源和流傳背景。四個層面，十六項細則，每一個主題的民俗工藝報導在這樣的報導架構下，可謂鉅細靡遺，豐富完整，幾乎到了滴水不漏的地步。

文字、攝影之外，《漢聲雜誌》的報導特別重視現場的丈量、圖解，務使報導主題能夠纖毫畢現，方便依樣複製。黃永松說：「一張手繪的解析圖，勝過千言萬語的文字解釋和無數的照片說明。」

「體用造化」四法無疑是《漢聲雜誌》的獨特資料蒐集、資料處理、資料排比的方法論，而四法延伸出來的十六則，則是資料蒐集的具體執行方法。這與本節「特寫結構」有什麼關係？

本文作者認為，《漢聲雜誌》的「考工法則」，事實上架構了一篇文章材料，甚至架構了一整本雜誌的內容，說它是一般特寫文章的架構論也未嘗不可。我們可以具體預見：《漢聲雜誌》每一篇文章或多或少要環繞在「考工法則」上，所以是結構問題──雖然它與前述「華爾街新聞模式」、「馬星野模式」所強調的結構特質大異其趣，但仍不失為自成一格的文章架構模式，接近人類學家的田野調查報告。《漢聲雜誌》以其特殊作法來證明：一般社會科學的理論和方法，或者當下有關媒介寫作的理論和方法，實際上是相生相成，具有在地性的。因此，我們不妨說，它也是一種觀察社會的觀點、框架、理論、方法。這與傳統「起承轉合模式」的意涵不外是「作文之道」，落在極不相同的寫作意義座標上，因為它是一

種建構社會真實的敘事策略。可以說，「體用造化論」是一種認識論，也是一種方法論。

怎麼說呢？

《漢聲雜誌》的民俗文化報導，相較於主流大眾傳播媒體的一般性新聞報導，可謂獨具一格。客觀上，它的讀者對象同質性高，是一群高度關心民俗文化的人士。目標讀者人數雖然不多，但相關的知識經驗豐富，顯然難於滿足於泛泛的文字照片報導。客觀條件迫使《漢聲雜誌》必須另闢蹊徑，在報導敘事手法上採取最有利於表達主題的策略。可以預料的是：強調照片的使用，是解決客觀需求的最簡單方案，因為文字所短，即照片所長。到這一地步，思維不離傳統新聞學所說的一般常識「一張照片勝過千言萬語」或「照片自己會說話」。（作者注：按常識理解，這裡所說的照片，應指「好」照片而言。不如此就無法解釋為什麼臺灣的電視新聞充塞著一呎又一呎的影像或成堆圖片，卻依然被指為腦殘新聞或智障新聞。）

主事編者在這方面的認知，顯然超出坊間一般雜誌的編者甚多。看來，《漢聲雜誌》的特性和使命，其實召喚著對於新工具的需求，挑戰編者必須在表達方法上尋求創新。於是，新的敘事表達方法出現了。《漢聲雜誌》的共同創辦人員原本是藝術家，他們把藝術方法挪用在雜誌文章的表達，用精細的「手繪解析圖」言他人之所不能言，創造了新的專題報導敘事方法——也創造了新的「現實」。

所以說，「一張手繪的解析圖，勝過千言萬語的文字解釋和無數的照片說明」一語，既是《漢聲雜誌》的認識論，也是方法論；認知影響了方法，方法也修正了認知，兩者互相影響，共同塑造了雜誌的特殊風格。更重要的是，《漢聲雜誌》從思維、運作到成形，是在臺灣一時一地特殊時空下醞釀產生的，是具有濃厚在地特性的一種社會真實敘事體系。它給我們添增了許多什麼，就像「雲門舞集」給我們添增了什麼。是什麼，要看你怎麼看。不過我們似

乎都同意：如果缺少《漢聲雜誌》或「雲門舞集」，臺灣就不太像我們熟悉的臺灣了。話說回來，也正是當下的臺灣，造就了《漢聲雜誌》的在地性格。

在特寫結構方面，「漢聲雜誌模式」給了我們一點啟示，一個疑問。

啟示是：其實文章的結構不是天成的，不是獨立的；結構的後面，有資料蒐集方法的考量，甚至有這份刊物出版定位的市場考量。「體用造化」本身就是一個邏輯思考的程序，先「體」，繼「用」，再「造」，後「化」，綿綿不絕，自成一格。這便是一份刊物風格的誕生。若僅從表面文字而不去探討文字的內在邏輯，則是外行人純看熱鬧罷了。

疑問是：「漢聲雜誌模式」在手，其他報紙、雜誌可以移植嗎？這個問題在讀完第四種模式「漆敬堯模式」之後，相信你會萌生一些你自己的想法。

第 五 節　漆敬堯模式

漆敬堯教授在政大新聞系講授新聞寫作多年，他自創「之字論」用於處理特寫寫作的結構。他的文章結構模式論，適用於段落與段落之間的「過渡」。段落與段落如何連接，英文寫作裡有所謂「過渡片語」。像但是、不過、另一方面、相反的、換句話說、總而言之、除此以外之類的套語，都是過渡片語，具有「承上啟下」的作用，把兩個段落或兩個段落區塊的文字連接起來。這是「套語過渡」。

「之字論」則不同。「之字論」是「實質過渡」，它的核心觀念，是用文章本身的實質內容而非套語虛詞，來承擔過渡的任務。

具體作法，通常在第二段的開頭，以某種方式重複前面那一段最後半句中的某些觀念、論點、關鍵詞，即「承上」；接著從這裡發展到另外一個相關的觀念、論點、關鍵詞，即「啟下」。第三段

的開頭，同樣也承接前面第二段末尾的某些東西，然後往下開展、擴充、引伸，為第四段所承接。於是第一段過渡到第二段，第二段過渡到第三段，段落之間，一氣呵成。如果我們分析一篇完成後的文章結構，從第一段由上往下畫一條線，再將線條從第一段末尾連接到第二段開頭的句子，如此每段反覆，先啟下再承上，一曲一折，彷彿九彎十八拐，線條有如一個橫臥的中文「之」字；連續多段落的過渡與轉折，作結構分析的線條，就像一個「之」字疊在另一個「之」字上方。所以，除了第一段之外，從第二段開始，每一段開頭都具有承上的功能，而末半段則具有啟下的任務。

　　以下抄錄漆教授所著《「新聞特寫」與「分析新聞」稿件》一書中[8]關鍵性的「五一九大遊行」特稿[9]分析。原文作者是《聯合報》記者陳清喜，括號內的文字是漆教授的分析。

臺北的雨，繼續下吧！

　　臺北的雨，這兩天不停地下著。昨天午後，建國北路「民進黨」中央黨部辦公室內，一位該黨中常委熬過近五小時的中常會後，疲倦地望著窗外綿綿的雨絲，輕聲低語著：「5月19日當天如果還下這種雨，難題就解決一大半了。」（導言）

　　雨，也許無法澆冷抗議者的情緒，（承上段「這種雨」）但是卻足以讓看熱鬧的民眾卻步，也讓一場看似劍拔弩張的街頭抗議行動，比較容易收拾，難題也就大半可解。

　　到目前為止，這項「民進黨」舉辦的「抗議戒嚴活動」（承上段「難題」）已經決定在5月19日當天午後在

8　　漆敬堯（1990），《「新聞特寫」與「分析新聞」稿件》。臺北；正中書局。
9　　「五一九大遊行」是1987年民進黨首度大規模向國民黨嗆聲的活動，當時情勢緊張，朝野衝突有一觸即發之虞。

國父紀念館演講，接著向總統府方向遊行，然後派代表到總統府遞交「抗議書」。執政黨方面祇默許在國父紀念館集會演講，於是雙方在「遊行與否」及是否受抗議書兩事上，有所爭執，外加「反共愛國聯合陣線」插上一腳，在「五一九」前夕，臺北政治圈也就瀰漫著緊張的氣氛。

　　但是在這緊張的氣氛下，（承上段「緊張的氣氛」），雙方還是有舒暢的溝通管道與純熟的溝通經驗，且有充分的空間可供迴旋。而「民進黨」雖要遊行，遊行距離可長可短；執政黨雖然堅持戒嚴時期主管機關有權禁止遊行，也早就宣布過。在長期戒嚴已是指日可解的現階段，「假戲」可演，「真做」就大可不必。

　　其實朝野雙方（承上段朝野雙方的立場）都理解，這很可能是結束臺灣長期戒嚴之前，最後一次戒嚴體制下的大規模街頭對峙。

（以下為本文作者刪略）

　　可以看出，這篇特寫從第二段起，每一段開頭都以重複上一段末尾的關鍵字或相關的觀念來「承上啟下」，結構上像股票走勢圖或心電圖的多個「之」字，讀起來具有婉轉流暢、一氣呵成的效果。

　　這裡要提醒一件事：「之字論」的實際應用，不必要死板限定在一個段落與另一個段落之間，其實也可以用在「段落區塊」與「段落區塊」之間。很多時候，一件事可能需要幾個段落才能交代清楚的，則「之字論」沒有理由不可以應用在大段落區塊的文章上。尤其是雜誌的專題報導，有時候長度達數萬字，那麼，敘述區塊與區塊之間存在著某種邏輯關係，肯定是有其必要了。[10]

10　資深媒體工作者胡元輝的近作《媒體與改造：重建臺灣的關鍵工程》（2007，商周）一書，文章的結構不乏「之字論」身影。

說到這裡，我們豈不是回到了包含四部分內容（四個段落區塊：聚焦在特定人物身上、過渡到主題、擴展主題、回到聚焦人物）的「華爾街新聞模式」？

第六節　本章小結

其實以上四個特寫模式，無一不是傳統文學家知之甚詳的「起承轉合」架構的變體。只是「華爾街新聞模式」較重視趣味，「馬星野模式」較強調新聞價值，「漢聲雜誌模式」較在乎資料的完整實用，而「漆敬堯模式」較注意內在的文氣流暢。四個模式之間，各擅勝場，對於何謂「結構嚴謹」，各有各的堅持和特色。我們可以說，一篇好特寫一定不會忽視結構上的精心安排；至於臨到現實，作者究竟採用哪一個模式，作了多大程度的變通，便相對顯得不是那麼重要了。所以，一篇特寫（專題）同時採用數種結構模式，有如戲劇的「戲中戲」結構，融於一爐，也非不可能。相反的，沒有主客觀條件，強行套用某一種模式，注定是要徒勞無功的。

最後，這四種模式可以看成四種描繪社會真實的方法，或四種資料處理的方法，甚至是四種思考方法。它們各自所描繪、敘事的社會真實，在讀者心中造成的理解或意象，究竟是本質的不同，還是程度的不同？選擇某一模式的寫作結果，究竟是一個不同的世界，還是同一個世界？我覺得一個專業的媒介寫作者，如果心裡能夠擺著這個問題，動筆之前思考一下寫作模式的結構安排及其結果的相關問題，知其然也知其所以然，那麼你會更加洞悉你所報導的一切，得到專業成長的滿足。

─本章作業─

1. 閱讀連續四期的《天下》雜誌封面故事，逐一分析其文章結構
   屬於本章所述的哪一類型。在課堂上報告，與同學討論。

2. 說明本章所述的四種新聞敘事結構，需要事先蒐集什麼性質的
   資料？

延 伸 閱 讀

彭家發（1989）。非虛構寫作疏釋。臺北：商務印書館。

羅文輝（1991）。精確新聞報導。臺北：正中書局。

第　二　篇
類型寫作分論

蘇蘅

第 一 節　什麼是特寫寫作

　　特寫屬於新聞報導的一種，特寫的出現，原是要解放傳統純淨新聞的寫作手法。純新聞寫作一直蔚為主流，但是倒金字塔的寫作方式久而久之已成為一種刻板公式，更顯得枯燥死板；特寫卻更有彈性、有創意、文體也更為不拘泥。但是和新聞一樣，特寫須以事實為基礎，要求真確，但又不需報導整個新聞的始末，只要抓住新聞部分重點，提煉菁華，深入發揮即可。

　　西方社會稱特寫為feature stories，範圍十分廣泛，主要描述最近發生的事，包括會議、犯罪、火災或意外，和一般新聞相比，特寫更接近非虛構的故事，但又筆端常帶情感。多數特寫都有起承轉合，不但告訴讀者新知，也能提供扣人心弦的故事，娛樂、打動、甚至鼓舞讀者，所以有些特寫也可視為「人情味」新聞的深度報導。

　　好的特寫描述人物、特殊時間地點、一個觀念或事件過程，但它更具有普世價值，因此特寫不但是報刊雜誌、廣播電視常見的一種文類，也為記者建立名聲，發揮影響力；特寫的成功不但在於找到適當的題目，記者還要喜歡與人交談，長時間投入工作，對寫作具有高度熱情。但特寫又沒有特別的成功模式，記者常須借鏡小說

筆法，對細節和感官有深入描繪，要運用引語、穿插故事，又要有新元素增加報導的戲劇張力，有時又須有擬人的想像，所以也有人稱特寫是一種基於事實的創意寫作（creative writing）。

整體來看特寫具有以下共同特色：

1. 特寫以事實敘事為主：特寫緊扣新聞事件，以事實為基礎，不能編造杜撰。記者擷取新聞片段深入報導，以反映全局。因此特寫涵蓋範圍不僅是不尋常的人或事件，也在既有的新聞往下發展，包括人物特寫、對新聞事件的回顧、對有創意的活動帶來之啟發，無一不可為題材。

2. 新聞特寫比純新聞更重視文學技巧和語言的運用：特寫包括獨特的新聞線索、布局謀篇和寫作手法，具有濃厚創作性，但又不失客觀平衡，因此新聞特寫被公認是新聞寫作中最需要才華、也最需投注心力的一種寫作技巧。

3. 特寫文類具多樣性：以人情趣味為主，除了常見的新聞分析、人物特寫、事件特寫外，也包括居家生活、烹飪美食、書評藝評，無論有無時效皆可在內，因此可說幾乎所有重視深度的國內外報紙、期刊，都會有精采的特寫作品。

4. 特寫處理複雜材料，且具有鮮明的目的和報導主題，例如有些特寫在說服他人、喚起同情、啟發思考、引起反省，例如名家專欄。又如旅遊報導可以較細緻舖述旅途經驗和點滴細節，或人性真誠冷暖面。特寫行文可以筆端帶有感情，取材新鮮有趣，有別於純新聞報導，報導筆觸比一般新聞更多彩多姿而吸引人。

因此特寫雖然接近文學，具有故事特質，卻又要保持客觀，不是評論文章或散文。所有內容或情節都須經過求證核實的過程。

特寫定義為何？簡單的說，是根據事實，轉化成故事的一種寫作手法，特寫說的是別人的故事，但它說的是特別的故事。硬性新聞包括政治、警政、犯罪、體育、地方或商業新聞，純淨新聞要求寫出事實中的5W1H，寫出最重要的人、事、物、活動，解釋事情

的重要性，以及事件的本質。特寫則超越這些，強調更特別、更不尋常的東西。特寫需要打動讀者，把讀者帶入報導中，和故事中的人物同悲同喜同樂，有人認為人情味是特寫的必要條件，但是特寫不只如此。

美國著名的特寫作家Benton R. Patterson（1986）曾說，特寫作家要把人物放在寫作中，描寫人在做什麼、說什麼（行動以及透過敘事和引述看他們怎麼表達），了解這個人物為何值得寫，值得讀。他也提出特寫的三種基本法則：

1. 把人物放進故事裡。
2. 說故事。
3. 讓讀者如見其人、如聞其聲。

如果比較特寫和純新聞採訪的差異，兩者主要差異在於純新聞採訪像一次走到一個房間蒐集資料，但特寫的工作是需要記者在不同房間穿梭蒐集資料，進行訪問，聚集許多細節，匯集成一篇出色的報導。

在開始談如何進行特寫寫作之前，先須考慮特寫材料的蒐集和採訪技巧將因特寫類型不同而有相當差異，不同種類特寫的寫作策略也不盡相同，我們將以平面媒體為主，提出特寫寫作的基本原則，然後提供幾種常見的特寫類型，以提供讀者觸類旁通的思考。

第二節　新聞特寫類型

過去幾十年來新聞媒體的形貌改變很大，許多平面報紙停刊，電子報問世，小報紛紛出現，雜誌普遍增多，報導的出口除了在平面媒體外，也增加了網路媒體，作家的概念延伸到用多媒體的方式說故事，特寫的應用也變得更為廣泛。

常見的特寫主要可以分成四種：

㈠人物特寫

是最常見的題材，常常配合具時效的新聞一起出現。

1. 個人特寫：配合新聞事件而來，或是採訪或專訪最關鍵的人物，也可以用第一人稱方式寫作，或者用第三人稱方式、或者用一問一答方式呈現。例如一位得獎的導演、失敗的運動選手、成功的創業家等。有時則為悼念追思一位剛過世的名人而寫，此時須透過逝者的朋友、崇拜者、或敵人以及過去剪報中蒐集資訊，整理書寫而成。

2. 特殊團體：人物特寫也可能在報導二或三人以上的小團體。這類特寫同樣倚賴訪問、剪報相關資料整理而成。例如推出新專輯而大賣的流行音樂團體、最近奪得金牌的體育隊伍、某個推陳出新的企業、大學的明星科系、某俱樂部、某個民間團體、或團隊等。

(二)新聞分析

配合最近最新發生的重要新聞，從另一角度作補充說明、剖析幕後因素和深入報導。例如某候選人決定退出總統選舉，分析退選的幕後原因和心情轉折。又如某地區經常缺水，走訪當地居民談長期缺水之苦和受影響的內心感受。

(三)專題報導

設定主題，從幾方面、以幾篇文章，作深入的報導和探討。專題可以特別製作、有方向有內容也可呈現該媒體的關懷、專業水準和識見，可以反映該媒體的專業形象和獨特地位。因此專題可以在一般報導之外，提供更深入和更全面的探討，它包括多種角度、多種方向、多方意見、和多種資料。報導來源可涵蓋：(1)訪問；(2)觀察；(3)背景資料。這類專題內容必須具有具時效的報導價值，包括：(1)讀者感興趣的題材；(2)社會上最近的熱門話題；(3)對社會大眾有實質幫助的內容；(4)新鮮獨特、過去未見的題材。

(四)意見專欄

常見的意見特寫包括意見專欄、評論、思考專欄，甚至以日記方式定期出現的專欄，如署名的專欄作家之專欄，社論或短評也屬於這類特寫。意見專欄代表一種言之有物、有深度有見解的特殊思

考，針對社會現象、事件、趨勢潮流等，發出一家之言的特寫。

特寫是新聞專業化的表現，由於報紙篇幅較大，一直是承載特寫發展最重要的園地，國外報紙如《紐約時報》、《華爾街日報》都有針對特殊的事或人，或讀者有共同興趣的特別事務的專欄或特寫。舉凡人物、政治、宗教、健康醫藥、生活消費、體育、綜藝、文化、新科技，無一不可。

採訪寫作是報紙記者的例行工作，也因此許多優秀的特稿記者出自報紙，另外也因為特稿經常要能配合報紙新聞發展和截稿時間，甚至和記者主跑路線有關，有些報紙如英國《金融時報》這類重視言論和意見分析的報紙，記者經常有寫特稿的機會，也因為特稿通常署名，記者很快能被讀者認識，對於未來採訪也有很大幫助，可以保持一定的影響力，這是為什麼許多記者希望藉著特寫表達自己的創意與觀點。

雜誌特寫和報紙不大一樣，首先，雜誌作者多半是特約專欄作家或自由投稿者。又因雜誌種類差別很大，針對的市場和讀者也有很大不同，例如新聞類雜誌像《時代》和《新聞周刊》就有專屬的特稿作家，但有些較小的雜誌可能仰賴更多外稿作家，水準就可能參差不齊。

但是國外許多一流雜誌往往以好的專欄招徠讀者，英國《金融時報》和《經濟學人》就是最好的例證。《經濟學人》每期固定按科技、經濟、金融等分成數個主要專欄，並會提供意見於純新聞之外。

至於因應新科技發展出來的線上特寫寫作，無論是純文字，或用HTML，或用PDF檔，隨著網際網路普及，也出現被稱為e-zines的電子雜誌和電子特寫。E-zines取其e化（電子化）和雜誌（magazines）的字尾合成，1990年代，這些期刊因為電子信的普遍而大量寄發，到最近更因網誌（Weblogs）發達，出現許多個人風格強烈的部落格，部落格代表新而獨立的新聞形式，成長相當快速，有些著名的部落格也受到相當矚目。

第 三 節　如何選擇主題和資料蒐集

　　特寫題材無所不在，幾乎在各類新聞報導中都能找到可以成為特寫的題材，只要新聞記者用心用腦觀察思考即可。好的特寫題材通常具有新奇、戲劇化、多彩多姿和令人鼓舞等特質，記者可以從採訪的地方、訪談對象中找到題目，但記者需要在背景資料多下一點功夫，也要多用自己的感官，如眼、耳、觸感、嗅覺，敏銳地覺察採訪情境裡的人們如何移動、說話、穿著。記者要用適當的動詞（而非形容詞）來描述這些場景，記者關心他／她的採訪對象，也在意這些事物、人事產生的背景或原因。

　　特寫題目的產生最主要靠記者的好奇和觀察；新聞報導具有加值效果，就可能是一篇好特寫誕生的動力，例如九二一大地震、卡玫基颱風過後、內閣改組、金融風暴，無一不蘊藏感動人或具有人情味的故事，無論是目擊者、參與者或受害者、英雄、平凡人都可能因為記者的慧眼，找到特殊關注焦點，而點亮了故事的本身，成就一篇好的特寫。

　　選定主題後，記者接著要思考這個題材如何讓廣大讀者感興趣。最重要的步驟是聚焦再聚焦，找到應該強調的主軸，也許是一個人，是一種情節、一段過程，例如人物特寫並不能把一個人整個生命經驗都舖陳出來，所以記者的人物特寫要找到這個人某個感動人的面向作為切入角度，一段獨特的經驗、一種特質或特殊成就，能以濃縮的方式展現這個人的人格特質。如果記者找不到特寫的主要切入角度，特寫就容易變成長篇大論，缺乏組織，甚至不夠深入動人，而是表面而膚淺。失焦的特寫會讓讀者困惑，甚至不想看這篇報導。

　　蒐集特寫資訊的過程通常比一般新聞採訪繁複，記者需要有多方資訊來源。也許需要訪問十個人以上，才能得到更完整的故事樣貌。好的特寫記者會花上比平常多出二至三倍的時間蒐集可用的資訊，這是一段重要的淘金過程，也是特寫寫作過程中最關鍵的所在。

第 四 節　新聞特寫的創作與策劃執行

如何進行特寫？創作特寫確實需要運用不同的技巧。特寫寫作的步驟如下：

一、預先思考與布局

記者應先仔細琢磨自己要講的故事範圍多大？主題是什麼？什麼樣的表達是最好的？什麼樣的語氣是最適合的。

例如你是否在上學或上班路上，注意到不尋常的事？你是否在例行旅途中注意到人或地和過去去過地方的差別？你是否會注意同一個地方出現的新改變？你會覺得有趣嗎？你朋友最近有哪些改變或不同的生活嗎？如果這些答案都是肯定的，你已找到潛在的題材，你也是有**警覺性**、會**觀察**的好手。

做一個好的特寫作家，首要之事就是會察言**觀色**，而且注意細節。特寫作家和常人不同之處在於好的作家一定是好的觀察者，無論對人、新聞、**觀念**和**趨勢**，也就是需要對周遭環境有一種洞察力，在別人眼中覺得平淡無奇時，這些人往往有敏銳的觀察力，發現能讓自己興奮而不同的事？但這些有趣的事是否也讓讀者感興趣呢？你是否真的找到與眾不同的一面呢？

現在你已掌握到一些線索，接著是讓這篇特寫具有可讀性。特寫有些什麼內容？一般說來，特寫首先思考的是有什麼新聞價值，也就是有哪些讀者會感興趣的元素？這篇特寫想表達什麼？目的何在？

1. 這個問題為何特殊？首先在問你想寫的主題是攸關全民利益、提供生活新觀點、伸張正義，或純為提供趣味？特寫最大的挑戰在於要找出好玩的、特別的、有趣的、新奇的、不尋常的人事物。

2. 特寫的新聞點在哪裡？作者要捫心自問，自己發現什麼新現

象？聚焦在什麼位置？也就是，特寫的思考要高人一等，或換個新角度；也是好的傳達意念技巧和漂亮的組合。包括照片和圖表。找出有自然令人好奇的題目。為何和如何？選擇報導的角度或觀點，(1)有吸引力；(2)事實；(3)特別的人或個性；(4)角度；(5)行動；(6)獨特性和普遍性；(7)顯著性；(8)累積動能：看得出你關心這個主題和真誠的付出。

3. 訴求對象及效益評估：這篇特寫希望影響決策者？提醒廣大民眾、特殊群體或是團體或企業？你希望讀者知道什麼？

4. 一篇好的特寫或專題，需要一段醞釀形成期，有人主張至少需要一星期到半個月。由於特寫必須擺脫慣性思維，才能找到有意義或有趣的主題，作者也必須有敏銳的觀察力，看到源源不斷的新聞源頭，才能另布新局。

特寫一開始難在找到適合的切入角度，這和你的好奇心有關，如果你對任何事情都有「為何」或「如何」的問題，表示你已具備初步的動機，接下來就是有沒有足夠的資料支持你發展成一篇好的故事。

二、內容和引語

特寫內容可以分成四項重要元素，包括：資訊、故事、引語和評估。

「資訊」是指關於人或事的細節，包括事實和背景，是不是有聲有色。「故事」是指資訊中是否有奇聞軼事於其中。「引語」則為受訪者的話語，能讓讀者如聞其聲，如見其人。「評估」（分析或意見）是指特寫帶有自己的觀點和思考，是否帶給讀者嶄新的洞察和心領神會。上述資料都可並存於一篇特寫的結構和段落之中，作者還要知道如何烹調加料，做出一盤美味佳餚，以下分項敘述。

(一)資訊

許多特寫是在事實複雜、細節繁多的情況下，由作者用自己

的判斷為讀者抽絲剝繭，找出讀者有興趣的角度。例如普立茲獎得主曾在1993年做了邁阿密的少數族群現狀的報導，為了紀念馬丁路德・金恩逝世25周年，不再訪問專家，而想呈現大都會的改變風貌，新人口的移入，和黑白相處的問題。因此做了一篇不是懷念馬丁路德・金恩的特稿。

例如下面這篇探討越南新娘的特寫〈南洋新婦過臺灣〉，則是一篇角度與眾不同的特寫，內容是：

《段氏日玲的家鄉》

女兒受虐　村人哭了　「哪裡都有好人也有壞人」

要來臺灣謝謝恩人　阿玲的娘　最想煮酸湯給她喝

記者梁玉芳／越南採訪報導

這是天下母親都難以承受的景況：村裡小販影印女子在異國被丈夫凌虐的圖片及新聞，站在女孩母親的豬肉攤邊，大聲吆喝：「看哪，就是她的女兒，嫁到臺灣被老公虐待，手指被針刺、泡鹽水，還拿刀子割……」。

悲傷的母親收拾攤子，快步回家，生意是不能做了。她的女兒叫段氏日玲，因為臺灣丈夫的惡行，年輕女孩不到卅公斤的身影登上臺灣報紙頭版。

阿玲在臺灣最痛苦的時光已經過去，但是消息傳到越南，當地大報「青年報」卻在七月中旬連續數天報導，給了家鄉的母親，四十三歲的武氏源，最艱辛的考驗。

阿玲的家鄉，是離胡志明市八小時車程的蓄臻省，這是許多臺灣「越南新娘」的家鄉。車子奔行，得上了渡輪過河，陸路水路交錯，才到了村口。

阿玲的父親段文勇，以摩托車載客為業，他每個月能賺一百廿萬越盾（約新臺幣兩千六百四十元）；阿玲媽媽

賣豬肉，也能賺一百多萬，都夠生活，在村子裡算不錯的了。讓阿玲嫁到臺灣，是希望她幸福，「比留在鄉下幸福」。

在茅草屋星羅棋布的村子裡，段家的磚房算體面。「因為阿玲外婆的姊姊很早就移民到美國了，」武氏源解釋，美國的親戚匯錢回來，為外婆蓋了新房。

靠著「僑外匯」——移民或外勞寄回的匯款，一棟棟茅屋換成磚房，訴說著越南鄉間「拚經濟」的另類方式。

「是我勸阿玲去臺灣，現在我很後悔。」武氏源說，越南鄉下是苦，更糟的是許多男人喝酒、打老婆。

爸媽把中學剛畢業的阿玲交給介紹人，搭了巴士到胡志明市相親；沒多久，阿玲打電話回家，請全家上城參加她的婚禮。媒人要新郎送上聘金，母親曾看到文件中寫著聘金一千萬越盾，但信封裡只有四百四十萬元，還得扣掉四十萬元的車馬費。

阿玲到了臺灣，打過一通電話之後斷了音訊。越南的仲介公司說，「人嫁走，就不干他們的事」，媽媽很生氣，不斷求助，當時協助翻譯與辦文件的臺灣奇諾公司洪子賢答應幫忙。有天，通知段家，阿玲找到了，在醫院。

夫妻倆趕到胡志明市，以為阿玲只是被老公打，「等我們看到照片，我們跪在地上，幾乎半死了。」教會為阿玲獻上一臺彌撒。村子許多人都哭了。近日檢察官起訴施虐老公後，中越媒體都登了阿玲微笑的近照，胖了點。段家夫婦騎上十一小時摩托車到胡志明市的臺北辦事處得到最新消息，放了心。

恨不恨臺灣人呢？「哪裡都有好人，也有壞人的。」

阿玲官司還未了結，但很想媽媽。透過臺商的協助，武氏源這星期就要來臺灣看女兒。「阿玲最想喝媽媽做的酸湯，我到臺灣要天天煮給她喝。」媽媽笑了，她比劃

著，她已經準備許多禮物，要送給救過阿玲的麵攤老闆
娘、警察、醫師等等。

【2004-07-26 / 聯合報 / A3版 / 焦點】

上面這篇報導有幾個特色，(1)有現場，特別是從段氏日玲父
母的角度來看這件事；(2)對照不同的越南新娘嫁到臺灣之實例，
且有生活面的事實；(3)對比手法描述她的家鄉和現在今昔生活狀
況，可以讓讀者看出為何越南新娘要不辭辛勞，嫁到千里之遙的陌
生的臺灣。

㈡故事

一個故事值得用千言萬語的描述。故事通常用第一人表達，
最好是過去沒聽過的故事，這個故事自然發生，自然結束，無需編
輯，無需溢美，本身就有很好的意涵。這類故事的寫法最好用自己
講的方式表達，讓人如見其人如聞其聲，但特寫中的故事不能太
長，以免讓讀者失去耐心。

㈢引語

任何人如果說了什麼充滿活力、有感觸、改變心意，或出現
權威口吻的話，就要讓他們話語在報導中出現。當說話者表達出重
要內容，或者用生動新鮮口氣傳達想法，都可以直接引述。善用引
語，能讓文章更生動，讓段落活起來，讓說者更栩栩如生。所謂新
聞寫作要像說故事，關鍵就在有人講話。

另一方面，引語還可以加上對說話者說話時的描述、動作、表
情，說話的那一幕常像舞臺劇導演賦予說話者在報導中的生命力。

例如韓國的黃禹錫幹細胞研究造假案，正好南韓樞機主教說了
一句這件事「讓韓國人在世人面前抬不起頭來」。這句話加進去，
恰如其分地把韓人的情緒收起來，讓讀者覺得更為深刻。

以下是有關用引語應用時的幾種常見手法。

1. 太長的引語要剪裁

引語不能長篇大論，一般遇到很長的一段話，必須簡潔有力地

剪裁或重組，或僅用於開頭或結尾。長篇引語的剪裁很必要，例如一則報導指基隆野柳一網捕獲一萬六千尾魚，漁民說「這樣的感覺已經等了兩年」，記者用作導言的結尾，順著這個話再講很久沒這麼好的漁獲，脈絡和結構很清楚，內容不必擴充，但感覺得出來。

2. 重要人物說的新鮮話或重要內容要引用

重要人物常常說話，有時沒有新鮮感，未必要採用，但是遇到如下情形，例如陳水扁總統體檢出來，說自己「打斷手骨顛倒勇」，「雖然選後重重摔一跤，但沒跛腳」。接著謝長廷說總統有委屈，可以和陳水扁的話相互呼應。大人物的話通常有政治意涵，這些話引出來，讓硬性新聞裡有軟性新聞的呈現，讀者會感覺親近。新聞事件可能被淡忘，但關鍵對話反而讓人印象深刻。

3. 方言或口頭禪可以適當引用

在臺灣有些方言或口頭禪很有特色，無論是大人物或小人物說的這類話語，如能適當引用，都更能添加活力，也有本土特色。例如阿扁說的「掔起來」，用閩南話才傳神。又如臺灣選舉的巡迴採訪中，如果能用大量口語，把現場用原音重現抓回來，新聞顯得更有活力和趣味。口語和方言有時語意不完整、語句斷裂，但如果硬轉成國語，語韻、腔調就都不對。

4. 引語的修正

當事人的確講過的話，當然原音重現最好，但講話時的思考邏輯有時並不完整，記者引述時是否該適度修正，是有爭議的。受訪者的講話有時不通、不精準，如果不修正，人家會說這話不通、文字有問題，因此適度修正有必要，但不能斷章取義，且需要更用心處理。

整體來說，引語的效果除了讓報導生動外，還有以下功能：(1)引語給讀者較大的衝擊，主要是原音重現，還有還原現場的關鍵角色。(2)有喘一口氣的效果，引語往往調整新聞節奏，也可做敘述的總結。(3)可以作為精確的綜合和歸納，例如聯電曹興誠講亂邦不居以後，外資叫他「不要登廣告，應管好公司」，直接用

這句話，可以把外資的不以為然做精確的綜合和歸納。(4)表達評估、分析和意見。如果有話要說，就說出來。例如你覺得一個人功業彪炳或令人懷念，就把這種情緒寫出來，往往能打破人的保留和壓抑感。

三、到現場

寫作通常很難，但寫作和採訪是一體的，如果作者從來沒到過現場，或即使到現場卻不夠注意，這篇報導就一文不值。到現場最大的好處是眼見為實，其次是為報導增色，因此親臨現場可說是一篇好的特寫的成功之鑰。

到現場時，記者要注意幾件事：

1. 仔細觀察

觀察是一種藝術，但往往容易是報導元素中最容易被忽略的一環。特寫相當重要的一件事是到達現場，盡其可能地浸在其中，但是對記者而言，不是光在現場就夠了，還要知道要接觸哪些採訪對象，如何深入故事的最底層，蒐集所有能夠給故事和帶來活力的細節、插曲和人物，這部分就是記者如何採取行動的部分。

2. 和受訪者一起生活

生活不是十分鐘就能知道的，是十小時、十天甚至十個月的累積，任何報導都需要接近被報導的人群，所謂的「感受生活面」，例如你想報導一條新的快速路對當地人的影響，最好做實地觀察，並且感受他們日常生活的變化，特寫敘事最需要生活直接感受的經驗，這種生活也意味是一手生活，而非經人轉述。

3. 用各種感官體驗

眼見、聆聽、嗅出、碰觸、品嚐都是五官的運用，好好運用這些感官，能為你的特寫深入發展出「此時此刻」的感覺，有時初學者會太注重細節的描繪，希望讓讀者感受到時空事物的差異，但描述太細也太像戲劇或小說。運用感官的目的主要在重建現場，也可

以把現場帶給讀者，並讓讀者瞭解事情發生的來龍去脈。

4. 開放心靈

採訪不一定都是甜言蜜語，身為記者在採訪時會遇到各種不同的人，採訪過程必然有得有失，你的受訪者也不盡然是中立或保持沈默的人，有些人可能持有強烈的意見，有些受訪者也未必願意和記者分享他們的生活和想法，但是身為記者一定要儘量公平對待所有受訪者，就算自己有意見，有想法，也得保持中立，勿讓對方察覺你的立場。

5. 使用被觀察者或受訪者的語言

語言是展現受訪者所在地方或場域的重要象徵，採訪時通常需要帶著錄音筆或錄音機在手，主要為了引述受訪者的話（引語用法請見前一節），做筆記並適當使用這些語言，用這些當事人講的話可以反映這個人的特色，更加栩栩如生。

四、如何採訪

特寫或專題採訪和一般採訪類似，都需要逐漸熟悉和認識對方，大約要經過下列幾個步驟：

1. 自我介紹

見面的我介紹很重要，你要說明自己是誰，代表什麼機構，及你在做什麼，在忙碌的現代社會，若不說明來意，很可能碰到閉門羹或拒訪。

2. 相互調適

開始認識對方時，可以先問一些基本問題作為暖身，但如果截稿時間在即，你可能要想的是「我得到我想要的答案了嗎」？因此問題的你來我往很重要，也藉此互相熟悉對方，知道對方對你期望什麼。

3. 建立關係

在建立關係的階段，雙方發現彼此的互動令人愉快，才能建立

進一步的關係。

4. 自我揭露

這個階段，受訪對象或消息來源會覺得夠信賴而願意揭露自己更坦白的態度或深入的想法，他可能對記者說一些真心話，也未必對採訪或新聞有幫助，但這是個信任關係建立的轉捩點，記者也可就此獲得他真正想要的資訊。

5. 淡出現場

採訪告一段落，記者覺得已經得到該有的材料，準備畫下休止符。你關掉錄音機，闔上筆記本，這時消息來源反而滔滔不絕說起來了。記住，往往正式訪問結束時，反而是消息來源放鬆心情、透露更多資訊的時候，有經驗的記者會知道如何掌握這個重要時刻，甚至問些回馬槍的問題。

6. 準備告辭

消息來源和你都如釋重負，尤其是消息來源如果已經信賴你，往往是建立下次訪問的利基。你可以告訴他／她如何後續聯絡，或補充說明，也可表明萬一還須查證會和他／她聯絡，這次訪問就此終止，但關係並未結束。

第 五 節　幾種主要特寫類型

本節希望介紹五種常見的特寫類型，鼓勵對特寫有興趣的讀者多方嘗試，這些題材不僅常見於一般媒體，相關報導也唾手可得，容易觀摩，容易仿作，可以作為特寫寫作練習的起點。

一、人物特寫

人物特寫在描述人和地點，是特寫中最常見的一種類型。好的人物寫作思考原則如下：

㈠設定角色

角色出現的場景，描述他們的形貌聲音和表情行動，解釋他們的動機。

㈡依賴好的採訪

人物用細節呈現全貌，既微觀又宏觀。例如描述一對同性戀伴侶和愛滋奮鬥的過程，不只是描述兩人的世界，還包括兩人如何和愛滋間的生死鬥，以及他們所在的特殊圈子如何處理和面對這類問題。因此在採訪問題要有如下的布局和構思：(1)問題應該從具象到抽象。(2)問問題要有層次、有深度。(3)詢問需要對方描述答案的問題，而不是是非題。(4)詢問重要決策的細節。著名的人物寫手Susan Ager曾說，「我曾經想過，世界上有兩種人：有趣的人和乏味的人，但如果問對了問題，我就可以把乏味的人變成有趣的人」（轉引自Harrington，1997）。就是這個道理。

㈢人物特寫原則

1. 注意細節

人物寫作不是把一個人的履歷複述一遍，嘗試想像這個人在任何履歷表沒有說的是什麼？他或她內心深處的感覺、想法，以及在不同時期的生活為何。由於每一個人的生活都有劇情（情節）、有奇怪的事、有轉捩點、有路上的大石頭、有令你驚奇的意外，更有包含以上這些事的細節。所以人物特寫要發掘這些細節，才能更生動。

2. 貼身觀察但又要抽身保持距離

請注意，人物報導的目的在於讓讀者遇見特別的人、忙碌的人、不尋常的人或尋常的人不尋常的行動，為了讓讀者記住這個人獨特的地方，好的人物寫作必然有許多故事，告訴讀者他／她為什麼是現在的他／她。但作者別忘了不要過度捲入被報導者的情緒起伏，反而要保持對被報導者的公平客觀的觀察，描述事實，才具有說服力。

3. 多一點社會學、少一點心理學

　　很多新手寫人物會太側重人物的心路歷程，但這種手法在現在已不受歡迎。近年來人物特寫更重視述說人如何面臨改變的瞬間，以及他／她所在的情境和他／她本人之間的矛盾衝突或難題的解決，例如失敗者的反敗為勝、幫市長候選人助選的人如何運籌帷幄、小人物如何經營大事業等。

二、旅行特寫

　　到一陌生地方又回到原鄉，這種異文化的衝擊和新鮮感往往像希臘荷馬史詩《奧德賽》，帶給讀者許多探險的想像和樂趣，也幫助讀者從無知到重新認識遠方的世界，比如文學名著如《格列弗遊記》、《西遊記》都充滿異國情調之美、奇聞、想像和奇異的景觀。

　　現代交通工具發達，旅遊對很多人來說變成生活的一部分，旅遊特寫重視的內容也和過去很不一樣，舉凡旅遊計畫、交通、餐廳、異地體驗仍然重要，但是由於多數行程都是旅行社安排的行程，路線也是別人策劃，旅行特寫要能同中求異。

　　現代的旅行特寫在精在特殊而不在篇幅多少，主要需要在同樣的路線（例如去歐洲或加勒比海）創造新鮮感。另一方面，為雜誌或為報紙寫也不一樣，例如到印度寫大城市的建築之旅，或歐洲挑節省能源的建築來報導，或紐約的美食之旅，都突顯你的旅行特寫與眾不同。

　　旅行特寫有如下幾件要注意的原則：(1)記日記、筆記，注意文化差異、故事。(2)訪問當地人：當地人的看法必然和觀光客有出入，從當地人的角度看事物，再和旅行者對照，會有文化差異的新鮮感。(3)寫下自己的經驗，並要細細咀嚼、消化和反思：例如在坐計程車或搭地鐵的感受，在同一城市從白天到黑夜的不同體驗，如何仔細觀察異地的大街到小巷，能創造不同的觀察趣味。

(4)是作者也是讀者，要想像讀者想知道什麼，而非一味灌輸自己的樂趣或發現，要用分享經驗的方式寫作，才能滿足讀者需求和好奇。

三、專欄短評

專欄或短評都屬於親密對話的開始，目的不僅在讓讀者認識你，引起迴響，表達強烈意見，也可以參與讀者的想法，引起共鳴。讀者對於專欄要求的往往是簡潔有力、如刀切剖面般精準的事實節錄、意見、或論證。因此專欄具有如下特色：

1. 寫作即是聆聽，注意大家關心哪些重要議題：寫作時彷彿聽到讀者在耳邊輕聲細語。

2. 表現你自己，有目的地說話：專欄的讀者關心你說話的口氣和意見表達，他們重視你的想法，例如流行雜誌的專欄會引導年輕讀者對某些時尚的重視，文學評論要給讀者重要的文化指引和文化觀，因此在寫作時，不但要有目的地說話，還要說出你的參考架構為何。

3. 並非人云亦云，但要把別人的聲音代為傳達出來：專欄作家要瞭解你的讀者群為誰，更要聚焦，你面對的是運動愛好者、學校教師、電影觀眾、同性戀者、或素食者，都是一群有特別興趣的讀者，別忘了你的專欄主要在服務他們。

4. 也讓你的讀者聽到其他人的意見，作為對話和公共論壇的舞臺。專欄固然在表達特殊意見，但也要開放心胸，能容納不同意見，但另一方面，專欄也要表達合理的評估和清晰透明的論證，提供足夠的事實和證據，而非一面倒的說法；專欄是一種特別聲音的傳達，但也要誠實地告訴讀者社會上有很多不同意見，作者是經過評估後，傳達了某些聲音或意見。

最後，專欄固然在表達作者的意見，仍然要注意避免引起誹謗的問題，專欄是永續經營的一種特寫文類，表達的意見要注意適當

和相關，而非指控或侮辱污衊，作者意見固然重要，但提出的評論仍要出於公共利益。

四、歷史特寫

這類特寫通常探討某種特殊節日或紀念事件的開端，例如九二一地震、二二八紀念日、開國紀念、解嚴、政黨成立等特殊意義的歷史故事，並運用特寫達到公告周知，讓更多人瞭解其特殊意義，藉以表彰、紀念或感懷。有些歷史特寫比較像是扣連當下的重要事件，然後深入發抒，例如國際環保日，要追溯來源及讓民眾對環保產生共鳴。這類特寫涵蓋範圍很廣，包括災難、教育改革、產業成長、宗教、食品安全、娛樂（如金馬獎）都包涵在內，強調的是歷史事件中的特殊事件。

例如《紐約時報》記者撰寫大屠殺事件的劫後餘生紀念重聚，又如臺灣報紙曾追蹤過美國「飛虎隊」老兵在六十年後再聚的感人故事。

五、時令特寫

編輯常會在某些特殊節目或季節變化時，要求這類的特寫配合新聞需要，例如九二一大地震周年、雙十國慶、耶誕節、農曆新年、勞動節、記者節等，記者必須找出新角度來談舊東西，記者或者要細描感人的小故事，例如一位與眾不同的記者，或是有趣的內容，例如總統如何在農曆年準備到民眾家共度除夕夜。這類報導是以要寫的時令習俗或儀式為基礎，但是另外衍生出有趣或回顧的氣氛。

六、解釋特寫

解釋特寫的目的在以在地角度進行深入解釋。記者通常可以對某機構、某種活動、某種趨勢、或新聞中某種觀點再進行深入探究，有時也須擬人描繪這個事件或人時地物。例如被綁架的人質遭釋放，某名馬拉松選手跑出破紀錄的好成績。記者可以和這些受訪者談他們的生活、希望、夢想、和生存。還可以透過訪問他們的家人、朋友得到深入的解釋。

新科技、新藥上市、新政策、新書也都適合以解釋特寫的方式談談幕後的努力、心路歷程，拉近讀者和這些新事務之間的距離。解釋報導常是新聞話題的延展，也可以追溯回憶老故事的新貌，例如報紙對著名的植物人十年後現況的追溯，或教育改革滿五年、或者樂透彩券中獎人後來的生活變化等。解釋報導的目的在增加新聞報導的縱深，也可以用不同面向觀察同一事務和人物，賦予這些事務或人物新的風貌和觀察角度。

解釋特寫不但具有鑑往知來的意義，更可以幫助讀者感同身受的和報導對象近距離的互動。

七、其他特寫

特寫種類繁多，其他特寫類型有些為軟性題材，例如如何動手做的特寫，例如如何身體力行節能減碳。或是興趣特寫，談到某人有特殊生活嗜好、工藝製作、或蒐集特殊賞玩品的興趣，能增添人們生活樂趣或多彩多姿的想像。

輔助新聞的特寫有背景特寫，讓讀者感受後臺發生的愛恨情仇或折衝奔走的場景、決策的難處、或事件曲折轉變，這類特寫包括許多場景的細節、對話、氣氛、情境和在其中進進出出的各種人

物。

最後一種為參與特寫，記者宛如浸泡在事件裡面，深入又生動的描繪一種親身經驗，例如候選人的一天、如何搶救斷橋、重大車禍急救、名人婚姻大典的準備、重大商業交易、總統府幕僚和總統互動過程等，把讀者關心但若隱若現的幕後，清晰展現眼前，猶如歷歷在目，提供一種親身體驗的經驗分享。

第 六 節　本章小結

本章介紹新聞寫作中很具挑戰性的一種文類──特寫寫作，也指出特寫和純新聞寫作的差異在於寫作技巧不同、寫作風格的自由發揮、以及採訪和內容的深度，特寫寫作更重視活潑、生動、可讀、和令人愉悅或具感動力量的寫作技巧。

面對不同的寫作風格和內容，作者也必須從策畫、採訪、擬訂訪問大綱、事實選擇、到發展自己的寫作風格，都有不同構思。

為了發展出你自己的寫作風格，嘗試特寫寫作往往需要好的觀摩對象，即好的特寫作者撰寫的人物報導、專欄或任何特寫作品，你最好能辨識、閱讀和模仿，對於你未來從事特寫寫作，必然很有幫助。

另一方面，由於特寫範圍很廣，無所不包，所以也建議想從事特寫寫作的讀者能廣泛閱讀，尤其要多讀新聞以外的書籍或雜誌文章，比如歷史、傳記、小說等，尤其是名家小說或作品。除了廣泛閱讀外，也建議你嘗試分析你所閱讀或想仿效的好作品，它們在開頭和結尾有何不同，中間說了哪些小故事或特殊事件。

最後，像所有寫作一樣，好的特寫貴在自己的練習，好的寫作要靠不斷寫作累積經驗，寫作和改寫對你的寫作技巧改進必然有幫助。嘗試像編輯一樣看你寫好的稿件，或拿給你的朋友或同儕看一遍，請他們找出你的錯誤、文句不通、語意模糊的地方，因為特寫寫作最後還是要通過讀者這一關。切記！生動、清晰、簡潔的文筆

是你的特寫作品能提供讀者最好的服務。

本章作業

1. 挑選你喜歡的一篇特寫，分析它說了什麼，採訪哪些人，以及如何排列事情發生的先後順序。

2. 你平常常看到哪些類型的特寫？分析某篇特寫和純新聞的差異，根據本章所述特寫和新聞的差異，請找出特寫的導言和結語、所述事實、引語、寫作風格，和純新聞的異同。

3. 就本章所述特寫（專題）結構的四個模式，從最近一個月的報紙或雜誌，分別找出一篇符合這種模式的特寫（專題）文章，剪貼裝訂成冊。

4. 人物特寫怎麼想？怎麼寫？怎麼寫好？找一篇符合上述人物寫作原則的文章，討論哪些段落符合人物特寫的要件。

5. 你在報章雜誌上看過哪些專欄？哪篇專欄或哪位專欄作家是你常看或欣賞的對象？你覺得它的特色是什麼？哪些地方具有對讀者的吸引力？

6. 特寫的趣味在於它的多樣性，除了本章所舉的幾種特寫文類外，也可以到圖書館翻閱不同雜誌，嘗試找出其他的新聞特寫類型，也說說其他特寫強調的內容有何不同。

參 考 文 獻

Harrington, W. (ed) (1997). Intimate journalism: The artand craft of reporting everyday life. Thousand Oaks, CA: Sage Publication.

Patterion, Benton Rain (1986). Write to be read: A practical guide to feature waiting. 1st ed. Ames, IA. Iowa State Unirersity.

彭家發

....

第 一 節　專欄的起源與定義

專欄（column）的源起甚早，英國文學家約翰生（Samuel Johnson, 1709-84），古早就在《紳士雜誌》（Gentleman's Magazine）上投稿，並以「無事忙」（The Idler）為欄目，在《寰宇紀事報》（Universal Chronicle）寫其方塊文章，以小故事大道理方式撰文，文筆莊重，所撰寫評論性文字，成就了「約翰生體」（Johnsonese），景從者自稱為「約翰生派」（Johnsonian），論者有謂他就是報章專欄作家的始創者。

在美國，後世知名的政治家、科學家和著述家的富蘭克林（Benjamin Franklin, 1706-90）十三歲時，在其兄占士·富蘭克林（James Franklin, 1697-1735）所創辦的《新英倫時勢報》（New England Courant）做排版學徒時，即摹仿由艾迪遜（J. Addison, 1672-1719）主編之英國《旁觀者報》（The Spectator）小品文式辛辣寫作風格，以「不切實際的社會改良者」（Do-gooder）為筆名，撰寫他的諷世「專欄」；1776年，美國獨立革命前後，漢彌爾頓（Andrew Hamilton, 1676-1741）和後來成了美國第4任總統的麥迪遜（J. Madison, 1715-1836）等人，共同以「皮比雅斯」（Pibbius）為筆名，撰寫政論「專欄」。1833年一分錢報

（penny paper/press）創刊成功，競爭激烈，增張增刊，發行星期版（Sunday issue/edition）成為爭取讀者手段之一，但報社人手有限，通常未具備急劇擴充條件。於是代作家安排，為他們轉投稿的資料供應社（syndicate）乃應運而生，不但令各報刊各得所需，稿源充足，而投稿的作家，亦得以方塊文章見報，而為讀者所熟悉，成為個人新聞學（personal journalism）時代開端。不過，當時的「專欄」，多屬特寫（feature writing）形式，欄目內容包羅萬象，有幽默、人與事、婦女、閒談和雜談。

《芝加哥每日新聞》（Chicago Daily News），在1890年間，所刊登的斐德爾（Eugene Field, 1850-1895）的「高談與低調」（Sharps and Flats）專欄，也是此類專欄。久而久之，約在1872-92年的二十年間，也就是報刊脫離黑暗的黨派報業時期（partisan paper），逐漸邁向獨立報業（independent journal）的當兒，署名（byline）、闢欄（box）加標題的專欄，便成了報刊內容專有名詞。這些專欄各版各頁都有，多在星期版見報，如果每日都見報的專欄，一般美國人就戲稱之為「日日寫專欄」（colyumns）。日日寫專欄多屬娛樂性，題材以瑣談（gossip）與幽默作品為多，故時人將"colyumn"會心一笑地理解成「專—欄—（喲）」。發展至後來，專欄名筆艾索普（J. W. Alsop, 1876-1953）、李普曼（Walter Lippmann, 1889-1974）與包可華（Art Buchwald, 1926-2007）諸人舉世聞名；而諸如「今日與明日」（Today and Tomorrow）、「華府走馬燈（巡禮）」（Washington-merry-go-round）一類專欄，全球爭閱。

我國報紙原分為莊、諧兩疊（落）。「莊」，是正張新聞紙；「諧」，則多屬諷刺時政的歌謠和諧趣小品。也就是說副刊是方塊文章的載體。而我國近代報刊，實源起於清末之文人設報論政，而清末維新論政時期前後，時務評論為報刊之靈魂，康有為（1858-1927）、梁啟超（1873-1929）師徒，更為其中主要人物。梁啟超不但善寫政論文章，且筆鋒常帶感情，突破清末章法八股窠

曰，漫掇中外俚俗名詞，文氣有如排山倒海之勢，學者名之曰「新民體」，但因其論著刊行於全國報刊雜誌，故而成為「報章體」的代表。

我們來欣賞一、兩段當年梁啟超的作品。

一、

「今天下老氏之徒，越惟無恥，故安於城下之辱，陵寢之蹂躪，宗祐之震恐，邊民之塗炭，而不思一雪。乃反託虎穴以自庇，求為小朝廷以乞旦夕之命。越惟無恥，故坐視君父之難，忘越鏑之義，昧縈緯之恤，朝睹烽燧，則倉皇瑟縮，夕聞和議，則歌舞太平。官惟無恥，故不學軍旅而敢於掌兵，不諳會計而敢於理財，不習法律而敢於司理，瞽聾跛疾，老而不死，年逾耋頤，猶戀豆棧。接見西官，慄慄變色，聽言若聞雷，睹顏若談虎。……士惟無恥，故一書不讀，一物不知，出穿窬之技，以作搭題，甘囚虜之容，以受收檢。裒八股八韻，謂極宇宙之文；守高頭講章，謂窮天人之奧。商惟無恥，故不講製造，不務轉運，攘竊於室內，授利於漁人。其甚者習言語為奉承西商之地，入學堂為操練買辦之才，充犬馬之役，則耀於鄉間，假狐虎之威，乃鞭其同族。兵惟無恥，故老弱羸病，苟且充額。力不能匹雛，耳未聞譚戰事，以養兵十年之蓄，飲酒看花，距前敵百里之遙，望風棄甲。」（〈知恥學會殿〉）[1]

1　見梁啟超：〈變法通議〉，《時務報》，第36冊；收錄於《時務報》，民56年重印合訂本，第116冊。臺北：京華書局。

「惟國亦然，上下不通，故無宣德達情之效，而舞
文之吏，因緣為奸，內外不通，故無知己知彼之能，而
守舊之儒，乃鼓其舌。中國受侮數十年，坐此焉耳。去塞
求通，厥道非，報館其導端也。無耳目，無喉舌，是曰廢
疾。今夫萬國並立，猶比鄰也，齊州以內，猶同室也。比
鄰之事，而吾不知，甚乃同室所為，不相聞問，則有耳目
而無耳目；上有所措置，不能喻之民，下有所苦患，不能
告之君，則有喉舌而無喉舌。其有助耳喉舌之用，而起天
下之廢疾者，則報館之為也。

「報業者，實乃萃全國人之思想言論，或大或小，或
精或粗，或莊或諧，或激或隨，而一一介紹之於國民。故
報館者，能納一切，能吐一切，能生一切，能滅一切。西
諺云，報館者，國家之耳目也，喉舌也，人群之鏡也，文
壇之王也，將來之燈也，現在之糧也。偉哉！報館之勢
力。重哉！報館之責任。」《論報館有益於國事》[2]

1898年戊戌政變失敗，梁啟超亡命日本，1902年（光緒二十八
年），他在橫須賀創辦《新民叢報》，開我國報刊之有特寫內容先
河。

民國肇始，天津《時報》請名記者黃遠生擔任北平特約通
訊員（correspondent），他的文筆淺白優雅，「一篇既出，紙貴
洛陽」，為當時大多特約通訊員表率。他曾襄助梁啟超辦《庸
言》，故而有「梁黃文章」之稱。後來創辦《大公報》的張季鸞
（1888-1941），其時亦擔任《新聞報》駐京特派員，亦有如椽彩

2　刊於《時務報》，第1冊。同上注。

筆，所發文章備受讀者歡迎。我們也來欣賞一下張季鸞作品：

「……自由之另一面為責任。無責任觀念之言論，不能得
自由。夫自由云者，最淺顯釋之，為不受干涉，其表現為
隨意發表。是則責任問題重且大矣。國難如此，不論為日
刊定期刊或單行本，凡有關國家大事之言論，其本身皆負
有嚴重責任。言論界人自身時時須作為負國家實際責任
看。倘使我為全軍統帥，為外交當局，我則應如何主張，
應作何打算？此即所謂責任觀念也。夫意見當然不能人人
一致，然態度應一致。一致者何？誠意是也。苟盡研究之
功，諳利害得失之數，而發為誠心為國之言論，而政府猶
干涉及壓迫之，此政府之罪。反之，自身研究不清，或責
任不明，政府是不肯說其是，蓋欲免反政府者之相仇。至
政府非自亦不敢鳴其非，而徒諉責於干涉之可怕，是自身
不盡其責任矣，自由何從保障哉？是以吾人以為言論自由
問題之解決，首視言論界本身之努力如何。要公、要誠、
要勇！而前提尤須熟識國家利害，研究問題得失。倘動機
公，立意誠，而勇敢出之，而其主張符於國家利益，至少
不妨害國家利益，則無慮壓迫干涉矣。縱意見與政府歧
異，政府亦不應壓迫干涉矣。總之，言論自由，為立憲國
民必需之武器，然不知用或濫用，則不能取得之。即偶得
之，亦必仍為人奪去。吾儕欲享英美式之言論自由，則必
需如英美言論界處理問題之態度。尤其關於國防利害，須
加慎重，弱國之言論界，在此點之責任更艱鉅矣。……」
（〈論言論自由〉）[3]

---

[3] 見《大公報》，民26.2.18，收錄於《季鸞文存》，四版。臺北：《臺灣新生
報》出版部印行（民68年），頁244-6。

　　不過，民國建基甫定，困難隨生；二次革命失敗、袁世凱稱帝、軍閥割據以及革命軍北伐和國共分裂等事件，接踵而來，中原板蕩；但此期間亦做就了報人之筆。例如，以土語入文，「嬉笑怒罵皆成文章」的《中華日報》總撰述吳稚暉（敬恆）文筆犀利不說，餘如《民權報》的戴天仇（傳賢），《民國日報》的葉楚傖，《晨報》的陳博生，《益世報》的顏澤祺（旨微），《申報》的陳景韓（筆名「冷血」），都是論議同匣，文字俊雅的專欄作家。特別是其時任職於《商報》的陳布雷（1890-1948，筆名畏壘），更被譽為筆挾風雷、文辭浩瀚。這裡，我們也可以欣賞數段陳布雷作品特色：

「……中國國民在何種時期最為痛感於統一與團結之必要乎，曰唯在外侮最烈之時期。然亦不過在受侮最烈之時暫時感覺之而已，一旦外侮稍弛，或歷時稍久，則此種感覺即隨之而鬆懈。吾人由今日回溯去年五三濟南慘案發生當時之一般國論，其希望全國有統一之政權、有統一之軍力、有統一之指揮與組織者，情感之熱烈，較之今日如何乎？此又更可以應用吾本文第一段所說之方式，所謂現有者不知其可寶。蓋大家均以為軍閥既除，則統一已為吾所固有矣，而不知各地方在軍閥時代沿襲下來之惰力，正在繼續發揮其作用，一般不利於統一之各種惡勢力，正在出其最後之死力，冀在分割之局面下遂其生存。於此之時，若大家以形式的統一已經完成之故而忽視於非真正統一不能造成國家力量之意義，僅憑各人所有對於整理國事之見解與熱誠，以為分道揚鑣，亦何嘗不可會合於一點。如此則吾敢斷言，國民生活上暫時所受於不統一之痛苦猶小，而國家所受之損害實大，何者？革命後之外交關係，有因風推舟之對我遜讓者，有陰伺短長之惡意破壞者；前者之所為，亦謂我國能自此生出統一之力量，則勢將不可侮，

故以暫時結歡為宜，其或我有統一之時機而不能運用，則璧馬在虞，猶外府耳，易於許者亦易於奪。後者之所為，則為一改昔日在軍閥時代捭闔操縱之術略而為從旁淆亂以促我國力之分，故其毒計為『分而擾之』，而後彼乃得乘我之弊以為利。無論從何種方面觀察，中國若輕易失卻此一大可有為之時機，則此後再欲相聚以為復興之謀，將不可再得。夫國民革命之目的為何，非欲解除人民所受於帝國主義與軍閥之痛苦乎？軍閥之足論矣，欲抗除帝國主義之壓迫，舍能忍能恕，能為國家利益而捐棄而犧牲，以造成堅固不傾之真正的統一，將安適歸。」（〈再論完成真正統一〉）[4]

抗戰勝利後，資深傳媒人龔德柏在南京創辦《救國日報》，打出方塊副刊點子。1949年國民政府遷臺之後，創設於民國五十四年由中央社主稿的林語堂「無所不談」，以及李嘉的「我看東京」，可說風行一時；後續的彭歌（姚朋）「三三草」和何凡的「玻璃墊上」，同樣膾炙人口。在香港，早期專欄作家，多是大陸遷港資深傳媒人，例如，停刊前在《香港時報》寫毛澤東〈昏君夢〉的岳騫，在《星島日報》寫政治、時評〈東拉西扯集〉的任畢明（任大任）等人，都是名筆，而林山木在財經專業報紙──《信報》每日所寫的「林行止專欄」，則正是《信報》被視為香港唯一中文精英報的主要原因。

從歷史的衍展中，我們可以說專欄並不是一種體裁的專有名詞──而是在同一個欄目下，多種體裁和寫法的通稱。所以，它可以作廣義的解釋或狹義的解釋。[5]

廣義的解釋方面，論者認為凡在報紙上，以闢欄形式呈現的

---

4 原載於上海《時事新報》，民18.03.12。轉引自羅炳光、向全英編著，《蔣介石首席秘書陳布雷》。吉林：吉林文史出版社，1994。頁263-6。

5 見張惠仁（1992）：《新聞寫作學》。四川：四川人民出版社。頁602-3。

各種文字，都可以稱之為專欄或專欄文字；例如，文告、法令、演說、專論、社論、短評、通訊、新聞分析、特寫、花絮和小說連載之類文字。

狹義的解釋方面，論者認為，專欄即專題欄目，它是某一特定專題的寫作體裁，例如，解釋性新聞、特稿、花絮、新聞補白和資料等等闢欄的通稱。

程之行教授認為，就我人情形而言，較專欄（column）一詞更通用的是方塊文章（boxed story）；方塊文章作者自稱「方家」或專欄作家，文章通常發表於副刊，作為一篇「壓軸」之作。而我國方塊文字的特性，則有如下數點[6]：

1. 數千字以內，以闢欄形式刊出，例必署名[7]，有欄目名稱；

2. 發表於副刊，論題不限於新近發生之事；採取廣泛，舉凡國際、國內大事以至地方性問題，皆可隨作者之所欲；

3. 方塊文章作家以與眾不同觀點為號召，瞄準目標讀者（target audience），冀能引起共鳴，有「成一家之言」雄心，在「意見自由市場」肆應。

不過，臺灣經歷過威權時代，在那個年代中，每每因為多言而賈禍，故大多專欄或專欄作家，行文之際，寓莊於諧，迂迴地說出自己心聲。

報界前輩馬克任認為，專欄是新聞、特寫和評論的混合體；潘家慶教授則認為專欄是「文人辦報時代遠離後的產品」。而專欄通常不外三個類型，即以專欄作家為號召的解釋、評論及建議性的定期專文；另一類是以學科分類，而由不同的專家或有興趣人士投登的稿件；最後一類是由報館資深記者、駐外特派員或專門撰述人員所提供的新聞分析稿或譯稿（潘家慶，民73）。

---

[6] 程之行（民70）：《新聞寫作》。臺北：臺灣商務印書館。頁249。

[7] 不過就今日媒介趨向來說，方塊文章已趨向於短、小，約六百至八百字為度；否則，讀者可能失去耐性讀下去。

第二節 專欄寫作一般要領

在國外，往往把專欄文稿，視為"AOT"稿[8]，意謂其時效性可以作彈性之配合。專欄注重個人風格，專業觀念[9]，強調文字技巧，但亦大可寫作無章法。論者有謂專欄內容必須言之有物——外行人看得明白，內行人覺得資料充足、有深度。

也有人認為，專欄文字，要具有紀實性、知識性、啟發性和趣味感人。專欄寫作是種「有組織的寫作」，故一般是有目的性、針對性和計畫性的，故在整個形式上，亦即行文布局上，要活潑、新穎、多變、內容與文字保持一貫性和系統性。如果是意識流般（stream lining）隨意寫作，「東一鎯頭，西一棒錘」般的跳接式段落、胡拼亂湊，就不會是一篇好專欄文章。有學者認為要寫好專欄文字，必須要注意下列數點[10]：

一、要在意、關心和研究讀者心理，「摸准」讀者心理上的「興趣線」，「有的放矢」地加以滿足與引導。

二、專欄的編者、作者要有一個自我追求和期許的心態與願望，自我要求，務期在題材、文字能力和內容上，做到日新又新。

三、要突出專欄的風格和特色，例如，敘事短，析理精，情思深（馬西屏，2002）。

一般說來，專欄文字，不管是個人專欄，抑或是媒體設定的專欄，例如，飲食專欄，都是靠作家一己獨特風格，來吸引目標

---

[8] AOT即"stories that can be run Any Old Time"。

[9] 任何文章都講「立心」（動機）。正如密蘇里大學新聞學院創辦人威廉斯（Walter Williams），在所擬的「新聞記者信條」（The Journalist's Creed）第一條所說，「我相信新聞專業」（I believe in the profession of journalism），第八條更不忘提醒記者，秉筆直書之餘，更要「畏天敬人」（fears God and honors man）。

[10] 同注5。

讀者群的。但也如同一般寫作或新聞報導一樣，正因專欄是寫給目標讀者群看的，故專欄文字務必深具可讀性（readibility），深入淺出，生動、易懂、暢達，切忌陳腐和生澀——而是要充實又多變化。例如，根室（John Gunther, 1901-1970）在《美國內幕》（Inside USA, 1947）一書中對福特汽車公司與通用汽車公司的寫法，就有不同。他對福特公司的描寫是：

「福特公司與世界上其他的工業有所不同，她曾經是、而且現在還是一個政府；而且，她比許多政府都強大。戰前巴西的年度預算是一億六千萬（美）元，而福特的預算，至少比她大三倍。戰前南斯拉夫一年進口的總值，是五億八千萬元，福特也正是一樣。瑞士政府每天花費二十萬元，而福特僅是員工薪酬一項，每天開支就要一百萬元。自從福特公司創辦以來，公司的總資產已增加到一百一十億元。」

根室對通用汽車公司的描寫則是：

「柯立芝[11]曾經說過：『美國的事情就是做買賣；換言之，這國家是個大公司。』然而，根據聯邦貿易委員會的說法，通用汽車公司比她還大兩倍。」「我曾經聽到一個工人說：『通用公司是世界上經營得最好的公司。』當你把她同美國鋼鐵公司相提並論時，汽車工人就不禁訕笑。他們會說，美國鋼鐵公司一開辦，就獨領風騷，而今天的生產只占美國的三分之一。通用汽車開辦之初，可說毫不起眼；可是，今天全美國汽車業45.6%都在她手上。1945年，她的帳簿顯示出擁有二十億元資產。她的資產的

11　即Calvin Coolidge，1872-1933，在1923-29年擔任美國第30位總統。

十四億四千萬元，已比紐約、加里福尼亞與伊利諾州的公
債總數額還多。」

上面兩段文字的描寫，是用對比手法，加上總統與工人談話的
生動比喻，令人覺得意義重大之餘，枯燥的數字也變得生動有趣，
教人印象深刻。

第 三 節　專欄寫作的風格與觀點

除了大家熟悉的網路部落格（Blog）部落客（Blogger）的日
記式寫作方式外，專欄寫作風格個人化（personalize），向來就是
舉世公認的，就連媒介所開設的專欄，包括飲食專欄，也都是「一
人一枝筆，各有各的調」，更不用說「正言若反」、嘻笑怒罵的
「怪論」。而就傳媒生態環境而言，讀者投書之類意見版專欄，則
更是人人都可以成為專欄作家，基本上沒有章法可循。在印刷媒介
任職，寫社論是不同的工作崗位，一般人不容易有此機會；但若寫
寫短評、主持一個個人欄目、或者受委派開設某個專欄，機會還是
相當高的。這裡，我們就談一下個人化的專欄寫作吧。

不管是甚麼個人專欄，最重要的決定，首先是在專欄字數的許
可下，推敲出一己寫作的實在動機（realistic motivation），也就是
對想要寫的內容，想想內容的適宜性──為甚麼要寫這些東西，就
各個層面上，考量一下這些內容對閱讀的人、甚至整個社會，有些
甚麼啟發、影響，亦即此時此刻為何而寫的問題──給自己一個要
寫的理由。

有了想寫的內容後，不妨深思一下，是否有哪些理論，可以
在文中引用。理論文獻但貴能深入淺出，用通俗語言解釋個清楚，
以提高閱讀者學養或知識水準。例如，「長尾效應」（Long Tail
Effect）的理論發燒時，你也可以借用一下這個理論來談些甚麼
的；又比喻，假如很多人在談80%現象的造成，來自20%的因素的

80/20規則──「怕亂多規則」（Pareto Rule）時，也不妨借用之，來陪襯文中的某些說法。

要注意的是，這裡說的，只是「如有適合可用的理論」，如果真的沒有，固也不必硬塞些甚麼進去，牽強附會，徒令整篇文章肢離破碎，扭曲得令人不忍卒睹，則反而不美。

心中有了想寫、可寫和相信言之有物的內容後，可以作些文獻探討，看看類似題材，是否已有人寫過，如果有，則它的主要內容是甚麼？你想寫的內容同它又有沒有重複？重複度多大？你又能否更新內容，找出一個著力點（peg），或從一個新觀點（point of view）、角度、視點切入？這個時候，就應會想到全文是否有一個中心思維，亦即你想表達的論點。有了論點，文氣才能一氣呵成，才能鋪排結論的高潮，啟首導段與結論才能前呼後應。有了論點，全文才能組織起來，才能把多餘、不相關的想法、資料和旁枝細節刪去，令全文「眉清目秀」。

不管那一類專欄，如果題材適合，則貴能以全部、或部分說故事方式為之（storytelling），以小故事（motif/short story）大道理筆法點明主題（theme），讓讀者容易了解。而在專欄說的故事，最佳莫如「認知故事」（an epistemic story），亦即將解釋（explanation）、說明（exposition）、描寫（description）、舉例（example）、比喻（metaphor）和人物軼事（anecdotes）適當地作綜合運用，組成一個強大的情節鉤（hook），令敘事形式（narrative forms）的運用得心應手，引起讀者共鳴。所謂敘事，是用以描述動感／態（action）的一面，它是透過字辭或句語，來顯示動作，或表達已經發生、正在發生的甚麼事。

當然，任何一篇專欄想要令人印象深刻，則除了能以理服人，以情動人之外，還得有些佳句（punch line）和雋語（eternal phrases）分布在不同段落中。例如，「蓋有非常之功，必待非常之人。」（漢武帝〈武帝求茂材異等詔〉）又如，「六國破滅，非兵不利，戰不善，弊在賂秦；賂秦而力虧，破滅之道也。」（蘇洵

〈六國論〉）都是一語中的、短而有力的佳句。雋語如「不要問國家能為你做些甚麼，要問你能為國家做些甚麼」（前美國總統甘迺迪語），是擲地鏗然有聲的。雋語一定要確切、不能誤引，否則就成了僵化引語（wooden quotes），造成原作者的干擾。所以西諺有說引語與解釋「展示報導（內容）」（quotation / explanation shows the story）[12]。

在內文善用比喻，也是令專欄寫得較為完美的竅門。例如，唐杜牧之〈阿房宮賦〉所用之比喻，就令人拍案叫絕。杜牧在描寫「蜀山兀，阿房出」的阿房宮時，是這樣描寫的「負棟之柱，多於南畝之農夫；架梁之椽，多於機上之工女；釘頭磷磷，多於在庾之粟粒；瓦縫參差，多於周身之帛縷；直欄黃檻，多於九土之城廓；管弦嘔啞，多於市人之言語。」俞兆平先生撰文認為，光就此段之比喻來說，已精妙之至，因其集新穎（想像力超脫陳規），求全（從不同的側面反映了本體，即阿房宮）和傳神（傳文章之神韻）於一文。

又比如英國天體學家最新發現，宇宙間其實充滿了「暗物質」（dark matter）[13]，它能以秒速9公里移動，卻象「宇宙膠水」一樣，使銀河凝聚起來。在報導這則新聞時，想打個比喻來說明，則似乎可以說，「整個宇宙就象一大盤芝麻糊，內面有著無數的大小湯丸」。

寫任何一個專欄，一定得就所寫的內容，「擠」出一個醒目而推陳出新、不落俗套的標題（headline）。寫美國秋至，有一氣候專欄題目即是：「秋捲南疆　日晉五百哩」（Autumn rolls South Five hundred a day）[14]，聲調鏗鏘，令人印象深刻。也有人說如果專欄寫得好，或者開頭一段開得好，則導段的前三句就蘊藏了一個好標題，標題成了導段的廣告，所以，不妨試試「標題此中（導

---

[12]　另一句則是：「動作帶動報導」（action moves the story）。

[13]　見《聯合報》，'06.02.07，第A14版；香港《明報》，'06.02.07，第A23版。

[14]　套用自名曲 Five hundred miles.

段）求」。當一個專欄進展到定標題的時候，寫作工程大致萬事俱備，可以動筆寫作了。

當然，寫作無章法，我們也可以「逆向操作」——選好了題，繼而了解及蒐集事實，透過事實與價值的評斷，從而有了論點或立場（贊成、反對、持平），然後再按論點補強資料，尋找翔實的論據，透過清楚明白、有力、深入淺出而與論調一致的語句，合乎邏輯的形式推理，最後以議論性之布局，提出結論或重申重點而完成一篇快（及時）、穩（立論穩妥）、深（有深度）、重（筆調犀利）的專欄，亦是可行之法。

值得注意的是，專欄多屬議論性文章，而議論性文章的起、承、轉、合架構不可或缺，新聞業界前輩趙俊邁稱之為四分法（趙俊邁，民71）。起，是事實之引論，可用敘述、疑問、判斷或警句等方式牽頭；承，是承題意而發揮，可作正、反、縱、橫衍展；轉，是轉折，可使文氣跌宕、快慢和長短有致；合，是結論（語），可以明說或以迂迴達意，主旨在扣合題旨，令前後文可以互相呼應。承與合為文章之主體（body）。

至於論據，西諺有云「事實勝於雄辯」，林大椿教授認為，論據的構成，有三大條件：1.論據必須與中心觀念有關；2.論據必須根據可靠的理論；以及3.論據必須根據可靠的事實（林大椿，民67）。程之行認為，既提論證，即應求其必勝，因而可採用類比、歸納和演繹三種方式而為之（程之行，民70），力求其清楚、生動和有力。

所以有經驗的專欄作家，都會花大部分時間在思考題材和蒐集資料，也就是要寫些甚麼的問題，其中的比例，約為65%時間去做準備，35%時間用來寫作，可說是「困於心衡於慮」而後仍作。至於資料的可用性，則約為1與5之比，亦即若要寫一百字的話，則要有五百字的資料備用。

第 四 節　專欄文章的結構

　　動筆寫作之前，也要想好「黏合」各個主要段落的「引介」（bridge），也就是我們在寫文章時，所強調的，起、承、轉、合的「承」。其實引介是包括了「承」和「轉」兩者的瞻前顧後作用的。引介用「承」的功能去承接上一段，又混合了「轉」的功用去轉接下一段，成為連結前後兩段間的「過度段」，通常是一段大約八、九十字的短段。有時我們把各段的引介都大致想好了，就會覺得無論布局行文，都很暢順，得心應手；有時，我們會感到怎麼寫怎麼不對勁，此時就最好檢視一下，引介是否不順暢，以致寫不下去呢？

　　任何文章都一樣，第一段導段、甚而第一句是最重要的——它簡單明快地告訴讀者「悶葫蘆」到底賣些甚麼藥。它是開場白，是內文的廣告，是能否吸引讀者「關愛眼神」的最後一道關卡，也是輔助結論展現光芒的開路先鋒。

　　很多名著落筆都是氣勢磅礡的。所以，導段必得盡力小心經營，但最好能自然、真情流露而非斧鑿痕痕，充滿偽作的雕琢，如果寫起來真的有困難時，大可先寫內文，之後，再返轉頭來寫第一段，這樣常常會有意想不到效果，佳段就自然而生。有了首段之後，令人激賞的結論也就會「手到擒來」。

　　專欄寫作是很個人化的，故通常用第一人稱（writing in first person），現身說法的觀點。在專欄中展現所說所寫的真實性（authenticity）與權威性（authoritativeness），是一個可接受的意見化（acceptable editorialization）的寫作方式，故到了動筆寫作的時候，在行文布局、編排和用字譴詞上，一定得展現個人一貫風格，讓讀者一看起來就有親切感（the sense of intimacy）和信賴感。由於專欄通常是第一人稱的透視性（perspective）敘述，表達個人一己經驗，有一種「我在那裡，我看到的，我聽到的」氣勢。這種經驗性的寫作，使用時序體（chronology）是一種明智的

選擇，但也可以使用「主題式」（thematic）結構——以一種型錄式（category）的排列，分門別類地、漸次地提供作者的經驗；例如，使用最好、其次、再次等字眼，又或者對某一爭論先行贊成，隨後反對之類[15]。總之是「以文運事」——一如漢司馬遷之筆法，先有事，才生成如此、如此篇章。若寫人物言行，將其在某事件中所扮演的地位、角色，以及他的知交、同僚甚至敵人對他的看法，作交叉式的臚列排比，以凸顯其特質及為何寫他的理由；或者是「因文生事」——一如《水滸傳》，跟著下筆時的感覺去寫，肆意縱橫，「大傳中有小傳」，將細節與整體合而為一。[16]

　　雖說個人化，但筆調變化可以是無窮的。舉個例來說[17]，李白醉和番書這一回，《今古奇觀》第六卷〈李太白醉草嚇蠻書〉中，有一段寫李白醉後賦青平調三章，是這樣寫李白的醉態的：

「……上了玉花驄，眾人左扶右持，龜年策馬在後相隨，直跑到五鳳樓前，天子去遣內侍來催促了。勅賜『走馬入宮』。龜年遂不扶李白下馬，同內侍幫扶，直至後宮，過了興慶池，來到沉香亭。天子見李白在馬上雙眸緊閉，兀自未醒，命內侍鋪紫氍毹於亭側，扶白下馬少臥。親往省視，見白口流涎沫，天子親以龍袖拭之。貴妃奏道：『妾聞冷水沃面，可以解醒。』乃命內侍汲興慶池水，使宮女含而噴之。白夢中驚醒，見御駕，大驚，俯伏道：『臣該萬死！臣乃酒中之仙，幸陛下恕臣！』天子御手攙起道：『今日同妃子賞名花，不可無新詞，所以召卿，可作清平調三章。』李龜年取金花牋授白，白帶醉一揮，立成三

15　見彭家發（民78）：《非虛構寫作疏釋》。臺北：臺灣商務印書館。頁183。

16　同上注。借用金聖歎對《史記》與《水滸傳》的批評。

17　同注15，頁201-20。取材自夏濟安〈一則故事、兩種寫法〉，收錄於劉守宜主編（民66）：《文學雜誌作品集》，第三冊（《中國文學評論》）。臺北：聯經出版公司。

首。……」

而在褚人穫改寫的《隋唐演義》（羅貫中撰）第八十二回〈李謫仙應詔答番書〉這一回中，寫李白的醉態是這樣的：

「即扶擁上玉花驄馬，眾人左護右持，龜年策馬後隨。到得五鳳樓前，有內侍傳旨，賜李白學士走馬入宮。龜年叫把冠帶袍服，就馬上替他穿著了，衣襟上的鈕兒，也扣不及。一霎時走過了興慶池，直至沉香亭，才扶下來了。醉極不能朝拜。玄宗命鋪紫氍毹毯子於亭畔，且教少臥一刻，親往看視，解御袍覆其體；見他口流涎沫，親以衣袖拭之。楊貴妃道：『妾聞冷水沃面，可以解醒。』乃命內侍取興慶池之水，使念奴含而噀之，李白方在睡夢中驚醒，略開雙目，見是御駕，方掙扎起來，俯伏於地奏道：『臣該萬死。』玄宗見他兩眼朦朧，尚未甦醒，命左右內侍，扶起李白學士，賜坐亭前，一面叫御廚光祿庖人，將越國所貢鮮魚鮓，造三分醒酒湯來。

「須臾，內侍以金盆盛魚羹湯進上來。玄宗見湯氣太熱，手把牙筯調之良久，賜李白飲之。彼時李白吃下，頓覺心神為之清爽，即叩頭謝恩說道：『臣過貪杯斝，遂致潦倒不醒，陛下此時不罪臣踈疏狂妄之態，反加恩眷，臣無任慚感，雖日後肝腦塗地，不足以報今日陛下於萬一也。』玄宗說道：『今日召卿來此，別無他的意思。』當即指著亭下說：『都只為這幾本芍藥花兒盛開，朕同妃子賞玩，不欲復奏舊樂，故伶工停作，待卿來作新詞耳。』李白領命，不假思索，立賦清平調一章呈上，道是……

「玄宗看了，龍顏大喜，稱美道：『學士真仙才也！』便命李龜年與梨園子弟，立將此詞譜出新聲……一齊兒和唱起來。……」

不怕不識貨，最怕貨比貨。兩個「醉青蓮」一比之下，由於褚人穫的改寫，細節交代得十分清楚，他的李太白自是比「古今奇觀的李太白」，更覺「醉得可愛」。

初寫專欄的人，可能會犯了角度太普通或主線太多，論證不足，欠缺佳句，事實與背景引用得太少，以及結論離題（或者未說完）等組織上的弱點。所以，全文擬就之後，還有些步驟是必須要做的。例如：

一、把各主要段落主旨，用一句話大約八、九個字標示出來，如果標示不出來的，則這一段就可能太囉唆了——得修改一下。各主要段落主旨，要逐一檢視看看是否有需要調動，令整篇文稿起承轉合，組織得更為妥善和暢順。

二、檢視一下在推理論證（argument）過程中，有否犯上形式結構（formal structure）推理（reasoning）錯誤（前題推不出結論）。一件事由已知推未知，由理據到證斷，由（原）因以求（結）果，由果以溯因，以及「正－反－合」辯證思維，都是推理過程。

借用定言三段論（categorical syllogism）推理形式來說，可以將「評論、見解」視為大前提，事實的敘述、說明為小前提，結論則是總論或斷語。簡單的說，也就是檢視所列舉的事實，一己對這些事實的觀點和立場又是甚麼，而這些列舉的事實和觀點立場，真的可以達成文中的結論或批評嗎？有否推論歪離失誤、不合理，強詞奪理，前後矛盾，甚至乖離論點？

三、檢視一下有否犯下述之謬言（fallacy），例如，威嚇（appeal to force），人身攻擊（attacked on character），以不可知為據論（argument from ignorance），博人同情（appeal to pity），激動群眾（appeal to the people），自視威權（appeal to authority），以全概偏（accident），以偏概全（converse accident / hasty generalization），因果（本末）倒置（false cause），循環論證（begging the question），太多論點擠在一起（complex questions），持有成見（appeal to prejudice），感情用事（appeal to emotion），孤（單）例引證（single example），文義含混（vagueness），語詞歧義（ambiguity），用詞不當，誤用成語，錯白字句，以及標點符號之正常用法等等弊病[18]。

美國傳播學教授納以遜（Jack A. Nelson）曾提出「火車頭拖車廂式雜誌寫作法」（old choo-choo system of magazine writing），與專欄寫作實有異曲同工之妙。納以遜指出，組成一篇專稿的材料，包括引言（intro）、主題（theme）、軼事、引語、統計數字、事實、解說、對語，以及其他優良寫作的必要條件；而掌管、引領這些資料的三匹馬車，則是事實、引語及軼事。一篇好的專稿，必須將這三匹馬車，適當地安插在位置適中之處，以牽動整個場景。而他的「拖車廂式」寫作法則，則是這樣的：

> 「一，將主題視為軌道，從此一軌道上所運載的東西，都是報導主旨所需要的——舉凡不合用的，一律放棄；⇒二，引言是火車頭，用以拖拉（hook）後面材料；⇒三，車頭（引言）後面的「車廂」，是主題段，是專稿的「路標」、「段誌」，以便一開始即令讀者明白該文的主要方向、焦點，以及內文的其他內容；⇒四，之後，就是一系列的各式各樣「車廂」，如引語（quote）、證論（evidence）、相關例子、軼事、反應性話語（reaction quote）、分析（analysis），以及不同意見（opposing view）等等；而精鍊的字句，則是「場過場」（transit）的連結器，方便讀者一段接一段地讀下去；⇒五，最後就是結論。」（Nelson, 1988）

18　不過，在必要段落中，如果重複有其必要，則重複並不是一個缺點。

第 五 節　專欄文章發稿之前

當然，專欄寫到尾聲，就是文字的潤飾、再潤飾，檢視一下標題、立論、論據、論證和結論，是否一氣呵成；並且嘗試朗讀，「聽」一下聲調音韻是否鏗鏘，以及有否拗口難讀之字，如果不是趕時間，最好還是把稿件「冷卻」二、三十分鐘，然後再默讀一次，尤其是啟首的第一段和最後一段（結論／語），以及每一段開首的第一句，以視首尾是否呼應，才算是最後完稿。

美國波爾大學（Ball State University）新聞系的匹斯（Beverley J. Pitts）教授，曾就讀者之所以想閱讀的客觀觀點，擬列了四個可看性評核量表，從「讀者的眼」出發，透過逐項細節，反覆審視稿件之優劣得失，饒有深意。他的「審稿指南」，介紹如後：

(a)先讀一下引（導）言，然後用一句話，寫出你認為這篇的主要內容會是甚麼。（這是一則有關甚麼方面的報導？）

(b)是稿中那一句話，透露給讀者這一種訊息？

(c)用一句短句，道出你對這篇報導的反應。你對這篇報導的題材，有些甚麼想法？感受如何？

(d)逐段逐段描述這篇報導。解釋每一段是甚麼與寫些甚麼的。（解釋字數不必太多，可以把句語抽劃出來，十句、八句也就夠了。）

(e)當你讀完通篇報導後，你還想多知道些甚麼？內文是否有些地方，你還未完全明白的？

(f)說出這篇報導犀利之處（strengths）。

(g)這篇報導的內容，是否前後一致？看看你寫的第一句話，然後再檢視這篇報導，是否一直繞著它剛開始時的起始觀點（its initial overview）發展。

(h)再看一下引言。你喜歡這樣的寫法，還是不喜歡這樣的寫法？它是否引起你讀這篇報導的興趣？它有否讓你會錯意？你會將這則引言改寫嗎？若果要改寫，會如何個改

　　法？

　(i)試從這篇報導中，挑出三點你認為最弱之處。要改進這些缺
　　　點，又該如何個作法。

　(j)如果有時間改寫，你會對作者提出些甚麼刪補潤飾的建議？

　　寫專欄還有一大忌，舉凡有「口伐筆誅」之嫌的題材，千萬要
三思又三思之後，方好落筆，也就是不要肆意地攻擊和無理據地謾
罵他人，否則，占據了方塊「地盤」制高點的你，就真正成為「筆
閥」了。

本章作業

1. 請依研讀本章心得，以「水」為題，試寫一篇八百字個人專
　　欄，並訂一個欄目名稱。
2. 閱讀一本你喜歡的中文「閒書」，並寫一篇一千兩百字書評。

延 伸 閱 讀

彭家發（2001）：《新聞文學點線面》。臺北：業強出版社。

彭家發（民78）：《非虛構寫作疏釋》。臺北：臺灣商務印書館。

彭家發（2008）：《進階新聞寫作：理論、分析與範例》。臺北：五
　　南圖書出版公司。

第八章　新聞雜誌寫作

孫曼蘋

第 一 節　本章範圍與目的

　　一般而言，書寫可分為兩大類：虛構（fiction）與非虛構（non-fiction）書寫。就傳播形式而言，非虛構書寫除了文字以外，也包括影像、影片、網際網路新聞網站或部落格（blog）等，不論形式或載具為何，最主要差異在於：非虛構書寫是以「事實」為基礎的寫作。

　　在維基百科中，非虛構書寫類別還可以細分，從年鑑、記錄文書、日記到演講、科學報告等將近三十餘種文類，新聞寫作是其中之一。美國大學裡都開設有「非虛構寫作」課程，新聞特寫或雜誌寫作即是授課主要內容。

　　本章所要探討的是非虛構寫作中的新聞雜誌寫作。一般新聞雜誌所報導議題多半較複雜、多層面，篇幅長，也比報紙更講究文章的可讀易懂；一篇雜誌報導是否能吸引讀者閱讀，表面上比的是文筆，其實真正較量的是寫手的發想、構思、分析及判斷等思考功力，這一章著重在寫手動筆寫作前該如何構思與企畫。

　　本章全文共有三大部分，第一部分是先釐清新聞雜誌寫作特色，其次是新聞雜誌寫作的創意與思考企畫，最後一部分是實例的寫作分析。

在進入主題探討前，我們先釐清雜誌寫作與報紙寫作的幾個基本概念。

第 二 節　新聞雜誌寫作的基本認識

一、純淨新聞與特寫之分

在新聞學裡，新聞寫作有純淨新聞寫作、特寫寫作之分，兩者其實沒有楚河漢界般的清楚界限，當今許多新聞報導中，也不時摻雜有特寫的特性（featurized）。如果一定要做分野，我們或可從文章中涵蓋的要素來區分，一般來說，純淨新聞主要在報導事實，時效性強，著重點在「發生了什麼事」（what），像突發新聞就多以出純淨新聞形式刊出；特寫則是書寫「故事背後的故事」（story behind story）（Duffy, 1969, pp. 2-5），亦即特寫報導內容除了事實陳述外，對新聞事件還有進一步描述、解釋、分析，甚至還有更深入的研究、調查等；就其呈現方式而言，寫手多以簡單易懂、戲劇化、趣味化、貼近人性、生動的方式呈現，讓報導既好讀又有啟發性。簡言之，特寫寫作著重的是新聞事件的「為什麼」發生、「如何」發生、以及多元趣味方式的呈現，是一個比純淨新聞更複雜的資訊處理過程及呈現形式。

二、新聞雜誌寫作與報紙特寫之分

雜誌寫作也有上述特性。我們可以說，雜誌與報紙不論在寫作思維或技藝表現上許多都是相通的，兩者是血統相近的親戚，歐美許多著名報紙之特寫呈現，與雜誌報導幾乎無分軒輊。

西方國家雜誌種類繁多，新聞雜誌除外的各類雜誌書寫，還是各有不同的講究。一般來說，雜誌稿源有外稿（投稿或約稿）、內

稿之分，許多雜誌文稿大多來自外稿，因此自由撰稿（freelance）這一行在歐美極為盛行，如何針對不同雜誌特性而寫稿、投稿，也是非虛構寫作課程中一個重要子題。

不過，新聞雜誌的文章絕大部分由全職專業記者撰稿，如《時代》（Time）、《新聞週刊》（Newsweek）、《美國新聞與世界報導》（US News and World Report），財經雜誌如《財星》（Fortune）、《商業周刊》（Business Weekly）、《富比士》（Forbes）等，這些跨國發行的雜誌，有的專職寫手多達數百人，編輯、採訪、改寫、資料研究等分工精細且專業，記者報導之文稿求精不求多。

臺灣多家新聞雜誌，如《商業周刊》、《壹週刊》、《今週刊》，《數位時代》、《天下》雜誌（後兩刊為雙週刊）、《遠見》（月刊）等，每家也都有十幾個到二、三十個專職記者（或稱採訪編輯），專業分工不及歐美同業精細，雖然資源、市場規模受限，仍有些雜誌機構努力向國際媒體學習或結盟合作，其國際化視野及內容呈現，均在國內報紙之上。

第三節 新聞雜誌寫作的本質

與報紙特寫相較，新聞雜誌寫作的挑戰在於：寫手需呈現更寬廣深入的視野和更強的「說故事」（storytelling）的能力。

一、深廣兼具

新聞雜誌書寫的基本特質就是「深廣兼具」。一個稱職的雜誌寫手最好先練就了處理每日新聞的速度感、新聞感，再來磨練雜誌書寫所要的深度及廣度。

新聞雜誌雖然也有時效性因素的考量，在議題處理上，仍和報紙不同。雜誌出刊時間較晚，處理議題時間較長，篇幅也較多，這

時候，雜誌必須比報紙有更深入、內幕的分析，或有更多面向、更廣範圍的探討，或是一個新觀念、新趨勢的領先發現，這樣才能吸引讀者閱讀及購買。

新聞雜誌寫手透過大量資料研究、大量且多層面的深度訪談、長期持續的觀察及追蹤，所呈現出的不同面向的觀點，顯然是雜誌勝報紙一籌之處。雜誌報導每篇其實都有觀點，「雜誌並不堅持一個觀點，而是給讀者所有立場的爭辯，讓讀者自己去做決定。」（Friedlander & Lee, 1988, p. 66）

我們可以這樣說：報紙上一般的純淨新聞只能針對新聞事件做到「點」式報導，報紙特寫是將事件的點延伸到「線」，雜誌報導則是透過更嚴謹的構思、企畫、分析、調查，從「線」擴展到「面」，所涵蓋的格局（scope）更寬廣、多面而立體、完整且周延、更有前瞻性。

二、講究書寫風格

雜誌製作也比報紙精緻，從外觀（如印刷、版面設計）到內在（如圖片、標題等）要求都較高，其中文字書寫風格更是建立雜誌獨特性的一個利器。報紙特寫通常只要將事件原委或分析寫清楚即可，雜誌寫作則從導言開始，就講究「要抓住讀者的眼球」，要營造閱讀氣氛、要有「挑逗」讀者一直看下去的各種要領或竅門，如懸疑、吊胃口、對比、小故事等，全文要結構清楚、邏輯分明、段落流暢、文字優美、還要有獨到的新聞切入點、恰如其分的轉接（transition）、貼切甚至令人讚嘆的比喻（metaphor）、牽動情緒的直接引述（direct quote），甚至還要思考該報導之意義、價值。也就是說，雜誌的資訊呈現不但要做到報紙的真，還要有報紙很少有的、寫作藝匠尤需具備的善與美。由此可見，雜誌寫手處理議題的挑戰遠比報紙要複雜、困難得多。

第四節　雜誌報導與寫作

　　寫作是一個資訊製作的過程，也是一個理性與感性穿梭交流的創作過程。創作過程有「創」與「作」兩部分，就所費心力而言，其中「創」占二成，「作」占八成（或3：7），兩者雖要同時相互交流，創中要有作，作中也要有創，但若「創」不夠好，「作」想必也難有好表現。學寫作，其實是在學創意、學思考。

一、下筆前要先腦力激盪

　　寫作中「創」的部分極為重要，生手卻常忽略掉了。不論是生手還是專家，創作過程其實都極其痛苦，這是因為寫作並不是我們表面上所看到的，只是一個書寫的動作，寫作其實是個相當複雜的活動。寫手在下筆「寫」之前，必須經過極大的「腦力激盪」，此一激盪、深思過程往往就是作品成敗的關鍵所在，但是寫作生手往往忽略其重要性，或是不知如何進行這個過程，以下各節所要探討的焦點，就是在動筆寫作之前的思考問題。

　　寫作創作好比是蓋一棟房子，要經過一段時間夠久、過程夠細膩周延的構思企畫，包括規劃設計（訂定主題）、選材（蒐集資料）、加工（整理資料），其次是組合（動筆）、品管（修改）、完工（定稿）等過程，不但每個過程都要環環相扣，而且所有流程、步驟，都是跟著設計藍圖走。所以畫藍圖前的思考，在整個製作流程中居於中樞領導地位。

　　表8.1是雜誌書寫過程的流程圖，該圖顯示，資訊製作分為企畫和寫作兩大部分。企畫包括訂出主題（即該篇報導所要傳播的中心意旨）、採擷靜態資料（如新聞剪報或文獻）及動態資料（如訪問、調查或觀察）、整合性研判、組織及建立文章架構；寫作（即資料呈現）則包括了文章結構、文采、改寫等。先企畫再書寫，乍看之下，兩者似有先後順序，其實不論是採（或踩、彩）是寫，每

表8.1 新聞雜誌書寫的流程

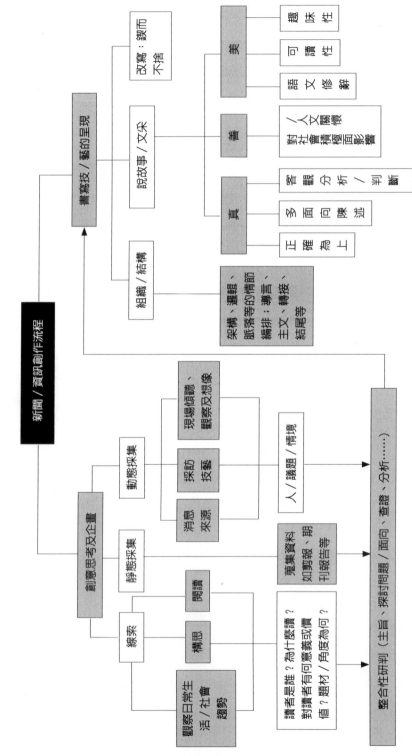

一步驟都要透過不斷的腦力激盪，並不時審視、增刪手邊的材料，書寫過程才能順利進行下去。

　　腦力激盪就是思考過程，也就是企畫過程。雜誌報導的書寫一定是先想清楚，才能寫清楚，而文章結構有序、脈絡分明則是讓讀者想看、而且看完全文的必要條件之一；想不清楚，就寫不出來，有些報導半途而廢，多半都是想的還不夠。

二、不停的想

　　許多寫手可能都有這樣的經驗。當你還是寫作生手時，常常熬了一、兩個夜，就寫出了一篇幾千字報導，但結果往往不是退稿就是重寫，再不就是主管或編輯看過後，就壓在抽屜底層永不見天日；也有人一旦定了題目，就馬上安排一連串的約訪，唯恐誤了截稿時間，但到動手寫稿時，卻發現自己文思枯竭，一整天只能擠出幾小段，此時，寫手往往懷疑自己文筆越來越差，「我是不是不會寫文章了？」

　　稿子不能用或一再難產，主因之一可能是作者還沒有想清楚：「我到底要寫什麼？」也就是作者還沒想清楚究竟這篇文章的主題（main theme）是什麼？環繞主題周圍的次主題又在哪裡？

　　下筆前要想些什麼？文章主題怎麼找？寫手或可嘗試下述建議：

(一)先找適合的人談談

　　向資深編輯請教，或找周圍家人朋友詢問如果他是讀者他可能想知道什麼問題。這可能是一種方式，不過，最有效的是找幾個「諮詢顧問」（wise men）請教或先做幾個非正式探訪。通常這類人物並非是位高權重的「總」字、「長」字輩位階的人物，但是他的職位重要到足以讓他瞭解政策，或是學養深厚，專業能力強，有整體觀，能凌空分析事物，關懷面夠廣，對許多事物均有知識性的見地；他能分析預測，而且立場超然中立。憑心而論，具有這樣特

質的顧問不多，但各個行業機構，總是有兩、三個，記者平時就要花工夫與之建立亦師亦友的關係，有問題時可以隨時請教，甚至邀請他們與記者一起企畫、構思。

(二)從讀者的角度思考

從有模糊的線索或構想開始，直到初步架構形成，寫手就要不停的自問：我的刊物讀者是誰？他們有何特性？他們關心什麼？在乎什麼？喜歡看什麼？

接著要問：我要寫一篇什麼報導（what's the story）？這篇報導在目標讀者群中哪一類讀者會看（who）？他為什麼會看（why）、在什麼時候（when）會看？這個報導和他有何關係？對他有何意義或重要性？我要如何吸引這類讀者來看呢（how）？

「時時心存讀者」是個很重要的概念。同一個議題或新聞人物，因為各媒體讀者定位、特性、關心面不同而有不同的思考及報導呈現。題目人人會做，巧妙各有不同，其中竅門，就是時時以讀者為念。

例如，臺灣股市上市的「鴻海精密」公司一躍成為2002年營運表現最亮眼的企業時，董事長郭台銘從此成為媒體焦點，各財經雜誌莫不爭相報導（否則就不是財經雜誌了），偏偏郭氏對媒體向來就不友善，極少接受媒體約訪。這裡選出兩家雜誌前後相隔數月刊出的報導，我們從中可以辨識出，同一題材因讀者特性不同，各家也有不同的報導和呈現策略。

讀者以普羅大眾為主、以增添一般人茶餘飯後話題的《壹週刊》，領先各雜誌，在2003年1月底推出封面故事「全臺新首富郭台銘」的報導（臧家宜，2003.1.30），全文主題是「這位新臺灣首富到底是個什麼樣的人？」既然焦點是郭台銘這個人，就一定要訪問到他本人，該刊採訪團隊記者群幾乎跑遍半個中國，走訪每個鴻海廠區後，郭台銘不得不答應在他深圳工廠受訪。

　　當時編採群[1]筆下的郭台銘，不只是身價600億元、財富已遠遠超越297億元的王永慶（2008年10月過世）的一位企業新貴，更在字裡行間讀到那股無所不在的「霸氣」、獨特的「郭三條」式管理、喜歡征服與領導、在意公眾形象（讀者第一次看到身穿工廠制服、頭髮半白、面露疲態的首富）、對家人及原鄉呵護至極、一位剛柔並濟的企業領導人形貌。文章中有寫手主觀的諷刺、幽默之詞，也有許多客觀事實佐證、鮮活的場景描繪、郭氏與記者的鬥智對話、以及記者對鴻海企業及郭氏整個採訪過程的細膩觀察，可說是一篇普通上班族、超商及加油站工讀生都看得津津有味的報導。《壹週刊》的確掌握到了草根讀者所要的「趣味」、「好玩」、「滿足好奇」等要素。

　　財經雜誌主流之一的《天下》，讀者定位是以工商界人士、政治經濟決策層等菁英居多，這類讀者要看的資訊固然需要以趣味為餌，但有趣好玩只是手段，真正的目的則在滿足讀者所期待的實用性、知識性、觀念性資訊。《天下》在同年5月號推出每年例行調查的「500大製造業」報導時，從「鴻海首度成為臺灣第一大民營製造業」這一點切入，主題放在鴻海企業體的經營管理上。2002年臺灣整個電子業景氣都不好，當時鴻海業績成長率近七成，是全球成長第二快速的電子製造商。記者從全球市場、國際同業表現、該公司本身經營效率等面向，分析其高成長表現背後的策略；在董事長郭台銘的專訪裡，談的是他的「郭氏管理學」、鴻海全球競爭策略、郭氏個人的價值觀等面向（張殿文，2003.5.1）。

　　《天下》這種「硬新聞」式的處理，雖不及《壹週刊》表現那樣美味多汁，但符合天下讀者的品味偏好。從天下這樣的應變戰術來看，若是同一議題刊出時效落後了同業、但又不得不做報導時，

1　《壹週刊》採編採合一制，一個專題小組由採訪記者、資料研究、攝影記者、繪圖編輯、版面設計、文稿編輯等組成，由一位副總編輯領隊，從發想到美編完稿一路參與，這位主管並負責文章最後的總改寫。臺灣一般雜誌的資訊製作，多為編採分流制，採、編各司其職，也較著重記者個人特質展現。

寫手自企畫構思階段起，或可從讀者特性、如何滿足目標讀者需求上，找到不同的聚焦主題。

寫手在認識讀者特性、掌握其需求後，接下來要想：什麼東西才能挑起這樣的讀者的興趣？我要如何吸引讀者來看這篇報導，而且還一直看下去？這個議題別家媒體寫過嗎？要如何讓讀者覺得有新鮮感呢？

(三)老故事、新角度

太陽底下沒有新鮮事。《華爾街日報》的資深報人Blundell也說過：沒有新故事，只有新記者。這兩句話都是在強調，其實事件早就發生了，端看是有經驗的專家、還是剛剛出道的生手如何有不同的處理。專家能將老故事創新，寫出一篇有趣的報導，生手則在舊圈圈裡打轉、炒冷飯，始終找不出一個讓讀者眼睛一亮、有新鮮感的主題或切入點。

專家的功力如何練就出來的？經常向《華爾街日報》記者傳授寫作技藝的Blundell提出幾個絕招：貼近行動者、洞燭機先、換從另一個角度切入（Blundell, 1988, pp. 8-22）。

1. 貼近現場行動者

當其他寫手紛紛從廣角（broader idea）角度報導新聞事件梗概時，雜誌寫手不妨逆向思考，就讓別人畫寫意畫，你不妨來畫一幅工筆畫吧。

也就是說，媒體也許已報導了新聞事件的重要性，文中已有統計數字、專家評論，也列出受影響的人、事、地，新聞故事的要素幾乎都有了，但這個事件可能還不夠打動讀者、獲得他們情感上的認同。也許是硬梆梆的資訊陳述太過抽象、遙遠，冷冰冰的數字也喚不起讀者的切身之感，好比長鏡頭太遠，看不清事件中那些行動者的五官表情。此時，雜誌寫手最好親自到事件現場去聽、去看、去觸摸、去感覺，現場多的是行動（actions）、悲喜、諷刺、衝突等戲劇元素（drama）、或是活生生的人性表露（humanity）。只有最貼進現場的情景，才是最容易讓讀者動容的報導素材。

例如，中國大陸廣東珠江三角洲一帶，是中國開放自由經濟最早的地區，那裡工廠群集，來自內陸的民工極多，形成了中國最多流動人口聚集的特殊景觀，媒體相關報導早已多如過江之鯽，這類議題似乎早就沒有什麼報導價值了。《華爾街日報》亞洲版在2004年11月4號卻刊出了一篇以一名十八歲女子在東莞打工為主題的報導Chang（Nov 8, 2004）。記者花了七個月時間觀察、採訪、對談，平實的描述這名來自湖北的民工，兩年間換做三份工作，從最低層女工做到初級人力資源管理的白領文職人員的經歷。這篇報導讓讀者看到東莞500萬名民工、或全中國1.14億流動人口中，一個活生生的人在外鄉打拼、浮沈的生活面貌，讀者好像親眼看到這個純樸女子從思想、價值觀到行為舉止上的轉變，好像親自參與了她異地打拼的每一個「社會化」過程。

記者走到事件的最基層，採得鉅細靡遺的細節或是行動者的直接感受、情感或話語，這種個人化（personalized）、微觀式的報導，讓讀者感覺好像自己就在事件現場，的確比看一堆社會調查統計堆砌成的資訊，或是「人類有史以來最大規模的流動人口群」這類的空泛描述要有趣、真實的多。

2. 洞燭機先、拉大格局

當別人還在報導事件的現況進展時，有經驗的寫手已經將重點轉移到更遠處，開始探究事件的影響（impacts）及對立方的因應行動（countermoves）。這個方法是雜誌應對報紙競爭時最可行的策略。

《天下》雜誌多年前一篇關於交通部電信局數位式電子交換機議價採購案，前後歷經十五個月才定案的追蹤報導，即是一例（孫曼蘋，1986. 5）。這是電信局與國際廠商交易的第一筆數位電子交換機採購案，在議價期間，買方電信局、賣方三家國際電訊公司總是不斷攻防、討價還價，廠商甚至各自去找自己的「政商關係」。議價期間，媒體常常大幅報導今天雙方議價又沒成功、昨天哪家公司負責人又找誰去向國會或官員遊說等等，這些資訊都只是該事件

發展現況的零碎、片段報導，議價背後議而不決主因為何？一延再延會有何影響（如「科技轉移」及「科技生根」的爭議再次出現）？業者有何因應行動（如廠商動用政商關係，於是相關部會首長均相繼表示關切）？種種疑竇，記者均未觸及或只是點到即止，這時期刊雜誌反而因時間因素找到了它的報導利基。

《天下》記者不但嘗試從「為什麼議價又沒成功？」這個新聞點延伸出一條線性思考，再從不同層面探究到尚未被揭露的政商關係，也從不同部門本位主義中看到上層領導不力及政策不明等問題，記者遂能在文章中展現出更大格局、多面觀點、不同高度的視野。這正是報紙媒體的罩門。

在思考過程中，寫手除了每天看報紙知道最新的議價進度外，還不斷思索：這宗金額不算太大的國營企業採購案，有何指標性意義？（原來，攸關到政府日後五年兩百多億元的後續訂單及價格）檯面上是哪些人涉入其間？（包括有三家國際電訊公司在臺最高主管、電信局代表等），檯面下關鍵人物又是誰？（啊，原來是電信局局長！當時他已擢升為交通部常務次長，還因為這筆採購案遲遲未能定案，竟然延宕了整整兩個月才去上任新職，這是文官體制內的創舉；還有，交通部以外的其他部長，似乎曾對那些外商公司各有若干承諾？）──這是從一個「線頭」所拉出的一條「長線」。

接著再進一步探究：這些檯面上下的政商人物及其人脈，牽連範圍有多大？（哇，不止電信、工業兩個局，還有交通、經濟、外交三個部，甚至行政、立法、監察三個院全捲入其中，另有行政院的五位部長聯袂拜訪監察院的審計部長）──這一拉，從二局、三部、三院到六位部長共有四條不同層級的線，構成了相當複雜的「政治」、「經濟」、「外交」面向；其次，歷次議價不成、電訊化進度落後，對大眾、產業有何負面影響？（攸關21世紀臺灣的電訊服務品質和國際競爭力）──這是另一個「民生」面向。

除了逐漸架構出一個議題的多層次面向以外，還要有多元管道的動靜態資料採擷，讓讀者看到不同利益群體、立場差異程度有別

的觀點或陳述，亦即寫手要分析出此一新聞故事的行動者是些誰？除了有主要行動者以外，還有周邊次要行動者、對立程度不一的相關者、沒有利益相關的觀察者，他們的說法或作為為何？

在這個議價案追蹤過程中，我們除了要有電信局長（彼時政府首長多高高在上，不輕易受訪，記者一定要鍥－而－不－捨）及三位業者負責人的說法以外，還要有直接處理這宗採購案的電信局幕僚及中上層主管、與電信局立場截然不同的經濟部工業局官員的觀點、超越行政院之外的監察院審計部官員對政府訂定採購制度的解釋及對此案例的看法（尤其針對此特定案例，記者要千方百計「誘導」這些總是隱身在首長、長官、機構發言人身後的大內高手肯開金口），還有政府體系外的民間同業、甚至想與三大電訊公司搶生意的潛在競爭者的說法；再者，當記者發現官方、企業各有道理時，他還必須去請教「諮詢顧問」、或加訪與兩造較無利益關係的第三者、第四者等等。

寫手從一條線擴及到多層級的面，讓讀者彷彿置身在群峰相連的山林中，因為攀上不同高度、不同方位的山峰，自然看到更多姿態各異的風景，進而在他腦中形成一個多面貌的山林形態。比起只有單一受訪者的單面向陳述，這種「立體化」觀點呈現，不但有趣，也較客觀、具說服力，讀者自然比較願意讀下去。

從不同角度、不同面向看問題的策略，必須是新聞事件已發展了相當時日時，雜誌寫手才能先人一步去探討其不為人知、卻已成形的影響或因應行動；當事件才剛剛發生，或其影響可能還在醞釀階段，即事件發展還不夠成熟時，寫手只有耐心等待、持續關注。這裡要提醒寫作生手，不是看到問題就以為可以寫成動人的報導。

3. 換從逆向角度切入

寫手構思故事，除了去採訪引發新聞事件的這一端行動者的意見或理由外（如上例，訪電信局決策者解釋他「在商言商」，不考量所謂「技術生根要付學費」的理由），當然也去訪問事件中對立的另一方的意見（如訪問三家跨國電訊公司何以他們所開的價格

比國際市價高出許多？），還有立場中立、較客觀的第三方的意見或評論（如其他的國內電訊業者、學術界或相關機構的研究人員等）。可是當其他媒體對這三方均已做過報導，此時雜誌寫手怎麼辦？

不妨試從另一個相反角度構思文章的切入點（hook）。

《華爾街日報》記者George Getschow寫了一篇墨西哥人非法移民美國的報導，就是以反方向角度切入文章主題，結果引起許多讀者共鳴、大大減低了美國人對墨西哥非法移民的反感及刻板形象（Blundell, 1988, pp. 13-19）。這則報導起因於1980年起越來越多墨西哥人偷渡邊界到美國加州打工，此一議題已引起媒體注意，尤其是加州每家媒體都在報導，但內容都是記者在美國這邊邊境採得的二手資料。

Getschow逆向而行，換從墨西哥偷渡客的原鄉這個面向作切入點，來探究偷渡客何以源源不絕。他跑到墨國中部非法移民主要來源地，選了幾個盡是老弱婦孺的赤貧小村莊住了一段時間，在文章中他描述說，這些村落之所以有路燈、磚房、電視機、現代化的社區中心，或村民有能力開雜貨店，全是倚賴外銷男性勞工換來的。在只有1200個居民的村莊，記者走訪了許多人家，聽偷渡客家人述說幾十年來年輕男子如何付高價偷渡到美國、如何在加州非法打工、又如何改善家人生活的故事，如有人在美國第一年賺得的錢，就是全村一年所得的總和；記者也訪問到一名剛回到家鄉、準備與交往九年的女友結婚的準新郎，和很多人一樣，新郎沒有時間度蜜月，婚禮後就得盡快再偷渡去美國繼續打工。貧困、淒涼、無奈的眾生相，經由記者貼近村莊居民的訪問和現場觀察躍然紙上，也讓美國讀者能夠全面瞭解墨西哥非法移民的問題。

一個會說故事的人（storyteller）應讓讀者透過文章、聽到故事中相關人物的聲音、看到這些人的五官表情、聞到他們身上的味道、體會出他們的心情。記者要有這種同理心，並時時緊扣著讀者感興趣、或與讀者相關的素材。換言之，記者進入事件現場時，必

須不時的想到「讀者想看的是什麼？」

㈣讀者喜歡看什麼？

人物、事實和數字，可能是最能引起讀者閱讀興趣的素材了。

1. 人物（people）

人始終對人最感興趣，新聞報導寫的無非都是與人相關的故事，所以記者愛寫人、或從人的角度著手去探討事或物。關於人物報導，又有下列幾類：

(1) 新聞事件中的當事人、行動者

就是引發新聞事件的人物，或直接受事件影響的人物。如前例墨西哥偷渡客事件，所以引起加州媒體的注目，就是因為這是關於一群人的故事，某些人（墨西哥窮苦人家）啟動了某些作為、行動（源源不絕偷渡到美國加州各地），或是那些直接受到這些作為影響的人（偷渡客的家人）的故事。寫手不但找到行動者，還要適切的引述他們說的話、描述他們的作為，故事才顯得具體、生動、感人。

(2) 新聞事件中的相關人物

這些人針對事件有某些作為，或是說了相關的話。墨西哥移民事件的當事人是泛指所有的偷渡客形成的非法移民的故事，但只在山峰上瞭望非法移民問題，這樣的報導沒有人的臉、沒有故事、沒有引人的戲劇效果，說服力還不夠強，所以記者會想到去墨國走訪偷渡客最大來源的幾個村莊，找到偷渡客的家，將許多村民（包括曾是偷渡常客、現已回到老家定居者）及偷渡客家人的生活實況，串成一篇為何窮無立錐之地的墨西哥人肯花大錢，或頻頻冒險偷渡到美國打工賺錢的報導。

(3) 旁觀的觀察者

這類人物讀者感興趣的程度最低，但是有其必要。他們沒有直接牽涉到新聞事件中，可能是顧問、分析者、評論者、各領域的專家、行政官員等，讀者有時有興趣知道這些人對新聞事件的看法、解釋或評論。例如某專門研究移民的加州學者，分析墨西哥人和其

他第三世界的非法移民偷渡到美國的原因有何異同？經濟學者分析青壯人口外移對墨西哥勞力市場有何影響？或是墨西哥政府應該有何應對政策等。這類人物在文章中出現不宜過多，否則讀起來會像一般人看學術報告般冷硬、無趣。《華爾街日報》慣用的手法是，這類理性成分較強、只是提味作用的「專家說」，大約在整篇文章中只占十分之一或更少篇幅。

2. 事實（facts）

這是和事件有關、或使事件繼續發展的事實。新聞報導的基本元素就是事實，由於讀者關心的資訊都是與本身生活有關的事物，這些當然必須是能讓他相信的事實。就如前例，寫手所引述的村民家的窮困、或子弟到外打工使家人生活因此改善等情形，這些都是記者親自採訪聽到、看到的事實，也是讀者有興趣知道的。（不過，事實並不一定等於真相（reality）。記者還需進一步研判什麼是「真相」）。

3. 數字（numbers）

在文章中穿插數字運用，可以加強內容的說服力，甚至能幫助讀者記得。例如前述廣東女性民工的報導，記者在文中提及勇敢到外鄉闖天下的民工，多半都是農村裡的菁英，他們年輕、教育程度高，女性民工這樣的差距尤其明顯。

「中國社會科學院九十年代中期進行的研究顯示，珠江三角洲地區的女性民工有78%的人具有初中以上教育程度，而全中國農村婦女中有初中以上教育程度的只有43%。」

同一報導中，記者也運用數據具體顯現出廣東外來女性勞工的盛況：

「全中國可能有一半的女性民工在廣東省，其中大多數是在以東莞為中心的珠江三角洲的工廠裡；各工廠大都喜歡招收年輕女工來作生產線上的重複工作，東莞市有150

萬當地居民，卻有500多萬外來人口；當地人估計東莞市
70%的人口都是女性。」

　　數字運用必須得當，過於龐大的數字、或是連續幾段一長串數
字報導，反而會拖緩文章的節奏，降低可讀性。由於數值越大就越
抽象，寫手應將其「轉化」成具體可見的事物；數字過多，最好選
擇最重要者分散置於各段落中，讓讀者不時看到數字顯現出的影響
力、重要性。

　　數字固然是新聞故事中的一個要素，但數字也很容易遭到偏
頗、扭曲、誤用，記者應具科學精神，謹慎研判數據的可信度，[2]
其次要掌握說故事的技巧，將數字與新聞故事作適當搭配。

　　在發現影響、因應行動等相關要件後，接下來是組織材料、搭
建起一篇故事書寫的架構。搭架構猶如蓋房子，依序需先建起建築
的主要大樑（主題），環繞主樑搭建出的次要樑柱（次主題），依
次樑再搭建次次要的支柱（次次主題）。接下來是做隔間規劃（敘
事情節編排、段落順序搭配），待隔間區塊搭好、結構也都大致建
起來後，接下來才是設計裝潢、搭配家具及裝飾品（亦即技藝部
分，如導言要引人或懸疑，主文中要有合宜、優美的用字遣詞，要
有小故事、數字、直接引述的穿插……這是《華爾街日報》新聞寫
作的黃金定律之一「圓凳的三支角理論」[3]、現場或情境具體的或
藝文性的描述、偶而帶進文字美學的手法等，區塊間或段落間的轉
接要承上啟下、順暢自然、符合於邏輯推演）等等。

---

[2]　關於統計、數字如何研判，什麼是記者的科學精神等，可參閱陳世敏、鍾蔚
　　文譯（1989）：《新聞與數字》，V. Cohn原著，News and numbers，臺北：正
　　中。

[3]　小故事、數字、直接引述，是一篇生動報導必備要件，猶如一張圓凳的三支柱
　　角，缺一不可。再者，《華爾街日報》寫作很強調數量上「三」的意義，如新
　　聞數字運用不要超過三個，即使採訪到許多精彩的小故事，引用也不宜超過三
　　則。

三、建立架構與主題

上述的企畫工作，雖然以「創」為主，還要以「作」為輔，也就是要有行動：邊想、邊蒐集動靜態資料，這樣約進行到一篇報導進度的四分之一或三分之一時，寫手要停下來整理思緒及資料，審視當初構想與執行間是否有落差？需要作些什麼調整？一份簡單扼要的企畫書，可以幫助寫手把資料整理得更有條理，讓初期的構思變得更具體可行。

1. 企畫書成形前

企畫書就是把我們前面思考的「什麼」、「為什麼」、「如何」所得資料將其化成文字，目的在找出故事主題、次主題等架構要件，換言之，企畫書也可說是一份初步寫作大綱，所以寫手必須已設想出了主題、次主題後，才寫得出企畫書。

現在舉一實例，看看一份深度報導的企畫書如何形成。

2005年秋季，政大新聞系一群同學著手企畫一份實驗性社區刊物《文山people》（政治大學新聞系，2006），以文山在地居民為其主要訴求對象，希望透過對文山議題的深廣探討，引起文山居民對社區的關懷，進而參與社區事務。其中一個重要議題是：貓空纜車即將進駐，社區居民應如何面對或準備？

我們先從讀者資訊需求的角度著想。在一般報紙讀者的眼中，「貓空纜車將在2006年底通車」[4]，此一資訊可能只是一則一、兩百字的休閒新聞（重點在「何時」、「什麼事」），新聞價值（臺北又添了一個休閒去處）有限；但對文山社區居民讀者而言，可是攸關自身及社區利益的公共議題，他們應該願意花較長時間仔細閱讀更多面向、細節的深入報導。

---

[4]　依據臺北市政府的規劃報告書，纜車工程自2005年10月動工，預定在次年10月底通車。實際情況是通車期限一再拖延，直到2007年7月初才正式通車。

一個社區性雜誌的寫手，宜從在地居民的角度，想像他的讀者可能需要些什麼資訊？為何需要知道這些資訊？這些資訊與讀者有何關係？

第一階段，拉大格局，試從「纜車明年底通車」這個點，思考能否找出線與面的相關面向。寫手可試從六個方向去思考、蒐集資料：

(1)歷史性，即事件形成的根源為何？

(2)為什麼發生這件事？是經濟、社會、政治／法規、心理因素嗎？（為什麼要興建纜車？貓空一帶休閒文化的發展歷史）

(3)格局——事件發展牽連範圍有多大多深？哪些層面？涉及到多少人地機構？（如何興建、誰在推動、是否有配套措施？在地團體或社區民眾反應如何？）

(4)影響——受益的人或事？如何受益？受益程度？受害的人或事？如何受害？受害程度？各自有些什麼情緒性反應？

(5)對立方的因應行動（countermoves）（贊成、反對者各方是誰？各有何行動？為何有這些行動？其背後的意義為何？）

(6)未來如何？是否有何相關的正式研究、他們怎麼說？非正式的觀察者或行動者，對未來有何想法？記者可能預測未來嗎？（對文山未來利弊為何？文山居民是否有何應對策略？纜車帶來人潮可能如何改變貓空的人文自然景觀？）

第二階段，寫手把看似無關的資訊，從正反兩方行動者、可能受影響者面向，來排列組合，羅列出以下數點發現：

(1)纜車明年底將進駐，許多社區民眾仍對纜車工程內容、作用、進度等基本資訊毫不知情；

(2)雖耗資12億元興建，市府卻好像在刻意壓低姿態、沒作什麼文宣；

(3)行動者：貓空茶農、指南宮管理委員會是纜車興建的推

手；纜車路線經過的社區住戶曾到議會拉布條、向馬市長嗆聲，反對興建纜車；

(4)貓空目前所有茶坊家家都還是違建，茶山景觀、招牌均醜陋不堪，指南宮幾十年來也都沒有污水、垃圾處理設施。想要發展為一觀光休憩點，指南宮、貓空客觀條件其實都還不夠；

(5)一般社區居民關心文山今後會從文教區變成觀光區嗎？生活作息是否會受到影響？

(6)文山房地產業者也在蠢蠢欲動：貓空茶山原屬保護區，市府正在修法改變地目，准予開發興建建築，有些地主認為商機來了，可以變賣土地改善生活；

(7)商機的另一面，可能瓦解貓空百年來純樸的社區文化，茶山可能變成像今天九份、烏來殺雞取卵般的生態及人文破壞。

第三階段，從「什麼」、「為什麼」、「如何」等面向，嘗試去濃縮、窄化（narrow down）前項諸點發現，讓寫手擬出進一步要探討的問題，如敘述(1)是「什麼」，即纜車工程內容為何；敘述(2)、(3)是「為什麼」，即為什麼市府採取低姿態？贊成的行動者，主張興建理由為何？反對者理由為何？市府興建的理由又是什麼？反對者、贊成者、市府間如何相互對話？敘述(4)到(7)是「如何」，即到現階段為止，推動者如何準備迎接他們所企盼的人潮？纜車建設（可能）會如何影響到一般社區居民日常生活、文教區裡的十幾所中小學的戶外教學、茶山族群文化的瓦解等。

這些「什麼」、「為什麼」、「如何」所延伸出的幾個面向，就是文章架構的次要主題（可能連次次要主題都有了）。最後，試將這三大區塊的問題敘述再次歸納出一個暫時性的主題。寫手不斷自問：「我到底要說什麼故事？我能在三分鐘內把故事說一遍嗎？」幸運的話，苦思幾天後也許終於想出一個結論了，也就是全文的重點：纜車給文山人帶來的共同關懷就是「在原本是文教住宅

區裡發展地方觀光產業，應如何尋找到一個開發與生活品質之間的平衡點」（當然主題也可能還要邊寫、邊想、邊修改，或許一直到文章都改寫了好幾遍後，作者才真正想清楚全文的主題）。思考、歸納到這裡，企畫書應該可以寫出來了。

另一個找出主題的方法，就是找個朋友當聽眾，把你要寫的新聞故事，用兩、三百字摘要講給他聽，看看他的反應是一路追問下去？冷淡以對？還是逃走了？到這時候，你該知道你的主題是否找到了。

2. 書寫企畫書

企畫書除了作初步資料蒐集的「反芻」外，更重要的是在擬定主題方向，導引寫手繼續向前走。換言之，企畫書就是指示前進方向的路標。

表8.2是依據前述構思後所寫成的一個企畫書樣本。企畫書左欄至少有五項：(1)題目、(2)主題（為何寫？意義何在？切點為何？）、(3)探討哪些問題（即次要主題）、(4)可能的受訪者（當事人、對立者、第三者等，這裡的思考與報導要點在，是否有多元、立體觀點）、(5)其他配合事項（如攝影記者拍照建議、資料剪報）。右欄之內容，可依現場蒐得的資料隨時機動增刪或修訂。通常次要主題一定會不斷反覆修改，有時候，甚至可能連主題都需要大幅度調整。

第五項「配合事項」也不可忽略。新聞故事書寫要靠默契良好的團隊合作，我們常說：「一張好照片勝過千言萬語」，圖片能強化文字的氣勢，攝影者的纖細觀察常能彌補文字工作者採訪現場的盲點或疏失。此外，蒐集資料最好是「站在巨人的肩膀上」，前人走過的路，一定留下一些有用的蛛絲馬跡，耐心或幸運的找到這些文獻，可收事半功倍之效。

表8.2　企畫書示範

1. 主題（概念化）	貓空纜車進駐後，可能給文山人帶來些什麼正、負面改變？
2. 主題（變項1指標） 為什麼寫？ 有什麼意義？ 從什麼角度？	由臺北市政府耗資12億元興建的全臺第一座都會式纜車，將在明年底進駐文山貓空，這是馬英九市長競選連任時的政治支票，應該是文山區的大事，令人不解的是居民對纜車工程內容、進度等基本資訊所知極為有限，纜車對文山人公共生活有何正、負面影響，似乎也無人去關心、思考。 在纜車還有一年就要進駐的此刻，這篇報導擬以在地居民的角度（如贊成者、反對者、一般社區居民），從經濟開發、環境保育的爭議兩端探討纜車可能帶給文山人什麼影響，以及現代都會人應有的山林休閒文化認知。
3. 探討哪些問題？ （操作化） （即次要主題）	1. 全臺第一座都會型纜車是何模樣？對社區發展的意義、利弊為何？原是一樁德政，為何靜靜開工？為何有人反對興建？ 2. 可能的受惠者貓空茶農及指南宮，主張興建理由為何？他們如何推動興建？又如何準備迎接他們所企盼的人潮？包括：土地使用、違建餐廳茶坊等法規如何突破，公共設施明顯不足如何解決？如何思索自然山林與經濟開發間的關係？世代相傳居住於此的張氏族人，怎麼看待、想像這塊祖傳山林的未來？這些市民主動參與的作為，社區意義是什麼？ 3. 可能的受害者附近住戶擔憂的環保問題，如噪音、景觀、安全，專業人士的解釋如何？官民兩造間的知識認知落差，背後顯示的意義為何？抗爭者都是中產階級，是第一次為居家山林環境而上街頭，此舉在社區事務參與上意義為何？ 4. 對社區一般人的可能影響：文山會從文教區變成觀光區嗎？生活品質可能有何改變？（例如動物園加上纜車帶來的人潮會影響居民假日進出文山的方便嗎？）對社區裡的十幾所中小學師生學習有何助益？ 5. 社區文化的隱憂？如原屬保護區的茶山，是否會因休閒業再起而有土地炒作的商機？商機的另一面，是否會瓦解世居此地的「張家村」的族群凝聚？……

4. 採訪哪些人？ （執行方法） 當事人？ 競爭者？ 第三者？ 或其他？	受惠者：指南宮管理委員會主委高忠信、志工群、香客、指南宮商家； 貓空茶坊一般業者、積極參與社區營造的業者； 市府新工處（纜車規劃及執行）、都計處（社區休閒規劃及執行）、文化局（社區文化建設） 可能的受害者：反對建纜車的社區管委會成員、住戶； 以文山社大為主力的一群社區事務行動者、一般社區人（隨機採訪社區新住民、老住民、各級大中小學校師生）、房地產業者等； 貓空一帶的登山熟客、茶坊消費者、里長伯。
5. 配合事項 攝影工作者？ 剪報資料？ 研究報告？	攝影：茶山風情（登山、品茗）、新舊招牌景觀、反對興建纜車者的抗爭照片、茶坊業者當山林導覽之畫面、纜車在山坡施工畫面； 茶山從產茶、製茶到行銷觀光休閒的歷史發展資料或剪報； 《木柵人》攝影集（1948年時一位在政大任教的美國教授拍攝的木柵人文攝影集）； 蒐集政大中文系、歷史系、地政系的田野資料； 還未在媒體上披露的官方資料（如市府纜車工程及營運規劃書，內有纜車工程簡介及車站透視圖，委託廠商新近完成的動畫簡介等）。

這樣一份企畫書出爐，表示整篇報導的輪廓已經成形，寫手只要依循這樣輪廓，將資料進一步整理、琢磨、增刪，篩選出與主題有關、甚至能夠凸顯主題的故事素材，再將其安排在文章架構中的適當位置（例如哪些資料適合用於導言、結尾或主文）[5]。寫手進行到這一步驟，整個創作過程已經完成大半，接下來就是語文工具的展現，語文運用一方面要符合新聞報導的基本原則，如正確、公平、多面向或多立場陳述，再一方面也要儘量以文學敘事手法讓文章優美、動人、引起共鳴及認同，甚至讓讀者願意傳頌、引薦予他人。

書寫的最後一步是改寫。雖然，修改在構思、書寫過程中，在段落間、章節間，也一直來回進行著，不過幅度更大的全文改寫絕對需要。寫手耗盡心力寫到結尾最後一段，此時只能說寫作暫告

5　此一貓纜專題報導，可參見黃伯堯（2006）。

一段落，並未全部完工。此時，寫手一定要將身心完全脫離寫作情境，擱下草稿過了一段時間後，再回來耐心的修改全文。這是一段非常重要的工程，不要功虧一簣，一定還要留些力氣來修稿。

改寫可分三個面向。一是調整架構，有時甚至大幅度調動區塊、段落，或大幅修改原先設定的主題；一是調整語文表達，展現藝術性、人性；再者就是更新或訂正經過查證後的事實性資訊。

一遍、兩遍、三遍……，在時間許可範圍內，寫手一定要鍥而不捨的再三修改，沒有人寫文章可以一氣呵成，絕大多數都是經過無數遍的改寫修訂。《天下雜誌》創刊前幾年，非常講究文章寫作水準，在還是月刊時期，一般報導改寫少則三或四遍、封面故事報導改寫多則八或九遍。

「改寫是寫作的靈魂」，電影「危機總動員」原著作者 Richard Preston 在其部落格[6]中率直陳述自己的寫作經驗，他說，他的每一本著作的第一章通常都是經過二、三十遍的改寫才能定稿。Preston 寫過好幾本全美暢銷的生物科普著作，也是唯一獲得美國疾病管制中心所頒「防癌鬥士獎」的非醫師人士，他的另一本生物科普名著《試管中的惡魔》（*The demon in the freezer: A true story*）（楊玉齡譯，2004），娓娓道說世紀傳染病天花的始末，文筆流暢、描景鮮活、故事化陳述生物知識，讀者讀得津津有味，殊不知其書寫背後下了如此深刻功夫！

第 五 節　雜誌寫作個案分析

本章最後一節，我們嘗試分析、比較幾篇雜誌報導的書寫特色。臺灣的新聞雜誌書寫比較難歸納出什麼類型，但長期觀察各家作品約略可以窺出其風格或特色。

臺灣雜誌多元、多樣，其中以財經類、娛樂類最為活躍。雜誌廣告量排行前十大中，財經雜誌有商周、壹週刊（政經本）、天下

6　可參閱 http://www.richardpreston.net/about.html。 上網時間：2008. 8. 12.

居其中,其餘均是娛樂類。財經雜誌多以公共事務報導為主軸,雖在商業經營模式下競爭激烈,但都有相當程度對新聞專業的堅持或追求,因此筆者選出五家主要財經雜誌就同一主題的不同寫作呈現作一比較,我們或可從中窺出各自風格或特色。

2006年底,一年一度的金馬獎頒獎典禮上,突然出現一個「另類」明星,幾乎搶去大部分的媒體版面——身價600多億元的企業人郭台銘不但與會,還在這場盛會上宣布,他個人今後將投資100部華語片並進軍國際市場,這對不景氣良久、向來是小本經營的電影工業來說,這真是「天下掉下來的大製片家」,是有頭條的新聞價值;接著郭氏與臺灣名模、香港女星互動新聞頻頻登上影劇版頭條;2007年1月中旬開始,財經雜誌上的「郭台銘之戰」開打,各家莫不以大篇幅、封面故事系列報導方式呈現,火勢燒到3月中旬才告一段落。

下面是各家雜誌系列報導中首篇主文報導的一個簡要分析比較。這其中我們可以發現,報導出刊時間是競爭指標之一,越晚刊登者,內容越難有新意,於是只好以行動者專訪、花邊八卦、甚至堪輿風水傳聞等資訊搶奪讀者眼球,此一取巧伎倆也許有一時效果,殊不知長期下來,尤其明顯戕傷財經媒體最重要的公信力。

一、天下雜誌(雙週刊)

刊出時間	2007/ 1/ 17
標題篇名	「郭台銘的秘密機地」
主題	郭氏跨行做大製片家的企圖心及其布局策略
次主題	1. 郭氏個人特質及「鴻海管理」的理念及實踐,將是他進軍影視新事業的利基。這是最重要的一個區塊,全文幾乎以此為主要的次樑柱。 2. 郭在家鄉山西的建設及投資,較多著墨在郭個人投資的富士康影城計畫及數位內容產業構想。 3. 晉精神在郭氏身上的展現,再回映到郭進軍新事業展現出的企圖心及執行力。

分析	1. 封面故事系列報導，共計長短文七篇、27頁報導
	2. 主文報導約占全部「封面故事」篇幅一半
	(1) 資料蒐集多層面，受訪者有一般的電影界、電子業、證券分析師等人士，也有鴻海的資深員工、郭氏的貼身老幹部、鴻海前員工、電子同業競爭者、郭投鉅資的第一部影片的監製等。
	(2) 場景多樣。採訪場域從臺北（影視娛樂、經營管理、數位產業）擴及到郭的家鄉山西（晉城及其近郊龍門）。
	(3) 該文架構及脈絡清楚、作者下筆溫和，謹守客觀界線。作者是以實例、故事、受訪者話語來提出其若干質疑，也中肯點出主要行動者引人爭議的一面，如首富的霸道、人治王國、在眾星美女間流連等。
	(4) 小故事、直接引語、數字、場景描述等「工具」，適當穿插運用，提高可讀性；娛樂八卦資訊點到即止。
	3. 天下不但搶先報導，且報導深入、全面。

二、遠見雜誌（月刊）

刊出時間	2007/ 3/ 1
標題篇名	「郭台銘擴展版圖的8個問號」
主題	有晉商血液的郭台銘，如何進軍未來的數位內容產業？
次主題	1. 從工作狂變成邀約女星出遊的個人改變，鋪陳到郭氏跨行編織起他的電影大夢。
	2. 分析郭氏擴張其完全不懂的新事業版圖的謀略，包括大張旗鼓結識影視各路人馬、在媒體上頻頻曝光等，均是晉商精神的展現。
分析	1. 遠見人物系列報導，共二篇、12頁，算是中型份量的報導。
	2. 主文報導論點雖無特殊，內容也無新意，但故事呈現手法相當創新。作者以八個問題切出八個不同面向，讓故事或觀點一環扣一環，層次分明，脈絡清楚，可讀性頗高，是另一種說故事的手法。
	3. 全文有述也有論。寫手以晉商精神與郭式管理風格穿插運用在段落文句間，夾敘夾議，使讀者不自覺的就接受了作者觀點。
	4. 作者個人風格強烈，似乎有意挑戰傳統新聞學多元消息來源、多面向觀點的報導本質。基本上，遠見好些文章已試著遊走在客觀中立的邊緣，但這種呈現方式，必須寫手本身功力要夠，否則難以說服讀者。

三、數位時代（雙週刊）

刊出時間	2007/ 3/ 1
標題篇名	「誰能統領江山 誰就有望勝出」
主題	預測未來接班人選及其領導力內外在情勢之分析
次主題	1. 比較郭氏三年前布局接班以來，鴻海內外環境之巨大改變，如股東結構、組織內部事業群及領導人之改變。 2. 整理出幾個接班布局的模式，包括跨國公司奇異、英特爾、台塑等模式。 3. 羅列一些蛛絲馬跡來預測接班人選。
分析	1. 封面故事「誰是鴻海接班人」系列報導，計三篇、12頁。 2. 主文報導篇幅占一半。 　(1) 本文聚焦清晰，從投資人角度探討鴻海未來接班人選，全文結構、脈絡也相當清楚。 　(2) 大量引用、改寫靜態資料，採訪居次，受訪者面向也較侷限，包括證券分析師、幾名內部員工，此外即是散落各處的郭氏「名言」、「語錄」之引用，以及公關味十足的鴻海尾牙場景描述。 　(3) 資料改寫是全文主要支柱，唯敘述多，寫作「工具」運用不足，文章讀起來較枯燥乏味。這也是一般財經報導不具可讀性因素之所在。 　(4) 全文幾乎沒有觸及女星名模等胭脂味資訊，更未觸及郭氏進軍數位、影視產業之驚人之舉（這點值得討論：雖是舊聞，但其公共性、影響性仍很強）。

四、商業周刊

刊出時間	2007/3/ 5
標題篇名	「郭台銘在匈牙利找到交棒最後拼圖」
主題	預測2008年鴻海的接班人是其小弟郭台成
次主題	1. 郭台銘與明星、名模的互動。 2. 郭台銘小弟—罹患血癌的郭台成如今治癒有望。 3. 從郭氏對鴻海事業群的組織調整，預測其弟仍是未來鴻海的接班人。

分析	1. 係一般性報導，文長4頁。
	2. 主文報導之前半部切入點是郭氏與女星名模互動的「八卦」舊聞，與後文所述主題無甚關連，寫手想以這種「軟性」手法吸引讀者，似有走「偏鋒」之嫌，有損此一發行量居冠的財經媒體專業形象。
	3. 主文前半部聚焦在郭台銘幫弟弟找到一位匈牙利人骨髓配對者，也是舊聞，卻以此事件做為標題，似乎有點題文不符、標題語意也不夠清楚。
	4. 從讀者角度看，後半部鴻海企業的接班人選分析較有閱讀價值，新舊資料運用、鴻海員工及證券分析師訪問，這些都非新角度或觀點，倒是台塑接班模式引用，讓故事有了新面向，有了新鮮感。
	5. 整體而言，這篇書寫平鋪直敘，故事性不足，可讀性不高。
	6. 該文接班人預測與前述數位時代之預測南轅北轍，讀者一定很困惑，不知道要信誰的預測？
	7. 人算不如天算，郭台成在該文刊登後數月因病過世，讀者再來閱讀此文，實覺諷刺！亦可見媒體要做「預測」是多麼不易，資料要正確周延，判斷亦要嚴謹，下筆尤其要含蓄而「留有迴轉餘地」。做「預測」報導，其實很難，從寫手到編輯群均不可不慎啊！

五、壹週刊（政治經濟本）

刊出時間	2007 /3/ 15
標題篇名	「專訪郭台銘 公開擇偶5條件」
主題	身價1800億元的郭台銘喪妻兩年來的心情，以及退休後，他個人的事業投資及發展計畫
次主題	1. 郭氏私人感情。 2. 未來接班人選原則及條件。 3. 2008年退休後，郭個人事業的三大發展領域。
分析	1. 封面故事系列報導，共兩篇、12頁篇幅。 2. 是本章節五篇長文中唯一訪問到郭氏本人的報導，難怪主文報導是以郭的專訪內容為主軸，該文並無其他側面採訪。 3. 前半部穿插引用近幾個月來媒體均已炒爛的八卦舊聞，加上郭本人首次對媒體公開其內心感情世界，的確很夠勁爆、夠娛樂，但也令人質疑這篇主文似乎應該出現在該刊的影劇本，而非政經本中。

4. 主文後半部係轉述郭氏所言之鴻海接班人問題、郭氏退休後個人事業的發展計畫。這部分較具公共性,有高度新聞價值,由行動者本人現身親口談述,當然比前面幾篇「預測」來的權威、可信的多,但寫手亦要小心提防,不要成了行動者的「鸚鵡」。

5. 全臺首富的緋聞、私領域表白顯現出的娛樂價值,似乎蓋過一切,文章另一半則成了郭的個人公關展現;寫手的文采、說故事能力、分析力、判斷力等均無從表現。

　　《天下雜誌》在四年前落後同業報導郭氏首度成為臺灣首富,這回早早著手企畫、長期布線、動用各方人脈約訪,就在各報影劇版還停留在郭氏的風花雪月報導時,《天下》領先各家媒體,從郭氏管理、晉商精神這幾個面向,深入分析郭氏轉進新事業的策略及戰術。該篇報導充分掌握到了新聞的即時性(郭氏才宣布將進軍影視業不久),三大次主題——郭氏及鴻海的管理模式、郭對家鄉的回報、晉商精神如何展現在郭的新事業上,結構順序、情節脈絡都很清楚,記者以大量的訪問、深入山西老家、以及廣泛靜態資料來彌補未能採訪郭台銘本人的缺憾,可以說是一篇深廣兼有的佳文(《天下》其實早就在進行郭氏報導的採訪,只是湊巧在將出刊之前,郭氏忽然再度成了媒體焦點)。

　　這篇報導投注的人財資源、時間、故事呈現,讓同業無從超越,所以在《天下》之後出刊的相關報導,越發需要創新。如《遠見》,必須有個高手,敢突破傳統寫作框架,以強烈個人風格去書寫一個難有新意的題材;或如《商周》與《數位時代》,不約而同聚焦在鴻海接班人預測上,這也是一種逆向、另類思考及企畫。再者,這兩篇文章均引用大量靜態資料,以補採訪之不足,可惜的是,這兩家專業雜誌所做的鴻海帝國接班人預測,竟然南轅北轍,好像給讀者開了個玩笑;再如同在3月15日出刊的《壹週刊》,循其以往娛樂化、八卦化風格,雖二度專訪到不輕易受訪的郭台銘,卻不知是有意或無意把文章做成郭氏的個人公關報導,記者的專業、自主,和財經媒體尤其重要的權威性、公信力,反倒擱置一旁了。

第 六 節　本章重點和結論

本章從分析新聞雜誌與報紙特寫兩者不同之處開始，首先指出雜誌新聞書寫比報紙新聞寫作更強調深入、廣泛、多元的觀點，且更著重書寫風格，對寫手更要求要有「挑逗」讀者一直讀下去的本領。

其次，我們討論了在一個複雜的資訊創作過程中，雖然創中有作，作中有創，但一定要先有好的創意，才能產生好的作品。學寫作，其實是在學創意、學思考，在第四節中，我們討論的主題就是如何企畫思考。

「時時心存讀者」是個很重要的概念，同一個議題或新聞人物，因為各媒體讀者定位不同而有不同的思考面向及報導呈現。企畫思考的第一步就是要認識清楚：我的刊物讀者是誰？他們有何特性？他們關心什麼？在乎什麼？喜歡看什麼？接著要問：我要寫一篇什麼報導（what's the story）？這篇報導在目標讀者群中哪一類讀者會看（who）？他為什麼會看（why）？在什麼時候（when）會看？這篇報導和他有何關係？對他有何意義、價值或重要性？我要如何吸引這類讀者來看呢（how）？這個議題別家媒體寫過嗎？要如何讓讀者覺得有新鮮感呢？

其次，本章節也強調：新聞事件多半都是老故事，但看寫手如何去找到新角度：貼近現場、貼近行動者，多面向、多角度拉大故事的格局，以及嘗試逆向思考及操作，也許可以幫助寫手找到故事的主題、次主題等。再者，本節也建議，構思、企畫、發想到某個程度後，就一定要將其文字化，企畫書可以幫助寫手邊想、邊寫、邊檢驗寫手的資料蒐集到了何種地步。

本文第五節裡，作者選出臺灣五家主要財經雜誌，就同一主題的不同寫作呈現作一比較，簡略分析各自書寫的風格或特色。文中指出，「時間」仍然是雜誌競爭的決勝要素，所謂先馳得點，縱有再好的創意、企畫，仍然要搶先表現出來。

最後，作者要提醒，寫作呈現其實是寫手綜合能力的表現。一篇三、五千字的深度報導，不只是寫手文字表達力的展現，更是集結了寫作者創作、想像、邏輯思考、推理、描述、觀察諸種能力以及人文藝術涵養的整體表現，此外，寫手還要對報導議題擁有相當程度的專業知識，有能力說一個「好聽的專業故事」。所以，寫作能力的養成應是各項能力的綜合培養。

因受篇幅限制，本章僅著重於專業雜誌寫作過程中易遭忽略、卻是極為重要的企畫上。不論專家或生手，寫作通常都是個很煎熬、痛苦的過程，寄語來者，要學著去享受這種創作的痛苦，因為這正是寫作快樂之所在。

本章作業

一、請就同一議題，比較報紙與雜誌的報導切點、故事呈現面向各有何特色或缺失？

二、試寫一份深度或雜誌報導的企畫書。

延 伸 閱 讀

Brundell, W. (1988). The art and craft of feature writing: Based on the Wall Street Journal guide. New York : New American Library.

政治大學新聞系（2006），《文山people》，臺北：國立政治大學。

孫曼蘋（1988），《訪談天下人物》，臺北：天下雜誌。

彭家發（2008），《進階新聞寫作：理論、分析與範例》，臺北：五南圖書。

參 考 文 獻

一、中文部分

2006年12月間，前《壹週刊》記者臧家宜涉嫌藉採訪出書之名、向郭
　　台銘勒索一百萬美金，《壹週刊》立刻開除臧家宜，並以書面向
　　郭台銘道歉，郭則對臧提出恐嚇取財之控訴。這起官司到2008年8
　　月尚未定案。《壹週刊》2007年3月15日這篇報導走向，難免令人
　　起疑是否與前述糾紛有關？

吳修辰（2007.3.5）：〈郭台銘在匈牙利找到交棒最後拼圖〉，《商
　　業周刊》，頁42-45。

李美玲（2007.3.1）：〈誰能統領6C江山　誰就有望勝出〉，《數位
　　時代雙週》，頁68-73。

政治大學新聞系（2006），《文山people》，臺北：國立政治大學。網
　　站：http://www.jour.nccu.edu.tw/student/wenshan_people/

黃柏堯（2006），〈貓空觀光政策的省思〉，《文山people》，頁
　　4-9，臺北：國立政治大學。

孫曼蘋（1986.5）：〈貨比三家誰吃虧—為何電訊採購一再拖
　　延？〉，《天下雜誌》，頁60-66。

徐仁全（2007.3.1）：〈郭台銘擴展版圖的8個問號〉，《遠見雜
　　誌》，頁54-60。

張殿文（2003.5.1），〈鴻海一年成長一千億〉，《天下》，頁
　　50-53；陳良榕整理，〈郭台銘：魔鬼都在細節裡〉，頁53-56。

莊素玉、熊毅晰（2007.1.17）：〈郭台銘的秘密機地〉，《天下雜
　　誌》，頁120-134。

楊玉齡譯（2004），《試管中的惡魔—瘟疫、瘟意》，臺北：天下文
　　化。

臧家宜等（2003.1.30），〈首富郭台銘親述三千億霸業傳奇〉，《壹

週刊》，頁18-28。

賴琬莉、何曼卿（2007. 3. 15）：〈專訪郭台銘　公開擇偶5條件〉，

　　《壹週刊》，頁30-36。

二、英文部分

Blundell, W. (1988). *The art and craft of feature writing: Based on the Wall Street Journal guide*. New York : New American Library.

Chang , L. T. (Nov 8, 2004). The Chinese dream: At 18, Min finds a path to success in migration wave. *Wall Street Journal*. (Eastern edition), p. A1.

Duffy, G. T. (1969). *Let's write a feature*. Columbia, MO: Lucas Bros.

Friedlander, E. J. & Lee, H. (1988). *Feature writing for newspapers and magazines: The pursuit of excellence*, pp. 64-83. NY: Harper & Row.

第九章　電視新聞寫作

王泰俐

第 一 節　電視新聞寫作特點

　　一則電視新聞的誕生，與平面媒體的新聞寫作，有很大的不同。平面媒體的媒介為文字，除了傳統新聞學中的「倒金字塔型」寫作與「五W一H」的方法外，記者的文筆優劣以及敘事的方式，也是影響新聞品質的重點。對平面媒體而言，一則新聞的好壞，文字記者必須擔起全部的責任。但對於電視新聞來說，文字記者的角色雖然居於主導地位，但工作各環節則需要包括攝影記者、採訪車司機、新聞編輯、新聞後製工作人員等等眾多人力齊心合作，始能順利完成每一則新聞的採訪與製作。

　　電視新聞寫作的原則，就是必須在大約一分三十秒的過音稿中，以旁白、受訪者訪問或自然音（Natural Sound），完整呈現整個新聞的樣貌。前美國國家廣播網（ABC）製作人Hood表示：「對一位電視新聞記者而言，你們只有一次機會向觀眾表達你想說什麼。在這個隨時可以轉臺的年代，沒有在第一時間抓住觀眾的目光，你便失去了舞臺。」[1]

　　對記者而言，要將一件事情簡化到讓社會大眾明白，並不是一件容易的事。記者在新聞現場會蒐集到許多資訊，但要如何去蕪

---

[1]　Tuggle, Carr & Huffman, 2004.

存菁這龐大的資訊量，在在考驗著記者。一則新聞稿在下筆之前，最重要的事情不是思考該放什麼東西進去，而是該「刪除」什麼資訊。

因此，整個電視新聞寫作的過程，就是一個「刪除」或者說「選擇」的過程。當一名電視臺的文字記者要動筆寫一篇新聞稿時，下筆前必須要先自問：「我該如何去『講』這則新聞？」文字記者們必須想像自己正在跟朋友講一個故事，一個有趣的故事。使用的每一個句子都必須先行念過，確定這是口語的念法，而非文字的寫法。以下是電視新聞寫作的四步驟：

1. 構思（Conceive）

記者在撰寫過音稿前，必先構思好這則新聞要如何呈現。對於電視新聞來說，「畫面」的可看性是一則新聞的最大考量，對於畫面張力的選擇必須大於文字的描述。因此，攝影記者拍攝到了什麼畫面？訪問到了什麼人？關鍵人物說了什麼話？甚至連記者做Stand（現場報導）的鏡頭是否要放進新聞帶中，都須考量。

2. 蒐集（Collect）

跟平面媒體一樣，電視媒體所需要的資訊當然是越多越好。當一個社會新聞發生時，電視記者必須非常仔細地記錄現場的狀況與細節，包括地名與受訪者姓名，都必須要正確無誤，以便事後回報給副控人員做上字幕之用。

3. 建構（Construct）

一則新聞帶的長度，一般來說是90秒鐘。時間說長不長，說短不短。因此，「選擇」新聞角度就成為撰寫新聞稿的關鍵。在寫新聞稿之前，記者可以先將一些重點記在筆記本上，條列式的分門別類整理後，再從裡頭挑出最吸引人的新聞角度做為該新聞的主軸，並進行寫稿與過音。部分細節可以考慮使用攝影機拍回來的「現場音」（NS）與「訪問」（Interview）來做填補。因此，在建構新聞角度之前，也必須迅速掌握攝影記者拍攝的重點內容，才能夠根據電視媒體最重要的「視覺原則」，選擇最適切的角度切入新聞事

件。

4. 正確（Correct）

寫完一則新聞稿後，切記一定要將它大聲的念出來，那能夠幫你篩選出不通順的句子，並且能夠再度檢查稿子的正確性。這是電視新聞特別強調的口語特性。

另外，電視新聞寫作中的「選擇」，除了視覺的選擇，也意味著報導角度的選擇。在傳統新聞寫作上，五W一H（Who, What, When, Where, Why，以及how）是必須被涵蓋進去的新聞元素，選擇哪些元素就是選擇新聞角度。然而，與平面報導相異的是，電子媒體的記者比較少去報導「為何發生」（Why）以及「如何發生」（How），因為過多陳述事件的過程會占去太多的篇幅。而如何在有限時間內清楚交待新聞事件本身（What），最經常成為每日新聞的報導角度。另外就是事發地點（Where）。對於電子媒體來說，「新聞地點」的發生處也成為最重要的資訊。平面記者可以利用【記者○○○／臺北報導】來表明新聞地點，但是電子媒體卻不能夠光憑畫面交代地點為何，因此必須在過音稿中提到新聞地點。不過近年來電視新聞越來越重視人情趣味的部分，因此新聞事件如果出現特殊或有趣的人物（Who），也可能成為新聞角度的選擇之一。

第二節　電視新聞寫作的要素與工具

所有的電視新聞記者都知道，要寫出一篇使人有興趣又有脈絡的完整短篇報導，比寫出長篇的報導還來得困難。僅僅數十個字眼，記者必須選擇懸疑的情節，交代錯綜複雜的糾葛，提供驚喜、資訊以及角色發展。在電視新聞中，如何抓住（hook）觀眾的注意力，並引導他們迅速瞭解事件的來龍去脈，就是寫作過程中首先必須考量的重點。

換句話說，電視新聞應該要說故事，提供人們理解世界所需

要的資訊，並吸引他們坐在電視機前（或者電腦前），對抗遙控器（或者是滑鼠），讓觀眾看完一則記者所精心報導的故事。

前述電視新聞寫作的四個步驟，最重要就是一個「選擇」（selecting）的概念，也就是選擇哪一些元素出現在報導中的過程。然而「選擇」並非壓縮（compression），而是一種無止盡「去蕪」（editing out）、「存菁」（leaving in）資訊和細節的過程。[2]

寫出一則成功電視報導的最佳方式，就是在期限之內蒐集到任何有關此事件的報導資訊後，問問自己：

「在這則報導中，哪個部分最有趣？」（這是報導的要旨）

「什麼使自己感到驚訝？」（這可能是導言）

「什麼是自己過去所未知的？」（這是主要的驚奇，是報導的高潮）

「觀眾想知道些什麼？他們會以怎樣的順序問這些問題？」（這會決定了報導架構）

「我希望讀者記住些什麼？在報導最後感覺到什麼？」（這是最難忘的聲刺）

「接下來會發生什麼？」（這會引導你到報導的結尾）

用一個句子或甚至幾個引人注意的字眼（所謂的catch words）來聚焦你的報導。找出足以吸引觀眾的焦點，與觀眾的頭腦和內心結合，觀眾其實會記得那些他們在新聞中所感受的「情緒」，比他們所知道的更為長久。

因此，當記者希望瞄準觀眾的心時，應該使用報導中足以傳達想法、意見、感覺和情緒的聲刺（soundbites），再加上新聞畫面，以及報導中客觀部分的事實和細節。這三者可以說就是電視新聞寫作最重要的幾個要素。

最後結束報導前，記者應該總結報導的重點。然後，用一個結

---

[2]   Tompkins, 2002.

語來呼應在報導一開始所建立的主要新聞角度。

　　至於如何將這幾個新聞要素，根據新聞專業以及電視美學的原則，做最適切的安排，還端賴記者如何運用電視新聞的報導工具。平面記者最重要的報導形式是文字，但是電視記者的報導形式則十分多元（見表9.1）。這些報導形式其實也就是電視記者可以運用的報導工具。

表9.1　電視新聞的報導形式

英文簡稱	中文翻譯	解釋
SOT Sound on Tape	過音帶	過音帶，也就是副控室播放的新聞帶。文字記者在結束採訪後，回到電視臺寫完過音稿後過音，剪接師會將記者過音好的帶子，跟攝影師的畫面剪輯在一塊，並且加上受訪者的訪問或是後製的字卡（CG）或電腦動畫，成為一則完整的新聞帶，就稱之為SOT。
Teaser	新聞提要	新聞提要。通常在新聞開播之後，主播開場白結束後，會播放一則短短三十秒的Teaser，讓觀眾大略知道這一節的新聞內容為何，功用類似一般的「預告」。
SO Sound on or Sound bites	受訪者聲音或聲刺	有時候，當某些政府部會或政治人物做了重要的發言，記者拍到了發言內容，為了趕上播出的時效，在還沒有將整則新聞做成完整SOT帶前，由文字記者挑出一段比較關鍵的發言內容，然後當成是一則新聞帶播出。SO的功能在於搶快，相關的內容會經過記者更新後再做成完整的新聞帶。
BS Background sound	大嘴巴	就是在電視上只有畫面，然後由主播口述現場的新聞狀況。有些時候，為了加快新聞的節奏，編輯們會決定將部分新聞以BS的方式呈現，也就是播放新聞帶的內容，但是收掉裡面的聲音，由主播整理記者的新聞稿，以較簡短的方式帶過整則新聞。BS也常用在SNG連線的時候，有時攝影記者會先拍攝到畫面，而文字記者尚未到達現場。此時就會交由主播來BS，讓主播來看圖說新聞，解釋現場的情形。

Dry	乾稿	乾稿，即沒有新聞畫面的新聞訊息。有時候新聞臺會事先收到部分重大社會事件的現場訊息，如大型火災或是車禍。而在攝影記者到達現場拍攝到畫面之前，資訊會先交由主播，在完全沒有任何畫面的情況之下，以口頭陳述的方式向觀眾告知。
NS Natural sound	現場自然音	沒有記者過音而存留在新聞帶的聲音，就是現場音。許多新聞導言會使用比較聳動的現場音做開場，如社會新聞現場的家屬反應、火災現場的爆炸聲等不一而足。
CG Computer Graphics	電腦動畫	電腦動畫，一般而言稱之為電腦字卡。一些圖卡如需要做表格的統計數字，或是政策宣示的條列式文字，大多會以電腦字卡的方式來呈現，來增加畫面的多元性與效果。近來許多電視新聞也以電腦動畫來代替無法取得的新聞畫面，例如法庭開庭或者政治人物密會等。
Super	字幕	也就是受訪者的名字。記者經由編輯系統下參數，將受訪者的名字鍵入電腦裡。而經由AD從電腦裡Cue出參數，然後在正確的時間打上受訪者的名字。讓觀眾知道現在在說話是什麼身分的人。

所謂「工欲善其事，必先利其器」。一個無法善用電視新聞報導工具的記者，往往也難以捕捉並發揮電視媒體的特性，做不出令人難忘的新聞報導。舉例而言，如果一個文字記者無法掌握SOT、SO 與BS等等不同新聞形式的要義，往往難以寫出切中新聞核心的好稿子。又如，如果記者無法體會電視新聞帶領觀眾「身歷其境」的要義，就難以體會並進而善用NS、CG、OS等報導工具。表9.1說明了常用的電視新聞報導形式。

第三節　電視新聞的新聞價值判斷與The Page F Test

電視新聞在現代的重要性是毋庸置疑的。相對的，新聞守門的工作也就越形重要。廣大閱聽人最主要的資訊來源，就是媒體，特別是電子媒體。美國學者McMombs and Shaw（1972）指出，媒體或許不會告訴我們如何思考，但是它們卻成功地丟出一些「我們該

想什麼」的議題。每則新聞都有多元的思考角度，但媒體卻能成功地丟出其中議題，報導他們想要報導的面向，而且是以他們偏好的報導形式報導出來。其他隱而未語的部分，他們卻說這是「不重要的」與那些沒有被挑選進來的新聞一樣的不重要。

因此，對一個新聞室的長官而言，決定哪一則新聞放到今日的新聞播報流程（Rundown），變成他們的工作重點。一般來說，新聞室的新聞判斷標準（Newsworthiness）如下：

(1)新聞的鄰近性（Proximity）

(2)新聞的時效性（Timeliness）

(3)新聞的重要性（Impact）

(4)新聞的突出性（Prominence）

(5)新聞的衝突性（Conflict）

(6)新聞的簡單性（Simplicity）

電視新聞報導在考量上述指標之前，首先必須考量的是新聞畫面的「視覺思考」原則。如果一則新聞事件難以拍攝到新聞畫面，或者新聞畫面難以吸引觀眾的注意力，那麼即使能夠符合以上六個新聞判斷標準，也不一定能夠通過電視新聞室的守門過程，成為一則在螢光幕上播出的新聞。相反的，有時候一則新聞未必符合以上六個判斷指標，但是具有精采的新聞現場畫面，卻幾乎肯定會受到新聞編輯臺的青睞。

因此，在經過新聞畫面的「視覺思考」原則之後，電視新聞記者可以使用一個「Page F 檢核表」[3]，來檢驗自己新聞稿的新聞價值。「Page F 檢核表」的內涵如下：

P-使用的字眼精確（Precise）嗎？

一般而言，日常生活會話裡總是充滿了俚俗語等口語用法，

---

[3]　Tuggle, 2004.

太多的同音異字或是模稜兩可的字眼充斥其中。舉例說明，你分辨得出，「焦慮」（anxious）與「焦灼」（eager）兩者間字義的不同嗎？在一則新聞稿中，假若你使用到二個相同詞義的不同字，那麼，請選擇最精確的一個，刪去另一個。

A-報導是否正確無誤（Accurate）？

對於一個新聞工作者而言，再也沒有比「公信力」更珍貴卻又如此容易失去資產了。若喪失了公信力，即使論新聞做的再好，用字再精準，也都只是形式主義而已。「正確無誤」是記者追求的標準。記者只報導事實，全部的事實，並且毫不隱瞞。廣大的閱聽眾仰賴我們告知訊息，記者理當盡全力不放偏見、不以訛傳訛，做出正確的報導以回饋閱聽眾的期待。

G-是否每個新聞元素都是有關聯（Germane）的？

所有的閱聽人都有一個共同的敵人：時間！在分秒必爭的新聞製作環境下，犯錯在所難免的。正由於時間的緊迫，記者必須選擇什麼樣的資訊才是觀眾最需要去知道的？是對一個人性別、年齡、長相的描述嗎？上述的資訊有助於觀眾理解一則新聞嗎？「聚焦」，在新聞寫作上相當重要。一則新聞要盡量免於流水帳、毫無重點的缺誤。有些新聞長篇大論卻聽不出重點何在，有些新聞篇幅雖短，卻能一針見血的指出新聞點與問題所在。例如一個有關電腦展的報導，會場裡有辣妹展示商品，有新一季電腦商品推出，還有擁擠的人潮。你要聚焦在哪一點上報導？某些電視臺特別喜歡拍攝辣妹畫面藉以炒作收視，但是也有報導能夠抓緊每一年電腦展嶄新的科技趨勢，切入有趣又有資訊性的新聞角度。若能在下筆前先緊扣一個關鍵概念，然後整則新聞圍繞在這個概念上，其他的報導資訊僅做輔助，那麼通篇新聞稿便能既不失焦而又言簡意賅了。

E－每一則新聞對於新聞人物都受到公平的對待（Equitably）？

語言的使用總是新聞寫作最大的問題。該如何正確地稱呼每一個人，成為記者的重要課題。早期被稱之為「山地同胞」的原住民，就是含有貶義的詞彙；而近來年稱呼沒有氣質的男女為「臺客」、「臺妹」之詞也有污名化臺灣本省人的味道在。而在國外，許多職業的稱呼通常都以「man」來做結，相對地忽視了女性在這些職業上的尊嚴與地位。要求記者用詞精確並非只是「不惹事端」的政治正確，使用精準的語彙原本就是新聞專業的要求之一。

而說到公平性，並非只在詞彙的層次，角度的選擇也是重點之一。記者選擇的新聞角度不同，可能會讓閱聽眾對於整個新聞事件的理解，出現完全不同的結果。雖然記者報導的角度不完全是個人選擇下的產物，其背後還有新聞室的控制、編輯臺的要求等來自新聞組織的壓力。然而，前進新聞現場是記者本人。一個專業的電視記者仍然要盡力在時間壓力之下，作出當下最接近「所能觀察到的事實」的新聞角度，也要盡力做到「正反意見並陳」，並且不能刻意或惡意去操縱新聞角度的走向，也不能刻意選擇口語表達能力差距過大的正反意見受訪者。

F－這則新聞通順流暢（Flow）嗎？

好吧，就算用字精確、情報正確、觀點獨具、絕不偏頗，但是，如果文句不流暢的話，那仍然不算是一則好新聞。「緊密寫作法」（Tie-Writing）就是讓新聞稿通順的方式之一。記者必須將想講的事情，一個接一個，不停地傳遞下來。這個概念必須與下一個概念緊密相接，直到出現受訪者的訪問，或是直到新聞結束為止。一則電視新聞稿如能做到緊密寫作與通順流暢的要求，通常也能營

造良好的新聞節奏感，吸引閱聽眾觀看，並且增加新聞的理解程度。

第 四 節　電視新聞的寫作流程

　　如同表9.1所示，電視新聞寫作的格式有許多種類。一則完整的電視新聞，最後所完成的成品過音帶（SOT, Sound on Tape），像一個包裹，裡面包括了主播導言、新聞本體、新聞攝影、新聞剪輯、記者過音等一系列步驟。本節將逐一深入「包裹寫作」流程的各個組件，以具體分析電視新聞寫作的要領。

一、導言寫作

　　導言之於電視的重要性，如同標題之於報紙一般。觀眾是否決定要停留在該電視臺收看記者所製作的新聞，端視導言優劣與否。與平面媒體不同的是：讀者看到不喜歡的標題，他們頂多是跳過該則報導，繼續看下一則新聞。但對電視臺來說，只要觀眾在第一時間沒有被你的導言吸引，或不喜歡你的導言，他們會立刻轉臺，那麼其他製作再好的新聞也就沒有被觀眾看見的機會了。為了要避免觀眾轉臺，在寫電視新聞導言之前，必須注意以下事項（Carr, 2004）：

　　1. 提綱挈領地指出新聞重點，讓觀眾在第一時間掌握確切的新聞訊息；
　　2. 切勿放入太多硬性資訊讓觀眾難以消化；
　　3. 讓導言聽起來既新奇又有趣，不像已經發生過的事件；
　　4. 用一些技巧讓導言看起來活潑生動，但切記不要太誇張；
　　5. 儘量口語化。

　　電視是結合「聲、光」效果的綜合媒體，除了影像的張力外，聲音的重要性也不可或缺。有別於平面媒體的閱讀習慣，電視臺記

者最重要的功課，就是吸引閱聽眾來觀看新聞。因此除了影像外，文字上的陳述也必須口語化。記者寫稿必須聽起來像是日常會話，不能出現過多咬文嚼字或是會令人產生誤會的同音異字。

最簡單的方法，就是設想一套「講給老媽聽」原則（"Mom Rule"）。在下筆之前，先假設一個情境：假如今天你要跟自己的母親講這則新聞，你會用什麼語言來表達？一般人應該都會使用簡短的字句、生活的形容詞、親切的語調來講述他的故事。將同樣的說故事原則用在旁白稿上，將你的文字做「視覺化」（visualize）處理，就好像你正在跟對電腦對話一般（假使你是用電腦寫稿的話）。儘量讓自己的語言生動活潑，意簡言賅，但又不是一般不正式的俚俗語用法。

對於「新聞價值」最普遍的定義，就是「對觀眾有利，或是有用的新聞」。不管記者喜歡與否，閱聽眾才是決定新聞是否適合他們花時間坐在電視機前面收看的人。

一般外界的寫作坊會玩一個遊戲：請所有的寫作者想像一個情境，就是現在所有的聽眾全部都在收聽一個廣播頻道，叫「唯利是圖」電臺（WII-FM, What's In It for Me?）。如果你的導言無法在第一時間讓聽眾得到他們想要的答案，那麼你的導言就是不合格的作品。當然，你也就失去了發聲的機會。

導言是故事的精髓所在。說到底什麼樣的導言是好的導言呢？

一則好的導言不見得要有許多的資訊，相對的，記者可以寫一則完全沒有新聞資訊的導言（nonfactual lead）。因為觀眾在第一時間無法消化那麼多的資訊，較詳細的資訊，是之後新聞本體才會交代的部分。因此在導言裡，只須大致講出發生了什麼，並且運用令人引發想像力的字眼，讓觀眾對這則新聞有所期待，便能夠成功的達到宣傳該則新聞的效果。

例如，美國著名的電視資深記者Bob Dotson得獎作品「露比的故事」（Ruby Bridges），講述美國第一位女性黑人人權鬥士的故事。在導言中，Dotson僅藉著一幅家喻戶曉的人物肖像，喚醒觀眾

對這位人權女鬥士的記憶，但是什麼也沒有多說，直接交給記者敘述這則人物故事。主播並未在導言中多透露故事內容的情節或高潮，而是以類似說書人的故事講述方式，「我想你會有興趣聆聽接下來這則由Bob Dotson告訴我們的，有關Ruby的故事」，試圖勾起觀眾聽故事的興趣（參見本章附錄「露比的故事」）。

二、本文寫作

　　新聞本文由記者口白的文字稿、新聞攝影畫面以及新聞後製的影像或聲音組合而成。寫作和製作的要領如下：

㈠抓住觀眾的耳朵：口語化的文字，是文字稿的寫作要點

　　電視臺記者的舞臺，螢光幕上看來雖然光鮮亮麗，但時間其實十分短暫。由於讀者屬性與媒體性質的不同，平面媒體的報導被重複閱讀的機會較電視報導要高出許多。對於電視新聞工作者而言，吸引觀眾目光的時間只有幾秒鐘。一般人坐在家中看電視新聞時，大部分都是將電視新聞當做收音機般使用。如果旁白過音或是現場音（natural sound）沒有在第一時間吸引到觀眾時，他們很有可能就會按下手上的搖控器轉臺了。由於新聞的更新頻率頻繁，也鮮有觀眾會將整點新聞錄下反覆觀看，這使得電視新聞記者讓自己的作品在觀眾面前的曝光率又大大的降低。因此，要吸引電視新聞的觀眾，第一要素就是抓住他們的耳朵。

　　另外，電視新聞記者也必須使用口語化文字，才能夠抓到大部分觀眾的心。所謂的口語化文字，指的並非使用一般與朋友、親人對話時的家用語言，而是相對於平面媒體，較輕鬆而不正式的口語用語。一個好記者，必須要是一個會說故事的人。他將觀眾的眼睛帶到現場，用鏡頭語言重現整則新聞。若要讓觀眾在第一時間內進入情況，使用口語化的語言將是不二法門。由於觀眾在電視機的另外一頭，他們無法要求記者重新再說一次，也無法倒帶重聽他們剛剛說了什麼，因此清晰的口齒與明快的敘事，是每個電視新聞記者

所必備的技能。

　　例如，在「露比的故事」中，記者Dotson的報導不僅口語化，事實上也相當精簡，因為他最重要的任務，並不在以冗長的文字敘述故事發生的經過，而是將觀眾的眼睛帶到現場，以鏡頭語言呈現整則故事。從開場的場景設定在主角如今任教的小學教室，並以一句「Ruby終於回到這間教室，這個曾令她感到如同監獄一般的教室」，暗示整則故事的開始，就在這間教室，而什麼樣的教室會讓一個六歲小女孩充滿了監獄般的回憶呢？此刻報導馬上進一段主角露比的聲剌「我記得從這裡向窗外凝望的感覺，從這裡可以看到操場，那個很大的操場」、「那裡（意指操場）是我永遠不可以去，也不可以玩耍的地方」。這樣節奏明快的敘事安排，馬上引導報導進入主題，也就是美國立國以來最嚴重的種族衝突問題。

　　此外，時態也是必須要注意的。電視新聞儘量避免出現「昨天」的字眼與新聞出現？相對於日期的「絕對性」，「昨天」、「今天」與「明天」則顯得既模糊又不確定。電視新聞講求的是當下發展的事件，若有人錄影反覆觀看，錯過了播出那天，那麼新聞帶中所出現的「今日」、「昨日」就會變成一點意義也沒有了。

　　假設一則昨日的新聞有發展的必要，記者可以追蹤報導，然後將今日新發展的新聞更新，然後以「今日新聞」的型態播出。因此，使用確切的日期，與儘量將新聞更新成為本日新聞，是最佳的選擇。

　　至於文字報導與新聞畫面之間的關係，一般認為文字、畫面和聲音應該要彼此搭配。文字應該要解釋（explain）畫面，應該要告訴觀眾他們需要知道的有關畫面的資訊。當文字和畫面同時運作時，畫面不應該壓制了文字，文字要使畫面變得更有力量和有意義。這就好像是到了博物館中的藝術專家一般：記者應該要像藝術專家，要將意義附加給觀眾，讓他們瞭解那些所看見的東西。

　　CBS特派員Steve Hartman告訴我們，不只是要讓觀眾瞭解那些他們看得見的報導，還要讓觀眾瞭解那些他們在電視上所沒有

看見的。將觀眾帶到場景，然後成為一個導遊或解釋者。並不只是告訴觀眾在畫面中有什麼（"what"），並且要告訴他們So what？What does it mean？Why does it matter？因為畫面只告訴觀眾"What"，報導則告訴觀眾"what about that"。[4]

(二)新聞畫面

電視是一種視覺媒介，因此影像與聲音的重要性勝過千言萬語。在電視新聞中，如果沒有好的畫面，即使那則新聞再生動，也難以被製作成電視新聞帶。相對的，就算那則新聞沒有那麼生動有趣，但是因為它的畫面非常的好，也有可能因為影像的考量而製作成一則新聞。然而，身為專業電視新聞工作者，一則電視新聞的形成必須考慮到多元面向，而非單純地以「有沒有好畫面」來做為是否腰斬或扶正一則電視新聞的製作。重要的問題在於：「這則新聞對觀眾而言，是不是他們應該知道的內容？」這個問題的解答沒有捷徑，除了專業的縝密思考之外，還需要與市場邏輯的思考角力，方能做出明智的抉擇。

而最好的攝影記者總是能偷偷的隱身在群眾之中。他們可以快速而安靜的移動到新聞目標的身邊。他們盡所有的可能使攝影機、麥克風和燈光不致搶眼。他們知道新聞主角愈少注意到鏡頭的捕捉，他們就會表現愈自然，就好像是在攝影機之後一樣。

訪談進行的時候，好的攝影記者會盡其可能使其受訪者對攝影機和其他道具感覺自然、舒適。好的攝影記者甚至會幫忙形塑故事；他們並不只是捕捉畫面而已。他們提供發展故事的點子，提供問題去詢問受訪人。攝影記者就是使用攝影機取代筆記型電腦或文字處理的記者。[5]

(三)新聞後製：電腦圖表與動畫

一般來說，電視新聞的分工是「文字記者」和「攝影記者」。

---

4   Tompkins, 2002.

5   Tompkins, 2002.

攝影記者將新聞現場的畫面拍攝下來，回到電視臺還必須做剪接的工作。文字記者則觀察新聞現場的所有狀況，想出整則新聞的重點，擬出問題來訪問現場新聞事件的人物。

因此，過音稿對記者而言，就好像劇本之於導演一樣。文字記者就是那則新聞的導演。他能夠決定導言要放什麼——是由記者的過音開場，還是由比較精彩的畫面或現場自然音來開場？然而，對於缺乏新聞畫面，但是又十分重要的新聞細節，文字記者就必須擔負起製作人的角色，適時在文稿中加入電腦圖卡或電腦動畫的設計，以做為新聞敘事的輔佐，所以需要設計字幕、音效或新聞配樂等。而這一切都必須先在記者的過音稿上完成紙上作業，再交由新聞部製作組的同仁製作完成。

例如在「雪山隧道輝煌紀錄」這則報導中，新聞角度切入這個隧道所締造的輝煌紀錄。記者選擇的敘事方式是減少文字稿口白的部分，以新聞後製的影像來記錄這個隧道的故事。於是我們在螢幕上首先看到的是一個電腦動畫框的設計，歷任行政院院長有如動漫般一一現身在畫框之中，背景並襯以綠色綿延的山景與辛勤工作其中的挖土機。為了表現雪山隧道工程的艱難，記者又設計了一個連續動畫，畫面中連續出現五座中正紀念堂，並且以挖土機「挖出土方等於五座中正紀念堂」的字幕，連結觀眾對既有建築的印象，藉以理解雪山隧道興建工程的艱難（參見本章附錄「雪山隧道輝煌紀錄」）。

一般而言，記者在寫稿時設計好電腦動畫或是電腦字卡後，會將初步的構想畫成草稿，然後將那草稿傳送到後製室，再由後製人員依據記者所繪製的草圖做成電腦動畫，轉拷到帶子上交回給記者，然後在後製的過音過程中插入整則新聞帶，完成新聞帶的製作。

美國邁阿密地方電視臺WTVJ-TV的特別計畫執行製作人Teresa Nazario指出，好的電腦動畫或圖表的秘訣是：「想一想輪廓（shapes），而不是數字或文字（numbers or texts）。」他列出了

一個讓記者和製作人在設計電視製圖時可以考慮的步驟流程：[6]

1. 先理解，然後被理解

在記者試著要設計報導中的電腦繪圖時，要確定自己已經完全理解報導的內容。

2. 這個製圖的脈絡是什麼？

例如，一則關於犯罪增加的報導，記者要問的是：

(1)在什麼地區開始增加？

(2)這樣的增加和總犯罪模式的比較為何？

(3)可能的原因有？

(4)誰最受影響的？

(5)誰完全不受影響？

(6)誰有權力使這個系統維持現狀？

(7)誰從中獲益？

3. 問更多複雜的問題以得到更好的圖像

加上製圖和更多的資訊，我們可以使一般關於謀殺和搶劫的報導更為清楚。透過詢問在哪些地方發生強劫，而不只是問有多少搶案發生，我們可以得到更清楚的答案。然後我們可以接著問是哪些人會犯下搶案。

4. 避免在動畫中交代過於複雜的數字

數字雖然簡單，但是不如圖表來得使人有印象。記住，很少觀眾會安靜地在新聞一開始就坐在那裡，他們會邊看電視邊做其他的事，或許直到第三則新聞出現在電視螢光幕上，才會乖乖坐定。

5. 以象徵符號代替數字

數字難以閱讀，符號可以代替數字變得更清楚。觀眾對於很大的數字是有理解上的困難的，但觀眾會快速地理解與自己經驗相扣連的資訊。

---

6   Tompkins, 2002.

6. 想清楚圖表的焦點

不要告訴觀眾任何那些不需要出現在報導中的東西。問自己「哪些是我真正希望透過這些圖表來告訴觀眾的？」

7. 動作（movement）雖然好，但是切記……

將事件發展或消失的精確比例用動畫表現時，記住在動畫背景中的動作雖然可能以其視覺效果取悅製作人和藝術家，不過動畫的動作很有可能會蓋過觀眾對新聞主要資訊的理解，造成雖然吸引了觀眾注意力，但是卻無法令觀眾理解新聞內容的後果。因此新聞中動畫的設計，如何才能避免喧賓奪主，造成動畫干擾新聞理解的後果，是新聞後製過程中的一個重要考量所在。

8. 製圖之後才寫稿

新聞中的電腦動畫也是新聞畫面的一部分，完成製圖部分再寫稿的好處，即是可以看圖說故事，增加新聞畫面與記者口白的契合度。

總之，新聞報導或攝影新聞學對新聞精確性的要求，也同樣適用於電視新聞中電腦製圖的原則。

㈣聲音的運用：記者過音、新聞自然音、新聞配樂與音效

電視新聞中的聲音，至少包括記者口白的聲音、新聞拍攝現場的自然音、新聞後製過程中添加上去的新聞配樂或者特殊音效等等。聲音的運用，也是電視新聞寫作當中十分重要，然而容易被忽略的環節。

有關記者過音應該使用哪一種聲音來過音，是記者原本的聲音？是加上新聞情緒而有抑揚頓挫的聲音？還是冷靜不帶任何情緒的聲音？過音的速度應該是平常說話的速度？還是應該加快或拉慢速度？這些問題，不容易找到標準答案，因為每個新聞臺的要求與標準不一。不過大體而言，既然要「說給老媽聽」，速度就不能快到一般老人家無法跟上的速度，但是又不能像朗誦或演講那樣的慢條斯理、字字鏗鏘。一般原則是比記者原本的聲音略有抑揚頓挫，可以適度加入大多數人能夠有共鳴的情緒（所謂的universal emotions），比平常說話速度略快但是必須讓一般觀眾能夠跟上的速度。

至於新聞中自然音的運用，是電視媒體營造新聞現場感的關鍵，再如何洗鍊的文字稿也無法真正傳達新聞現場的感受，唯有原音重現，始能「帶觀眾回現場」。例如在「露比的故事」報導當中，記者大量使用1960年代美國記錄黑白種族衝突的紀錄片片段，讓現在的觀眾得以瞭解Ruby當年成長的環境，以對照如今Ruby重回校園，如何教育下一代能夠走出種族衝突的陰影。報導結尾以Ruby擁抱一群六歲小孩，並對著坐在她膝上小孩說話的自然音作結，這個原音重現增加故事結尾的戲劇感，也延展了觀眾的想像空間。（參見本章附錄「露比的故事」）

又如「小島上的夢想」報導當中，記者大量剪入在Chesapeake海灣所錄下的海浪拍岸以及海鷗飛翔的聲音，以現場自然音帶領觀眾仿若置身新聞現場。這是一個老人如何終其一生，以其環保愛鄉意識，企圖保護他所摯愛的家鄉的故事。因此這樣的原音重現，顯然優過任何新聞背景音樂或特殊音效的選擇，更能傳達這個小島曾有的生命力，以對照如今的荒涼，並突顯老人雖獨力難以回天，但仍勉力而為的堅強意志。（參見本章附錄「小島上的夢想」）

然而在缺乏新聞現場音的情況下，有時候記者會選擇以新聞背景音樂或者添加特殊音效，以增加報導的臨場感。例如在「露比的故事」中，記者在新聞一開場就選擇了交響樂「我們的城鎮」（Our Town），點出報導的主軸，引導觀眾進入報導的情境。

至於特殊音效，過去只出現在電視綜藝節目當中，近來則經常為新聞節目所沿用，例如加入重敲槌子的聲音，傳達震驚感；或者加入狂風暴雨的聲音，暗示事件發展的激烈。然而加入這些特殊音效，是否會更加傷害電視新聞的客觀性，歷來也多所爭議。新聞專業性高的記者通常能夠判斷，哪一些音效的加入，是絕對必要並且可收畫龍點睛之效，而哪一些音效的加入，只是譁眾取寵，反而降低新聞的質感。

第 五 節　本章重點摘要

綜合本章所述，一則電視新聞稿件從撰寫到完成，至少必須經過以下的步驟：

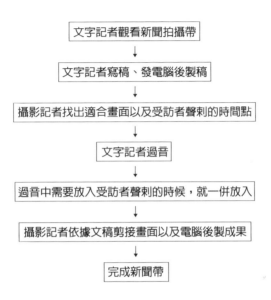

由於一則新聞帶只有大約90秒的時間，因此受訪者的聲刺必須精簡。然而記者無法控制受訪者發表意見時間的長短。因此，若碰到聲刺過長，或是通篇只有一句話可以使用的時候，記者應該要先消化吸引受訪者所講過的話，然後在過音稿內先做簡略的陳述，然後再放進受訪者的聲刺，表明說記者所歸納出來的意見是由受訪者所講出來的，而非記者自己的主觀意見。

一般而言，以一則新聞帶90秒的時間來看的話，受訪者聲刺時間最好是30秒之內，一個聲刺的長度通常以12秒到15秒為原則。由於一則新聞內有許多的細節必須靠旁白來陳述，因此受訪者的聲刺不能太長，否則新聞的節奏會拖慢，只有受訪者的人頭畫面（所謂的talking head）也會顯得單調而不好看。不過如果在訪問當中，受訪者的情緒激動，或是出現戲劇衝突的對話場面，記者通常會適度加長播出聲刺的時間。

　　總之，電視新聞寫作的技巧僅僅是呈現新聞的手段，最關鍵的還是新聞報導的內容。一則言之有物的報導，即使沒有太多電視製作技巧的加持，還是一則足以令人過目難忘的好報導。一則僅有巧妙製作形式而缺乏實質內容的報導，很難在如今資訊氾濫的媒介環境下，留給觀眾任何的印象。誠如《如何寫出令人過目難忘的電視新聞報導》（Make it memorable）一書的作者，記者生涯中獲得超過七十個報導獎項的Bob Dotson所言，他畢生從事電視新聞的夢想，不在追求主播臺的明星風采，也不在位高權重的電視臺管理階層，他只是想要持續地報導「平凡人物的不平凡處」（The extraordinary in ordinary lives）：

> 我想要報導的人物，通常不會去競選市長，也沒法登陸月球，或者有能耐作心臟移植手術；我只是不斷在尋找能夠感動一般人的小人物的故事。[7]

---

[7]　Dotson, 2000.

附錄 電視新聞影音整合寫作的案例

一、民視《雪山隧道輝煌紀錄》2005/6/16

視覺文本分析		聽覺文本分析	
畫面	鏡頭/後製	記者旁白	現場音
主播背板 右方：雪隧內部畫面。 右後方框框內動畫：郝柏村、連戰一直到謝長廷、蘇貞昌等行政院長的人頭像。 右後方動畫框：挖土機、中正紀念堂動畫、雪山；字幕：【挖出土方509萬立方公尺，體積＝5座中正紀念堂主建築】	地標：雪隧工程締造輝煌紀錄 主播右後方：雪山隧道締造紀錄 耗資230億，費時15年	主播稿：雪山隧道的完成可以說是大幅拉近了臺北到宜蘭的距離，其實也締造了許許多多的不被國際看好的世界第一的紀錄，甚至已經被大英百科全書列為全世界最艱困的工程，我們繼續就來看看這些輝煌的紀錄。	
拍攝雪山隧道外高速公路車水馬龍畫面、雪山隧道內部	地標：雪山隧道締造紀錄，耗資230億，費時15年 地標右上小小標：臺灣驕傲寫紀錄	記者：雪山隧道到底寫下哪些紀錄，我們一起來看看。	
動畫	動畫框：從郝柏村、連戰、蕭萬長、唐飛、等人人頭像陸續出現 背景：綠色的山和挖土機 天空標：【雪山隧道締造紀錄，耗資230億，費時15年】	記者：首先，耗資230億臺幣，歷時15年，歷經八位行政院長	

拍攝工人涉水、挖土工作的畫面。動畫	動畫框：挖土機、中正紀念堂動畫、雪山；字幕：【挖出土方509萬立方公尺，體積＝5座中正紀念堂主建築】挖土機會動。中正紀念堂一座座出現，共五座。地標：【雪山隧道締造紀錄，耗資230億，費時15年】	記者：再來，工程出中挖出的土方高達五百零九萬立方公尺，相當於五座中正紀念堂加在一起。	
拍攝雪山隧道內部畫面，帶到近拍緊急出口標誌。畫面中有一男子打開逃生口後，出現動畫。動畫畫面	地標：【雪山隧道締造紀錄，耗資230億，費時15年】地標右上小小標：臺灣驕傲寫紀錄動畫：雪山隧道橫剖圖，標記主坑、橫坑和導坑，左方有一臺灣地圖。動畫上方字幕：【主坑＋橫坑共58條】58特別大用紅色，字體上方有皇冠。臺灣地圖最後也帶上了皇冠閃動。	記者：當然，這麼長的隧道，安全設備也不可少，像是緊急逃生用的橫坑和主坑加起來總計有58條，是全世界同類型隧道中規模最大的。	
拍攝雪隧內部往上拍豎井，zoom in天花板日光燈。動畫出現。	地標：雪隧1號通風豎井深逾101大樓。地標右上小小標：臺灣驕傲寫紀錄動畫：綠色雪山為背景，前方有豎井直立與101大樓相比對。	記者：還有通風用的豎井，垂直貫穿雪山山脈，尤其1號豎井，深度512公尺，還超越了臺北101大樓的508公尺。	
拍攝風井、雪隧內部車輛進出	地標：雪隧消防設備密度全球第一。在畫面右方牆壁上製作字幕及雙箭頭：50公尺。	記者：另外，＊＊式風井全球首設，每50公尺一套消防設備，密度世界第一。	

拍攝雪隧內部，最後帶到雪隧內部緊急聯絡電話標誌畫面。	背景：雪隧內部動畫跑出在前方：右側臺灣地圖戴皇冠一閃一閃；左側字幕【全長12.9公里為東南亞最長隧道】。 地標：雪隧工程締造多項輝煌紀錄。	記者：雪山隧道全長12.9公里，是東南亞第一長的隧道，它所締造的紀錄也列入大英百科全書，寫下一頁輝煌的歷史。	

二、美國NBC新聞「露比的故事」：Bob Dotson, "Ruby Bridges", in Make it Memorable, pp.28-33

畫面	聲部
	主播：雖然你們可能沒聽過Ruby Bridges這個名字，但是或許會對這張畫作中的小女孩有印象（指美國著名畫家Norman Rockwell作品"The Problem We All Live With"）。這個畫像就是Ruby四十年前可愛的模樣。我想你會有興趣聆聽接下來這則由Bob Dotson告訴我們的，有關Ruby的故事。
Ruby Bridges走進鏡頭鐘，凝視一面滿布塵埃的窗子。當她看著窗外在操場上玩耍的孩子們，鏡頭逐漸拉近她的臉龐。 （Scene Setting：場景設定）	VO：Ruby終於回到這間教室，這個曾令她感到如同監獄一般的教室。 【新聞背景配樂"Our Town"，倫敦交響樂團演奏】
孩子們穿過灑落滿地的陽光，前往操場。	Ruby：我記得從這裡向窗外凝望的感覺，從這裡可以看到操場，那個很大的操場。
小孩在操場上玩耍，鏡頭從低角度向上拍攝，Ruby凝視著那些小孩，小孩在陽光下奔跑，他們穿過鐵絲網，奔進校園。	Ruby：那裡（意指操場）是我永遠不可以去，也不可以玩耍的地方。 （Foreshadowing：埋下伏筆）
畫面溶暗至1960年的黑白紀錄影片，畫面中群眾正有節奏地高聲呼喊著。	群眾呼喊著：二、四、六、八，我們不要取消種族隔離！ VO：原因是因為她走出課室後就會變得不安全。

1960年的黑白影片：抗議旗幟隨風飄揚	VO：在1960年的秋天，校園外有一群民眾聚集。 Ruby：他們在大聲叫罵，指來指去，我根本不明白為什麼他們這麼生氣。
畫面溶暗至Ruby仍是小女孩時的照片	VO：Ruby當時只有六歲。
1960年的黑白影片：Ruby走進學校	（自然音） 她選擇了這所位於紐奧良，唯一一所取消了種族隔離政策的學校。
1960年的黑白電影：一個焦慮的男人看著學校，他被一大群白人圍著。	Ruby：當我第一次上學時，我以為這裡正在舉行狂歡節。你知道的，我是在紐奧良耶。街上有一大群民眾，他們被鐵欄杆阻擋著，他們還在一邊丟東西，當時我以為自己正身處遊行隊伍當中。 （衝突情節：confict）
黑白電影：鏡頭從Ruby的身後拍攝著她拿著書和午餐盒，艱難地走進學校。	VO：最年輕的人權鬥士。
Ruby坐在課室中屬於她的位子上，在書本上畫畫。	VO：她走進自己的課室…… Ruby：教室裡空蕩蕩的，我第一個念頭是「是不是太早到了啊」（Ruby笑）。
黑白電影：Ruby爸爸站在校門外，向群眾高舉起女兒的手，向群眾表示他們父女要回家了。	VO：其他（白人）家長都已經把他們的小孩帶回家了。
父女要回家了	Ruby：教室裡都沒有小小孩，只有一些空書桌，這樣的情況維持了一年之久。 Dotson問Ruby：這條走廊會令你想起那些孤單的日子嗎？ Ruby：我從來沒被允許在這條走廊上行走，一到學校，我就只能留在教室裡。
書本中的畫：Ruby與老師	VO：但是，在老師的陪伴下，Ruby從來都沒有請假過一天。
1960年的黑白影片：白人小孩穿過抗議群眾，重回學校。	VO：慢慢地，其他小孩都回到學校來了。 Ruby：我跟我的老師說，好像聽見其他小孩的聲音了。 有一天，老師打開一扇通往這個課室的門，有五、六個白人小孩走進來。我當時在想，「天啊，看看這兒」，我覺得自己好像進入了迪士尼樂園。

1960年的黑白影片：白人抗議群眾被捕 Dotson走進學校附近的社區 經過警哨處 校園中「禁止通行」的交通標誌	Dotson現場報導： 那些咒罵和抗議的民眾已經離去，但是Ruby的家庭卻付出了沉重的代價，她的爸爸失去了工作，父母離婚。Ruby走進歷史的陰影中。 但是Ruby決定重回聚光燈下，幫助那些跟她遇到同樣問題的小孩。
鏡頭以廣角拍攝現在的Ruby正帶著一群六歲的小孩走進學校	Ruby：我覺得最重要的是我們要以父母的身分去對待這裡的每一個小孩。 VO：她決定從她以前就讀過的這間小學的孩子們身上開始著手。
Ruby正對一群六歲的小孩說故事	（Ruby問兩個小孩，其中一個小孩的膚色比另外一個白） Ruby：你會因為Gerald的膚色跟你不同而對他有偏見嗎？ 小男孩：不會，我們仍然是朋友。 VO：昔日的Ruby因為太年輕，對於當年的不幸感覺太痛苦，而今日的Ruby則是因為已經太有智慧而感到痛苦。 Ruby：我們要多花時間跟小孩溝通，避免他們遇到我當年曾遭遇過的不幸。
Norman的畫作：一個穿著白色硬挺的裙子的女孩，走過滿是塗鴉抗議的牆面，女孩的腳下有一堆被砸爛的蕃茄，她被一群聯邦法院的司法官包圍著，其中一名法官手中持有法庭執行令。	VO：Ruby的故事引發起著名畫家Norman Rockwell創作這幅畫作的靈感，他稱這幅畫為「我們共同面對的問題」（The Problem We All Live With）。
Ruby擁抱一群六歲的小孩	VO：這個小女孩六歲時就很有智慧，因為她的心靈和思想都很開放。Ruby現在的任務就是令她身邊的人的心靈和思想也能開放起來。
Ruby對著坐在她膝上的小孩說話	VO：記得把這個故事分享給你身邊的人。 NBC記者Bob Dotson在紐奧良報導。

三：美國ABC「早安美國」晨間新聞「小島上的夢想」：Bob Dotson, Dreaming big on a very small island。**播出日期**：2005/7/26

視覺文本分析		聽覺文本分析	
畫面	鏡頭／後製	記者旁白	現場音
女主播坐在棚內沙發上，最後目光定在前方。	The American Story字幕slogan標語先出現，帶到棚內女主播	主播稿：今天的美國故事由Bob Dotson帶來Holland Island位於Maryland的Chesapeake灣內，關於一個住在非常小島上的男子，努力地守住一個非常特別的承諾的故事。NBC新聞特派員Bob Dotson的報導。	
拍攝天空上的海鷗，（層疊）海灣上，一名男子背光正在工作，鏡頭帶到一棟孤立的房子。男子腳步，帶到男子說話。	地標：Today's American Story 溶接 溶接	記者：有些地方對我們的生活是具有重要的意義的。Stephen White花了十年的時間努力的拯救一座被遺忘的島嶼和一種精神。	海鷗聲 Stephen White：這棟房子必須要留在這裡。
從樹枝往遠拍攝海灣邊一棟孤立的房子，溶接到拍攝舊照片。	地標：Holland Island foundation	記者：這棟房子至少有60年，最後剩下來的鄰居曾經延伸到離海岸2英里。	海鷗聲
拍攝水面，遠拍站在沙灘邊的一名男子。		記者：White記得Holland島曾有過全盛期。	
記者和White並肩走在沙灘上。			White：那曾經是個活耀的社區。曾經有六十八個小孩在這裡的學校就讀。

（層疊）海浪拍打房子邊緣，拍攝男子整理木頭，帶到旁邊的石頭泥土。		記者：一直到逐漸升起的浪潮迫使居民拋棄了Holland島。	
近拍男子手戴手套搬起石塊，鏡頭帶到海邊的一臺挖土機，背後是房子。		記者：獨立工作，Stephen White開始搬起百磅的石塊到Chesapeake灣去建立起他的海岸線。	
男子將石塊丟入水中，漸起水花。			石塊；掉落水中的聲音；海浪的聲音
先正面拍攝記者問問題畫面，帶到遠拍兩人坐在海岸邊的椅子上面對面交談，記者背對。近拍正面White。			記者：你花在這座島的積蓄有多少？ White：所有。 記者：四萬元？ White：三倍吧！
拍攝窗戶鏡面倒影中的White背對走向工作地點，打包東西。			海鷗聲
遠拍他在海岸邊工作，逆光。		記者：他不在乎有些人認為他是在做困獸之鬥。	海浪聲
他在海岸邊逆光，帶到正面拍攝他站在牆邊說話。			海浪聲 White：也許他們認為我只是一個作夢的人，但是世界就是由夢想所構成的。
記者背對房子正面對鏡頭說話。		記者：White一度似乎為了支撐住而與風浪對抗，即便他們，將他的小島分成了三塊。	海鷗聲
海浪巨大，（層疊）颶風侵襲的畫面。		記者：然後，兩年前，Isabel颶風侵襲，幾乎帶走他的所有。	記者講完話出現海浪的聲音。接著又是記者講完最後一句話。

俯拍White站在房子內比手畫腳。			White：她將所有的東西掃走。就好像有人帶著一把大掃帚來過。
遠拍海岸線，慢慢帶到房子，溶接鏡頭變成從房子內往窗戶外拍。		記者：他的房子現在對面著海，窗戶比木頭還多。	海鷗、海浪聲
近拍White側臉，仰拍一隻鳥（海鷗之類的）在鳥巢上站立然後飛走。		記者：但是這個島仍然緊緊的抓著他。	海鷗聲
近拍White的墨鏡上的倒影。		記者：於是，White開始懷疑「為什麼？」	海鷗聲
拍攝在樹林旁的沙地，接著White走過。帶到樹林仰拍上去，陽光從樹枝間穿透（旋轉鏡頭）。	仰拍 溶鏡	記者：他在一個地方找到解答。	
拍攝White走路背影。拍攝墓碑。近拍陸續移動拍攝上面的文字。	溶鏡	記者：這裡是隱藏在這座島中雜草叢生的墓地。一個破碎的墓碑上記載著一名死於1983年年僅13歲的女孩Effie Wilson。	
近拍墓碑。			White：她在1983年過世。
White的手將墓碑旁的雜草撥開，近拍墓碑上的文字。		記者：前衛理公會教徒的牧師將她的碑文清理乾淨並且誦讀。	
從遠到近拍攝墓碑上的文字。			White：Forget me not is all I ask. I could not ask for more.

俯拍White	溶接		White：當我看到這個我就懂了，我知道為什麼了。……因為她希望不要被忘記。
從船頭往前拍，再帶到船上的White在開船 從岸上拍攝船 仰拍White走路		記者：所以，White從未動搖。週而復始，他離開他在本島的另一個家，只為了信守他對一個素未謀面的小女孩的承諾。	海鷗聲
White工作的畫面			White：我發誓我會一直拯救這個小島，奮鬥至死的那天，假如我活得夠久，我就會一直作下去。
White將一個石頭推入海中 White搬石頭		記者：一次一個石頭。 但是，他現在已經七十三歲了。	海浪聲
正面拍攝White			記者：為什麼重新開始？ White：當你每次變得更振作就會成功。
逆光拍攝White工作		記者：他緩慢的走，就好像一個現代生活的Job－堅持而有耐心。孤單但不孤獨。	海浪聲
海鷗群起飛上天空 （層疊）海鷗與兩人背影	 溶接		White：用我的話說，他們就像是我的家人。看看！看他們有多優雅！
White從遠方走來		記者：這座小島是他的希望之島。是他所期望的世界。	

正面拍攝記者 正面拍攝White			記者：為什麼你不會覺得氣餒？ White：不，我想我不能。我仍然相信我所作的是有用的。
拍攝草坪 （層疊）兩張地圖	地圖	記者：即使Holland島現在只剩下80英畝，比當年他還是個孩子的時候的土地一半還小，他仍然信守他的承諾。	
正面拍攝記者 正面拍攝White			記者：你能對抗大自然嗎？ White：可以！有我，這座島就有機會存活著；沒有我，則否。
White在樹林裡著墓碑 海浪拍打沙灘化為泡沫（層疊） 近拍碑文 側拍White帶著墨鏡看著遠方	仰拍	記者：而且，有了他，Effie Wilson將會被記得；沒有了他，她將被沖走。 記者：Bob Dotson在Holland島的報導。	White：Forget me not is all I ask.

─── **本章作業** ───

1. 請連續觀察三天不同頻道的電視晚間新聞，使用本章的「Page F Test」原則，看看有多少則新聞能夠通過這些原則的檢驗？

2. 請舉出最近看過的一則令你過目難忘的電視新聞報導。請問這則報導運用了哪一些本章所列舉的電視新聞包裹寫作原則？試著分析是哪一些報導元素讓你對它過目難忘？

3. 請選擇一則最近平面媒體報導過的科技新聞，試著將它改寫成電視新聞稿件，同時按照新聞電腦動畫的設計原則，為這則報導畫出電腦動畫的設計圖。

延 伸 閱 讀

Dotson, B. (2000), Make it memorable—writing and packaging TV news with style, Illinois, Chicago: Bonus Books, Inc.

Tuggle, C.A.& Carr, F. & Huffman, S. (2003), Broadcast News: Writing, Reporting and Producing in a Converging Media World, NY: McGraw Hill.

Al Tompkins(2002), *Aim for the Heart: A guide for TV producers and reporters*, Chicago：Bonus Books.

參 考 文 獻

Al Tompkins (2002), *Aim for the Heart: A guide for TV producers and reporters*, Chicago: Bonus Books.

Carr. F. (2004), "Writing great leads and other helpful tips," in *Broadcast News: Writing, Reporting and Producing in a Converging Media World*, pp.31-52. NY: McGraw Hill.

Dotson, B. (2000), Make it memorable—writing and packaging TV news with style, Illinois, Chicago: Bonus Books, Inc.

McCombs & Shaw (1972), "The Agenda-Setting Function of Mass Media", in *Agenda Setting: Readings on Media, Public Opinion, and Policymaking*, Protess, D.L. & McCombs, M. (Eds), pp.5-17, New Jersey" Lawrence Erlbaum Associates.

Tuggle, C.A.& Carr, F. & Huffman, S. (2003), Broadcast News: Writing, Reporting and Producing in a Converging Media World, NY: McGraw Hill.

Writing Broadcast News (1997), Shorter, Sharper, Stronger, Chicago, IL: Bonus Books.

第十章　影視劇本寫作

盧非易

....

第一節　本章範圍與目的

　　場：一　景：中東某地　時：傍晚　人：主角、群眾　(1)

　　　　　△大遠景，中東城市，入晚。　　　　　　　　(2)

　　　　　△全景，三三兩兩的上班族跑入餐廳，

　　　　　　主角隨後。　　　　　　　　　　　　　　　(3)

　　場：二　景：中東餐廳　時：傍晚　人：主角、侍者、

　　　　　　顧客等　　　　　　　　　　　　　　　　　(4)

　　　　　△餐廳裡，話聲鼎沸。主角一人獨自立在

　　　　　　門邊，欲言又止。　　　　　　　　　　　　(5)

　　顧客甲：（阿拉伯語言）三位……　　　　　　　　(6)

　　　　　△侍者服務員將顧客甲等三位帶入。　　　　　(7)

　　　　　△侍者、顧客川流過。主角門邊茫然立

　　　　　　著，無人聞問。　　　　　　　　　　　　　(8)

　　場：三　景：客廳　時：晚上　人：主角　　　　　(9)

　　　　　△特寫，餐桌上一碗泡麵　　　　　　　　　(10)

　　　　　△中景，家中，主角與餐桌上的泡麵，

　　　　　　主角撥起手機。　　　　　　　　　　　　(11)

　　主　角：喂……　　　　　　　　　　　　　　　　(12)

△全景，窗外反拍窗內的主角講電話，

　微笑。　　　　　　　　　　　　　　　(13)

△上字幕：「世界很寬，心很近」　　　(14)

　　上面這段文字係改寫自坊間的一則電訊公司廣告，是電影或電視創作過程中，常見的一種劇本寫作。藉著這個簡單的例子裡，我們將試著探討影視劇本寫作的基本性質、概念，以及涉及的文字與影像書寫的技藝手法。

　　這段文字的第一到第十三行呈現了一個人物，描寫了他所經歷的事件，傳遞一種未經言詮，但似乎可以理解的感受。而第十四行則未呈現任何事務狀態，直接述說一個清楚的訊息「世界很寬，心很近」。前十三行與第十四行這兩組敘述的意義是相近的，前者烘托、醞釀後者的訊息，而後者則點明了前者的感受。這有些近似亞里斯多德在《詩論》中所提出的兩種戲劇表現概念：擬像（mimesis）與記述（diegesis）。

　　擬像常以第三人稱的形式，側面模擬或呈現事物發生的樣態（to show），以提供觀眾自行觀察與感受；而記述則經常使用第一人稱的方式陳述（to tell），直接向觀眾說明故事的意義與情感。擬像經常是不落言詮、感性的傳達；記述則往往是一種辯證，一種理性的勸說。擬像長於再現具體的訊息或生活樣態，記述則較適於表達抽象的意涵，闡述人的內心思維。擬像的呈現重在視覺，提供觀眾主動觀看的機會；而記述則重在聽覺，向聽眾傾訴作者意欲表達的論點。大要而言，擬像偏向影像的、視覺的、具體的與感性的；而記述則傾向文字的、聽覺的、抽象的與理性的。

　　瞭解擬像與記述的基本性質和其差異，有助於我們接續的討論。

　　上述劇本的第一到第十三行採用的是擬像手法，而第十四行則使用了記述的形式。我們或許可以同意，擬像的影像表現手法提供我們感同身受的機會，體驗劇中人的處境，並從而喚起我們同樣的

情感；而記述的文字敘述手法則告訴我們明確的訊息，理解作者所欲陳述的概念。擬像與記述都為電影、電視寫作所使用。例如：反映人生故事的戲劇劇本經常採用擬像技巧，以再現生命的經驗；而論理的紀錄、報導腳本則使用較多的記述手法。當我們希望觀眾多觀察感受人物與故事時，我們採用較多擬像的技法；而當我們希望辯證或陳述概念時，我們轉而運用記述方法。

這一章裡，我們主要討論的是前者，也就是擬像的戲劇形式。我們將以劇情電影或電視戲劇節目作為主要的討論類型，說明戲劇如何運用視覺影像，提供具體的人生感受。但是，我們需要記得，所有寫作都可同時兼具這兩種功能，就像大部分影視劇本都仍然保有對白或旁白敘述，特別如傳記影片更經常使用第三人稱的旁白直接說出人物內心的活動；只是，它們必須以適當的方式融合使用，以避免絮絮叨叨地重述視覺已經傳遞了的訊息。

我們重看上述的這則電視廣告，可以發現，在這擬像的戲劇寫作裡，出現了幾個重要的元素：首先，它有一個人物。透過這個人，我們可以感受他所在的世界，包括了其中的溫度、濕度、聲音、氛圍景象……；同時，透過這樣一個人物，我們看見發生在這個人物身上的事件，瞭解事情發展的來龍去脈，並且心生期待或好奇，非至卷終，無法自已。因此，我們可以這麼說：人物提供我們一個關心的焦點，場景氛圍提供我們親臨其境般的感受，而事件則吸引我們觀看、閱讀。這樣，人物、事件、場景氛圍三者便構成了敘述的主體，或曰一個「故事」的主體。

第 二 節　影視劇本寫作的主要議題

英國作家E. M. Forster（1990）在他那本影響深遠的劍橋大學演講集《小說面面觀》（Aspects of the Novel）裡為「故事」下了清楚的定義：「故事是一些按時間順序排列的事件的表述」。也就是說，故事必須包含事件、一連串具因果關係、接續影響的事

件、依特定的時間順序呈現。這個幾乎為後世文學論者必要引用的說法，其實並未在此結束，在這段文字後面，還有這樣的描述：「故事在小說中的地位，在使讀者『想』要知道下一步將要發生什麼。」使讀者『想』要閱讀下去的引人入勝的敘述技巧，其實才是故事寫作的核心，它牽涉了事件出現的順序（故事結構）是否扣人心弦，以及描寫的技巧是否令人回味無窮。

Forster將小說的面向分為故事、人物、情節、幻想、預言、圖式與節奏七項。我們根據這個基礎，將影視劇本的元素分成故事、人物、結構（情節的順序，故事的時間性）、場面（視覺，故事的空間性）等，在接續幾節中分別介紹。在故事的部分，我們主要討論故事的構成、素材，以及評量故事素材的方法。在人物的部分，我們介紹人物塑造的精髓、人物研究的方法，以及人物結構譜。在結構的方面，我們將瞭解何謂古典結構與敘事線，並探討敘事時間與節奏控制。在場面的部分，我們討論視覺設計與氛圍的建立。

在前面所提及的例子中，我們看見一個在中東的臺灣男子（此為人物。附帶說明的是：我們需預設這是一個在臺灣本地播出的故事，觀眾在這樣的語境下閱讀與解釋這個故事）進入餐廳，言語不通（此為情節一），因此決定回到自己的宿舍，打電話回家（此為情節二）。這裡，出現了一個人物、兩個事件、三個場面（中東城市、餐廳、宿舍），依照特定的順序呈現（故事結構），最終並以一段文字訊息（此為描寫手法之一種）結束。這個例子因此呈現了大多數故事所應有的元素：人物、事件、時間（故事結構順序）、空間（場面氛圍），並且也具備特定的描寫手法。

以下，我們分別陸續介紹這故事、人物、結構、場面的意義與運用。

第 三 節　故事

故事（story）既是一連串的情節（plot）所組成，那麼情節是

什麼呢？。Forster 指稱情節是連串具因果關係的事件。康乃爾大學 M. H. Abrams（1993）教授則進一步引伸，說明情節乃是一連串的事件（events）以及行動（actions）。因為一個事件引起另一個接續的事件，彼此相互影響，並具有因果關係，故事乃因此向前滾動。同時，情節的轉動往往因於主角的行動。主角依循自己個人的動機或目的，對事件採取特定的行動，選擇因應該事件的方式，因此造成下一事件的發生，也遂決定了情節繼續發展的走向。在故事中，人物面對事件發生，不停進行決定；而這樣的決定，以及所導致的新事件，恰也說明了這個人物的性格。故事透過「人物決定情節，情節說明人物」（類似我們常說「性格決定命運」）的形式，將故事與人物展示給觀眾，使觀眾為之羨讚或嘆息。在我們的例子裡，主角受挫於異鄉的生活差異，決定回到自己的居所尋找熟悉的聲音，這是他對事件的處理決定，也說明了他內心的情感與性格。

按照結構主義者的說法，每個故事都有它系統化、結構化的情節模式。愛情故事裡，相遇、相互試探、愛戀、外在打擊、內在挫折、解決問題（完滿的結局）或被問題解決（失敗的愛情），這便是一連串反覆出現的慣常情節。世故圓熟的觀眾對公式般的情節排序易感不耐。因此，情節便需以千變萬化的形式樣貌出現，使得愛情故事得以一再地被述說，而不致憊乏。老掉牙的情節（例如，女主角因陪著女配角與網友男主角見面，因而相識）使人難耐，但特殊的情節想像（例如，宅女以與己相異的角色扮演認識了網路上的男主角）則提供愛情窠臼一些新的閱讀趣味。故事的成敗便經常取決於情節的巧妙設計。

在連串的情節順序中，單一情節經常可以被另一種相似或相異的情節替換，因此構成另一個的故事。在我們的故事裡，主角受挫於異地餐廳這一情節，可以替換為主角在會議室裡，完全無法進入狀況的挫折。這種同義的替換，類似將一個句子中的某一個詞語，改換為另一同義詞（例如：將「世界很寬，心很近」改寫為「地球雖遼闊，人卻更緊密」），這可使同一意義的語句，有無限的描述

可能。同樣的，情節與情節的接續也可以進行變換。例如，我們的主角在餐廳裡，決定無論如何都要坐下來，並且融入他人的互動中，然後，才開心的回家，打了一通得意的電話。這樣的改寫，轉變了故事行文的發展，也改變了故事的意義。詞語（paradigm）的置換與行文（syntax）的變動，使得文本充滿各種的可能發展，而寫作便是在這無限的可能中，尋找其中最動人的一種。（關於詞語和行文的寫作概念，請參考Roland Barthes 的《寫作的零度》）

情節構成了故事，一連串的情節組成一條故事線（story line）。一般的故事通常只有單一故事線（或稱故事主線main story line）；但複雜的故事（例如家族故事）則在故事主線之外，另經營多重的故事線（multiple story lines）；有時候，一個作品是由數件不相關的幾個小作品組成（例如「光陰的故事」、「兒子的大玩偶」這類所謂三段式電影），那麼它們各有其自己的故事主線，形成多故事（stories）的結構。

單一情節的設計，以及情節與情節間的接續選擇，決定了這個故事是否引人入勝。在單一主題（theme）的作品中（例如電影或電視單元劇），我們僅需要一連串彼此相關的情節構成故事，用以表現人物與闡述主題；而在長篇的作品中（例如電視連續劇）或較深刻的人生描述之作，我們可能需要經營故事的次主題（second theme），並且發展次情節（sub-plot）以豐富故事的意義。

而在情節之外，我們還需注意細節（details）的寫作。因為情節雖構成故事，但細節卻能帶給故事特殊的風味。那麼，什麼是細節呢？我們如何區分情節與細節？

基本上，情節為一事件與行動，對故事的發展產生因果影響；但細節則為該事件內的某些次要動作，並不對故事造成影響。例如，在我們的故事劇本中的第八句（△ 侍者、顧客川流過。主角門邊茫然立著，無人聞問。），加入這樣的細節描寫：△ 侍者、顧客川流過。主角門邊茫然立著，無人聞問。一旁的桌邊，圍坐歡敘的一家人，一個小男孩呆呆地與他對望）。小孩的加入並不影響

故事的情節發展，刪除這段描寫也不改變故事走向。但這樣的細節卻憑添了新的意義或感受，使得故事內容編織得更細密豐富，觀眾對於整個故事也有了更多的想像。可以說，情節一如人的骨骼，架構了整個人（故事）的基礎，而細節則似肌肉，使故事有了鮮活的肌理。

創作一個故事多半開始於一些零星的故事素材。一個生活中的觀察、聽聞的消息、家族中發生的事件、個人人生的遭遇、靈機一動的想像……，都可能是一個好故事的開始。創作故事往往便開始於如何面對與判斷這些吉光片羽的素材。

故事素材的種類千百種，我們可以大致將其歸類如下：

1. 以人為主的故事

常見的例如個人自傳或傳記（例如「阮玲玉」）片、或群體人物的共同故事（例如「阿飛正傳」、「大寒」、「愛情白皮書」）。特殊背景的人物也經常成為故事的素材（例如描寫教師生活的電視劇「女王的教室」、或描寫在城市中梭遊的「計程車司機」）。此外，具有傳奇事蹟的人物也常為寫作者所喜愛（例如描寫音樂神童莫札特傳奇一生的「阿瑪迪斯」）。處理以人為主體的故事素材，需特別注意人物建構的完整，對角色的研究需徹底，其角色素描（character sketch，詳見下一節）需詳盡。同時，寫作者也需要判斷該角色是否具有戲劇衝突性（是否與自然衝突、與社會衝突、與他人衝突、或與自我的另一面衝突）。

2. 以事件為主的故事

例如歷史事件（「誰殺了甘乃迪」）、新聞事件（「蝴蝶君」）因為其特殊性或社會影響性，經常成為劇作改編的目標。而生活中聽聞的耳語也可編織成一個寫實動人的故事，例如日本導演小津安二郎便經常從居酒屋的閒談巷語中，捕捉人生的況味（例如其著名作品「秋刀魚之味」）。以事件為主的故事，需注意其素材是否具有戲劇性，是否有情節發展上出乎意料或令人好奇的元素。同時，在調理此類素材時，也需注意故事情節與其背景脈絡關係是

否都已蒐羅齊備，是否有其邏輯上的完整性。並且在設計敘事結構時，特別思考其編織情節的手法，以使其事件得以環環相扣，引人入勝（特別是以情節發展為重的戲劇，如「達文西密碼」）。

3. 關於時間的故事

相較於人與事作為故事的主要素材，以時間作為故事素材，是比較少見，並且是相當抽象的一種形式，愛爾蘭劇作家Samuel Beckett的經典戲劇「等待果陀」（Waiting for Godot）便是這樣一齣去事件、去人物的哲思故事。蔡明亮的「你那邊幾點」於人物、事件的著墨甚少，時間以及寂寞的時間性也就浮現成為作品的主題。

4. 從空間發展出來的故事

這一類的故事或者具有聚散離合的特質，得以作為人生的縮影（例如老舍小說改編的「茶館」、或胡金銓導演的「龍門客棧」），或者該空間本身即具有高度的戲劇性（例如呈現悲歡的醫院故事「急診室的春天」或顯現離合的法庭故事「LA Law」）。以空間為主的故事經常在舞臺戲劇寫作中出現，因為戲劇所能表現的空間數量有限，因此將複雜的故事集中在少數的場景中進行，是戲劇表現的必要手段。此外，在單元連續形式的電視劇，特別如「愛之船」這類的情境喜劇（situation comedy）裡，也經常看見以空間作為故事核心素材的現象。因為，一個具有戲劇性的空間，可以提供不同人物、不同故事反覆出現在此空間之中。劇集遂可以儘量延續下去。

5. 以物件為主的故事

基本上，故事情節的流變需要由人物帶動，故事所描述的情感，也都指向故事中人。因此，以物件作為主體的故事比較少。偶爾，我們發現故事情節圍繞在一件物體上流轉，例如張石川導演的「壓歲錢」（1937）描述壓歲錢如何流轉在城市裡的上、中、下游社會，而李行、胡金銓、白景瑞共同導演的「大輪迴」（1983）則敘述一把劍的三世輪迴。這些作品的故事因於一個物件，起始於

此、終於此，成為情節轉動的主要動力。但整個故事仍然闡述著人的情感，而非物的意義。以物體作為情節的串連，有助於壓縮繁複的時間關係，避免故事拖延；同時，以物串構，也可呈現一種宿命感，或提供隱喻意義。

6. 以抽象意念作為故事主要素材

此類故事的情節性低，如以文學類型作為比喻，一般劇情影片較接近小說，而此類抽象意念的作品則近似詩。同時，這類作品缺乏情節張力，很難抓住觀眾長時間的注意力。除了蘇聯的銀幕詩人Andrei Tarkovsky或希臘導演Theo Angelopoulos之外，這樣的作品比較以短篇的影像詩形式出現（例如實驗電影或音樂MV）。

故事靈感經常出現在我們腦海中，面對各式各樣可能的故事素材，我們如何判斷其發展的潛力？或者，從另一個角度思考，我們如何處理故事的素材，以使其可能成為好的劇作？這便涉及如何評量故事的素材，一如玉石匠如何評量他手中的那塊石頭。

評量故事的基礎，首先需要思考幾個問題：這個故事的主題將會是什麼？我們可以將該主題提拔到怎樣的高度？因為，故事情節固然決定這個故事是否好看，是否吸引觀眾，但故事主題卻往往是這個故事最後令人沈思的價值所在。嚴肅高深的主題雖不保證一個故事的成功，但一個缺乏可資思考的精彩故事，也可能僅止於其娛樂功能。主題大小無關其好壞，例如家國悲劇與個人的小小愛情故事，並非決定兩個故事好壞的標準；但主題的探討深度則可改變一個故事的價值。正如一個通俗的愛情故事經常止於其離離合合的情節，但動人的愛情故事往往寫到了人的嫉妒、失落恐懼、自私、或對永恆的高貴信心。從一個普通的愛情情節劇寫出人性的普遍問題，便是將故事的主題高度拉至人性的層次。而我們評量故事素材時，便需要有這樣的眼光，判斷這個素材具備的主題可能是什麼，或我們可以怎樣雕琢打造，使其具備全然不同高度的主題。張愛玲的小說《傾城之戀》將一個普通女性追求婚姻的通俗故事，聯繫上城市的淪亡、家國的動亂，以及動亂時代中，人們無奈但勇敢的小

小掙扎，整個故事也就超越了時代，感動其他時刻的讀者。

主題之外，我們也常審視一個故事素材是否具備戲劇性。這裡所謂的戲劇性通常指的是其故事的張力（tension）。而故事的張力又往往來自衝突（conflict）。衝突是主角在面對事件發生，進行行動決定時所面對的困難。一個故事初啟，主角會建立一個清楚的完成目標（例如保護生命或追求愛情），然而一再發生的事件卻阻擾其完成目標，衝突（與張力）也因此發生，戲劇性也就出現，故事的可看度也就提升。這位需要進行行動決定的主角，所面臨的衝突可能來自大自然（例如地球暖化、大洪水爆發），可能來自社會（例如國家機制的壓迫或官僚制度的腐化），可能來自其他人（例如反派角色的自私舉動），也可能來自於其自我的另一面性格（例如怯懦或個人主義）。而故事在主角一再地進行決定、一再地克服困難（衝突）下向前發展，人物也在一再克服衝突之後，得以成長（或退卻），故事最終便結束在個人目標的完成（或不完成）、個人意志的勝利（或失敗）。好看的故事不斷提供觀眾左右為難的困境，在百般掙扎中，尋找拍案叫絕的出路；缺乏衝突與張力的故事，則像百年好合的平淡婚姻，雖然值得祝福，但述說起來，卻僅得三言兩語，不值一哂。

好的創作者彷彿漏斗，在其上端儲存了大量的生活經驗、故事構想、故事素材，而當寫作時，僅有最適合、最好的沙粒流洩下來。好的編劇也經常需要蒐集各式各樣的素材，以備寫作時使用。M. Rabiger（c2000）提供了一套整理素材的方式，謂之CLOSAT Card。這張素材卡可以是紙片形式，也可以建立為電腦檔案。卡的上方標示主題（例如：異鄉打拼的臺灣人），並以CLOSAT六種類別註明此素材的種類（例如「C」）。C代表的是角色（Character），用以描述一個可能可以用在未來某個故事中出現的人物角色。L代表的是地點（Location），記載一個有趣、具視覺特徵的地點，可作為某個故事發生的背景場所（例如一個異國的餐廳、中學的保健室、圖書館偌大書庫裡的一個角落）。O

（Object）代表可召喚出一個故事的、令人好奇的物體（例如中學生的置物櫃、丈夫的日記、情人的手機）。S代表一個特殊的情境（Situation）置角色於充滿張力的狀態（例如楚浮電影「四百擊」裡的主角撞見母親在街頭與情人擁吻）。A（Action）代表一個充滿種種懸疑與可能性的特殊行動（例如決定赴約的網路宅男、或意外闖入別人的MSN）。T（Theme）則代表一個足以刺激個人省思其人生意義的重大主題（例如失去親人時，對於生命、存在與擁有的反思考）。CLOSAT卡儲存在創作者的檔案中，隨時預備提供一個故事適當的人物造型、絕配的場景或用以提升故事高度的人生命題。當作者陷入千絲萬縷或漫無頭緒的創作狀態時，瀏覽這些故事素材，有時也能拼貼出一些奇妙的故事情境。

第四節　人物

　　情節是推動故事的基礎，而人物則是故事所以動人的關鍵。觀眾透過劇中人物的遭遇，感受其悲喜，並從而召喚個人的共鳴。因此，人物的塑造也就成為故事成敗的要素。

　　塑造一個好的戲劇人物，必須先瞭解一個人的核心是什麼。在表演學裡，演員經常需要思考一個「表演的脊椎」（the spine of acting）是什麼。這就像是操作牽線皮偶，當主管脊椎的線被提起時，整個皮偶便因此站立了起來。要使一個人物能夠站起來，能夠動起來，主要是掌握了這個人物的脊椎骨幹，也可以說就是掌握了這個人物的精髓。那麼一個人的精髓是什麼？影響一個人內心的意志與其決策行動的力量是什麼？這就是人物研究與角色素描的核心工作。

　　每個人生活在這世上，總有或大或小的「慾望」。有些慾望是短暫的（例如考試順利），有些慾望則是長久的（例如權力的擁有）。永久的慾望經常影響了我們的行為，左右我們在關鍵時刻的選擇，並且內化在我們的心裡，從而改變我們的外在樣貌、語調、

姿勢、性格、動作、甚至長相。慾望的生成可以推溯自成長的早期，個人的慾望往往隱藏在生命的幽微閉暗處。心理學窮數世紀之久，試著瞭解人類慾望的秘密。而編劇作為一個角色的創造者，必須掐捏住他所創造的這個人的慾望根源。捕捉到一個人的終極慾望，我們就容易理解他行動的目標、他面對事件時的反應、他將會說出的話、乃至他舉手投足的語意。而在呈現這個人的時候，我們便可放手讓他自己行動。因為，是他的慾望決定了我們故事的走向，而不是我們的意志控制著他。一個好的書寫，在揮筆的過程中，可能出現筆鋒自己轉向的情境，作者無法按照自我原本的規劃寫作，他的角色將帶著筆寫出一個連作者都驚訝的故事。這種類似「上身」的經驗，是合理的。這代表角色已經站立起來，在他自己的慾望邏輯下，述說自己的故事。

相對於慾望，影響人的另一個要素乃是「恐懼」。恐懼使得角色迴避事件的挑戰，使他在情節的關鍵處退縮或躲藏。慾望帶著角色朝向目標前進，恐懼則拉扯著他，角色在這樣的拉扯中忽進忽退，最終決定他是否能夠成為英雄，是否滿足觀眾的期待。慾望與恐懼的落差創造了角色內在的衝突，創造了故事的張力，以及一個好故事必要的戲劇性。

慾望與恐懼經常是一體的兩面。例如，權力的慾望造成角色對失去權力的恐懼。愛情的慾望造成角色對失去愛情的擔憂。慾望與恐懼組合成一個角色的精髓。當我們牽引住這個角色的慾望與恐懼時，我們便抓住了他的精神骨幹，他的「脊椎」。

每個人都有他的慾望和恐懼。一個多方追求愛情的人，常常是因為恐懼失去，因而蒐集著儘量多的愛情機會，而最終他或許因此失去所有的愛情。一個無法給予愛情承諾的人，或許是因為他不能相信永遠，而最終他也就得不到永遠。害怕失去的恐懼、或害怕承諾的恐懼源自於何時、何因，這需要創造者努力追索。其追索的結果或許不會出現在故事之中，但卻一直影響著故事的進行，正如一個人的核心慾望與恐懼也一直影響著這個人的人生。王安憶的小

說《長恨歌》描寫一個小家碧玉的女主角因於命運的機緣結識一位大家閨秀。這組丫環與小姐的角色原型鋪墊了故事的無奈基底。美麗的丫環掩藏在平庸小姐的周邊，充滿忠心與豔羨的同時，也經常出現嫉妒與背叛。豔羨浮華的慾望與嫉妒浮華的恐懼左右著女主角，使她在未來幾段的愛情遭遇中，反覆做出矛盾乖離的決定，但同時，這些決定也都是合理的，因為它們符合了這個人物的底性精髓。故事往往只是一個漫漫人生的短暫切片，但寫故事的人必須為故事中人的完整生命負責，這樣他才知道在故事登場時，他的角色是在什麼樣的一個人生狀態；且在故事結束時，也仍然知道這個角色將會怎樣走下去。

釐清了角色的的基本慾望與恐懼，我們便可賦予他合理的目標「動機」，知道他為何、以及為什麼而奮鬥。而這個目標也將會成為故事主線進行的方向。換句話說，只有在清楚故事角色將追求什麼的時候，我們才清楚怎樣布下情節線。基本上，情節的設計與開展就是對準著角色的動機與故事的目標，在其追求目標的路上放置一層又一層的「阻礙」。目標與阻礙形成了「衝突」，創造了張力。觀眾便有了期待、有了加油打氣的機會、有了觀看的意願。例如，以愛情為目標的人物，必定要面臨各式各樣的阻礙，這些阻礙來自他或她的父母、他或她的表哥表妹、他們彼此，最後還來自命運的捉弄。觀眾在高潮迭起的阻礙與超越的情節中，或興奮，或氣得跳腳，觀看故事的樂趣也就產生了。沒有阻礙的故事就像馬拉松賽跑，只消看看開頭與結尾；而四百米跨欄則在一次次的人仰馬翻中，贏得觀眾的喝采。

把握住一個完整的人物需要細膩的人物研究（或稱角色素描 character sketch）。一個基本的角色素描應該包括了對這個角色的品質（Qualities）、特質（Traits）、癖性（Idiosyncrasies of characters）、及其文化差異（Cultural difference）的描述。M. Mehring（1990）提供了一個人物研究可參考的方向：

1. 一個人物的開始，包括他的出生、出身、出生當時的狀

態、出身與教養；

2. 人物的外表、身體與健康、外在生理對他內在心理的影響；

3. 人物的早年影響、早年生活、家庭環境、父母關係、成長的心理因素；

4. 這個角色周遭的人、祖父母、父母、兄弟姊妹、鄰居朋友、長輩與他的關係、互動、影響；

5. 角色的學校生活、同學關係、學習挫折、人際交往、對知識與新世界的體認、如何開始接觸世界；

6. 角色的特別活動、特別的生活（例如學習音樂、舞蹈、一次露營……）；

7. 角色經歷的各種旅行、遷徙或出走（被迫的、自願的改變環境），以及因為外在空間的改變對內心的衝擊；

8. 角色的青少年生涯、生理成長造成的人生困擾與性格的改變、初經或夢遺等成長儀式的衝擊……；

9. 角色的主要衝突、個人的主要慾望與最大恐懼間的衝突、人的成長或失敗、性格的構成與扭曲；

10.角色所鍾愛的人，與其之間的關係、發生的重要事件、對主角的影響與意義；

11.角色所憎恨的人，與其之間的關係、發生的重要事件、對主角的影響與意義；

12.角色的工作、工作特質、一日生活活動的完整紀錄、工作場所發生的事件……；

13.角色的藝術生活與休閒，他的興趣、嗜好與休閒生活的樣態，從中可看出的內心嚮往、工作上不可完成的夢想……；

14.角色的信仰或宗教，對其之依賴，得到或失去信仰或宗教的原因、衝擊；

15.角色生命中值得慶幸或慶祝的事或時刻，例如工作、學習、競賽、愛情、情感、願望的勝利，或反之；角色生命

中重要的一課、重要的人生體驗、重要的體會、重要的人
生教訓；

16. 角色的未來，例如，對未來的想像、人生的目標、走至目
標所可能面臨的障礙。

一個故事視其內容需要數量不等的角色。有些角色（特別是主
要角色）需要清晰的研究與描述（E. M. Forster 將之稱為圓型人物
round character，也就是其性格中的各種矛盾、衝突面向均刻劃完
備），有些或許只擔任典型刻板的功能（stereotype，或稱為扁型
人物flat character）。這些角色湊合起來，便形成一個角色結構譜
（character structure），其中包括了正面人物（protagonist）、反面
人物（antagonist）、配角（supporting characters）。正面人物經常
是我們的主角，而反面人物則是阻礙主角完成目標的那些人。反面
人物不一定是壞品德的人，她可能只是主角善良的母親，不巧看不
順眼他想追求的女士。反面人物臥身在正面人物奮鬥的路上，擔任
障礙物的角色。他們製造了對立的情節，使故事在正、反方向中，
產生衝突張力。

主要的正面人物與反面人物之外，我們還需要一些配角，用
來幫助故事的進行。例如，男主角的同學哥們、或女主角的閨中知
己。他們並不構成男女主角的愛情障礙；相反地，透過他們頗具耐
性的耳朵，我們得以聆聽男女主角滔滔不絕的內心情話。現實人生
與虛構故事裡，書僮、丫環、同學、心理醫師擔負的都是類似的功
能，使我們的主角不致有口難言，也免於淪為自言自語的精神病
患。

第 五 節 結構

有了人物，有了人物的目標，我們便可規劃一條清楚的故事
線。在此故事線上，我們安排許多障礙，每一個障礙就是一段情
節，而在每一段情節中，我們寫入細節，終於，我們就有了整個故

事的敘事材料。

　　然而，一個好的故事不僅止於擁有情節，它還需要一個引人入勝的順序將原本平鋪直敘的情節雜錯倒置，因此產生了懸疑、混淆、呼應，也引起讀者好奇或期待，這便是故事結構（story structure）的功能。

　　從亞里斯多德開始，故事結構便被簡化分解為三個部分，稱為三幕（3 acts）。這三幕分別是開始、中間、結尾——或比較精確的說法：介紹或展現（introduction, exposition）、發展或結纂（development, complication）、解決（resolution）。三幕式的敘事結構其實沿自古典五幕劇，包括了序場（prelude）、第一介紹幕（introduction）、第二發展幕（development）、第三解決幕（resolution）、以及終曲（epilogue）。古典劇的序場並無情節，經常只是音樂或場景畫面，用來調適入場觀眾的情緒（類似電影片頭的效果）；第一幕用來介紹人物，瞭解並接受認同主要角色，同時鋪陳事件，預備故事開始前的合理交待；第二幕是故事的主體，在事件發生（故事開始）後，將情節不斷複雜化，以使故事能夠高潮迭起，主要角色能夠通過種種試煉，通往其目標，直至最後決勝點的到來；第三幕處理最後的決戰，並且收拾戰果，收攏整個故事；第三幕結束了故事，而終曲則再次出現音樂或場面，使觀眾整理情緒，準備回到現實世界（類似電影的片尾）。在中國文學結構裡，也有類似的架構，但我們以四段式敘事形容之，分別是：起、承、轉、合。

　　在詳細說明古典三幕式結構前，我們還需釐清幾個基本概念：(1)一部作品是一個完整的敘事，其內容可稱為一個故事（story），故事是整個作品的內容，而敘事（narrative）則是敘述這個內容的方式；(2)三幕式故事（three act drama）由三幕所構成，分別是介紹、發展、解決；(3)每一幕之中有數個不等的敘事段落（sequence），一個段落處理一個主情節（main plot）。在電影劇本中，每一段落大約10分鐘（通常為8到12分鐘），一部100分

鐘的電影，平均約有十個段落。第一和第三幕通常各由兩個段落組成，第二幕則有六個段落，也就是六個主要情節。動作片或以情節為勝的故事，其段落時間通常短一些，情節量（段落數）因此多一些；文藝片或以人物刻劃為主的故事，其段落可能長一些，發生的事件較少，節奏也比較舒緩；一部60分鐘的電視劇，扣除大約14分鐘的片頭、片尾，以及廣告，剩下的故事時間配合四次的廣告破口，大約分為五個段落；第一個段落為第一幕，第二至第四個段落為第二幕，第五個段落則為第三幕；(4)在電影或電視戲劇格式裡，一個段落包含一到一個以上的場（scene），每一場為一個單獨的場景；(5)在一場之中，包含一個或一個以上的鏡頭（shot），每一鏡頭呈現一個完整連續的畫面；(6)鏡頭、場、段落、幕堆砌成一個故事，而攝製這個故事的基礎——劇本，便以鏡頭、場、段落、幕的架構概念逐步砌造完成。(7)影視劇本是提供給一同工作的劇組人員使用，它近似一張建築藍圖，無論編導或攝製、後製部門都應該能一目瞭然其內容。因此，影視劇本也需遵守其特定之寫作格式規範。標準的格式如本章伊始，關於一個中東餐廳裡的小故事所呈現的樣式。影視劇本以場為寫作單位，每場需依序標明場號，一個場景一個標號。場號之後，需註明場景地點、時間、出現的腳色人物。場景地點指的是該場戲所發生的地方，如果該場故事事件發生在零星的幾個地點（例如人物追逐在學校的幾個角落），可用「雜景」註明之。提註時間無需標明幾點鐘，只要寫下該場戲是發生在日、夜、清晨或傍晚即可，這主要是提供攝影和燈光師研究光線照明之參考。提註人物需詳細，包括主要腳色和背景人物，這樣製片和副導演才知道需要通知多少演員到戲。標註清楚場、景、時、人之後，便可以開始詳細描述故事內容。基本上所有影像說明、表演安排（例如演員走位）都可以「△」記號標出，也就是將場景樣貌、影像表現、或故事發生的活動樣態逐一寫在「△」記號之後。而將腳色的對白逐一寫在各腳色之名字與冒號（：）之後。需要特別注意的是，「△」記號與冒號務應排在同一列上，同

時接續的第二行應縮排（參見本章首之實例）。如此，每位演員的對白均明顯易見，而工作人員需注意的影像攝製內容也都集中在「△」記號之後。為使劇本可以經常修正更新，每場寫完後即留空，從新的一頁開始下一場戲。以這樣的格式寫作，我們也可大致估計演出時間。大致上來說，一頁A4紙印刷，以上述標準格式寫作的劇本，其攝製完成的演出時間大約90秒至2分鐘。冒號較多者（對白較多的戲）其演出時間較短。「△」記號多者（通常為動作戲）其演出時間較長。編導可據此控制故事的長短節奏。此外，在語言聲音的時間控制上，一般經驗認為日常生活中的流暢對白，每秒鐘大約陳述四個字；演講或旁白播音，每秒鐘大約講述三個字；以此速度計算，可以有效掌握敘述時間，特別是需依賴較多旁白敘事（例如新聞或報導節目）的腳本。

一部影片常以片頭畫面與音樂作為它的序場，序場除了提供音樂與視覺氛圍，使觀眾一齊進入特定的心理情緒準備外，也提供部分影片製作的訊息（例如導演、主要演員等）。

序場後，便是第一幕，第一幕的第一個鏡頭畫面，稱為開場（opening）。開場並不表示故事開始，它只是打開了故事的大幕，故事的真正開始還要等上好些時候。第一幕的任務主要在介紹角色出場，展現角色的性格，透露角色的內心問題，爭取觀眾對主要角色的快速認同，以吸引觀眾關切其所將面臨的遭遇；此外，第一幕也需呈現角色間的關係，呈現故事發生的時空樣態，並且鋪陳故事情節的背景，使觀眾瞭解故事開始前的脈絡。第一幕經常包括兩個段落，有時第一段介紹人物，第二段鋪陳事件背景；但也有將這些工作交錯寫在兩個段落的形式。

介紹人物或事件需要注意一些技巧，例如，儘量以間接方式帶入主題，避免直陳故事目的；同時，避免讓角色自言自語地介紹自己、或運用大量旁白敘述說明故事前情；不要將一個訊息一次講完，應將其散布在不同場內，以儘量留給觀眾期待、好奇的空間；呈現角色時，可多設計動作，使角色透過行動或對事件的反應自然

呈現其性格；刪除不必要的細節，以免節奏過於緩慢；當然，用以介紹角色或事件的細節應避免陳腔濫調，整個介紹工作也應貼近生活實況，使其儘量自然，讓觀眾樂於觀察角色的生活樣態，避免讓觀眾意識到這一幕存在的解釋功能。

當人物介紹與事件鋪陳完成時，故事便應進入其開始點（entry），有時也稱為故事的攻擊發起線（point of attack）。故事開始於日常生活秩序的破壞（break of daily routine），開始於改變主角生活的事件發生，或開始於主角邁上起跑線，準備奔向他的目標的時刻。在流行電影中，故事的開始可能是北極冰帽融化、也可能是男、女主角的相遇。第一幕以兩段落完成，每段落約10分鐘，在劇情電影裡，我們期待開演的20分鐘左右，故事便進入開始的階段。

故事的開始，也同時結束了故事第一幕的介紹任務，並將故事帶到第二幕──發展，就是一連串情節的開展。每一個情節代表一個障礙，一連串的障礙便構成了整個故事線的主體。每一情節構成一個段落，它是以事件為主，而非以場、鏡區分。例如，男女主角從初遇到結識，可以構成一個情節（段落），這個情節或許需要發生在幾個場景。一個故事有其主要張力（主衝突），而單一情節也需要其單獨的小張力（次衝突）。次衝突從發生到解決不應拖延太久，否則容易疲乏。理想的故事應該由一個事件的解決，快速移向下一個事件。而每一個事件衝突都應該比上一次的衝突更加尖銳或困難，這樣故事才能逐步帶向高潮。通常，一個段落（情節）大約8到12分鐘，包含事件的鋪陳醞釀（scene of preparation）、事件發生主戲（master scene）、事後餘韻（aftermath）。事件（段落）結束後，常加以過場戲（transition）以便轉入下一事件（段落），有時是時間過場（transition for time），有時是空間過場（transition for space），有時則是情緒過場（transition for mood）。過場有時是一組空鏡頭，有時是開、關場畫面（例如，淡入、淡出，或推近、拉遠鏡頭），以開啟或結束這一段情節。

長篇電影在第二幕中間，經常放置次高潮點（first culmination），將故事推向第一個高峰，使故事進入峰迴路轉的境地（類似起承轉合之承轉階段）。例如，愛情故事中，男女主角解決了各方的反對與阻撓，卻開始面臨彼此的猜疑，這樣故事便由外在困境轉入內在矛盾。

當次高潮點所帶入的連串障礙事件逐一發生，最終來到最困難的境地時，我們便進入了故事的高潮點（Climax）。故事的高潮代表角色將面對最後的挑戰，也就是我們的主角進入了他的故事最高（highest point）或最低點（lowest point）。當故事以悲劇收場，角色將被命運擊倒，此時，主角正站立在他的故事最高點，並從此下墜；反之，故事以喜劇收場，主角便站立在他的故事最低點，從此將一路掙扎，最終贏得目標的勝利。

故事到達其高潮，主角登上他的最高或最低點時，故事也結束了第二幕，而進入到第三幕（解決）的階段。

第三幕通常由兩個段落組成，第一段落解決前一張力帶來的問題，將情節帶入最後結局，也就是終極解決故事的結果。第二段落則用來整理最後的情緒，彰顯故事的主題，賦予故事最後的命題意義。有時第三幕的第一段落並不將故事真正解決，反而將故事導入相反的結局；而在第二段落裡，才翻轉前面的結果，使故事急轉直下，奔向真正的結尾。這種翻轉或稱大逆轉（twist）的寫法，經常見於動作戲或情節劇。不論前述何種寫法，當故事結束在最後一個畫面時，我們也來到了故事的結尾（coda），並且進入故事的終曲尾聲（epilogue），聽聽音樂、看看字幕，藉此收拾情緒，並在曲散燈亮時，平和地回歸現實，免得觀眾不自覺罵罵喋喋，或一把眼淚、一把鼻涕，狼狽地走出戲院。

如前所述，三幕劇中，每一幕各有不等的敘事段落（sequence）。在電影劇本中，一個段落大約10分鐘，一部100分鐘的電影，約有十個段落。第一和第三幕通常各由兩個段落組成，第二幕則有六個段落（六個情節）。三幕劇較多使用2：6：2的結

構架構。但動作片或以情節複雜取勝的故事，其段落時間通常短一些（約8分鐘，甚至更短），情節因此多一些，第二幕可以多達八至十個段落，也就是2：8(10)：2的結構。每一段落所用的時間不宜相去太遠，如此會影響觀影的節奏感。而故事進行的速度與每一段落的時間無必然關係，主要仍在於每一段落處理的張力是否如期解決，迅速轉入新的張力。如果兩個段落處理的張力衝突相似，只是同一張力的不同舉例（例如愛情故事中，由母親的反對轉至父親的反對或爺爺、奶奶的反對），那麼故事表面上雖有兩個段落，但情節其實仍於原地踏步，故事的速度感也就遲緩下來。通俗電視連續劇之所以拖拖拉拉，主要原因不是在其節奏緩慢，而是在其故事衝突過於相似，反覆出現，故事情節停步不前，因此令人難耐。

　　故事的推展除了倚賴前後事件的安排，以及角色的行動外，經常也需要使用語言交代，這裡指的便是旁白和對白的運用。旁白可以運用在電影中，作為劇中人的自述，或一個說故事人在畫面外的解釋。自述旁白具有文學中第一人稱的效果，可以帶領我們進入角色的內心，並且自由穿梭在他記憶的時間、空間裡，適用於傳記類型或個人成長故事的影片。說故事人的畫面外聲音解釋（voice over），具有文學中第三人稱的效果，可以省略必要的時、空轉換，快速進入敘述者所引導的各個場景世界。

　　當故事進行時，出現視覺世界裡不應有的旁白聲音，難免顯得突兀。因此，旁白並不見於大部分的故事劇本中。但對白幾乎是影視故事敘事的主要工具。對白的功能可以推動故事情節、表現視覺所無法呈現的角色內心、介紹故事情境、解釋故事背景、甚至呈現故事的某種調性。然而對白的寫作也需要特別的注意，以免過度濫用，造成喋喋不休的反效果。一般而言，對白寫作應避免使用警言美句（quotable lines）以免突兀。對白應是不著痕跡、高度選擇性的日常自然對話。對白應避免與視覺訊息重複。每個人物使用的語言需有一致性，其用字遣詞、地方話語特色、社會階級、乃至腔調，都應符合其身分。每個角色說話應自有其語調節奏，且日常對

白應多為斷裂、跳躍的。此外，對白寫作之同時，應利用視覺或動作設計強化語言訊息，使聲畫互動、互補，並善加利用非語言（例如肢體）的溝通。

第六節　場面

電影或電視戲劇係由聲音與畫面構成，它所模擬的是一個近似真實生活的樣貌。影視劇本提供一個與文字小說相當不同的「閱讀」世界。它的本質是擬像的，重視影像與聲音運用，表達具體的情感，並且善於以視、聽覺的感性氛圍，引起觀眾感動。場面寫作需要豐富的視覺、聽覺知識，並且熟悉影像語言的操作。對一般編劇而言，其任務乃在掌握故事主題、建立角色人物、設計情節與細節、安排適當的敘事結構；但對專業的影視編劇來說，準確使用視覺、聽覺元素，適切勾勒每一場景的畫面，運用聲音畫面強化情節、情感效果，也是必要的。因此，專業影視編劇的養成，需要加強影像語言與影音技巧的學習。

影像語言主要包括構圖（鏡頭尺寸、角度、線條、方向、形狀、空間、景框）、色彩、光線、影像運動、場面調度、蒙太奇、聲音等元素，每一種元素的運用，都可改變敘事的效果。其中，鏡頭尺寸和角度有相當強的敘事效果，編劇可適度將此運用在寫作中。鏡頭尺寸指的是每一個畫面中，攝影機與主要被攝物體間的距離，也就是被攝物體呈現在畫面裡的大小。被攝物體（例如人物）呈現較近者（例如呈現一個人物頭頂至肩膀的特寫尺寸），可帶領觀眾進入該人物的內心情感，強化觀眾對該角色的認同；而攝影距離較遠（例如人物僅占畫面高度二分之一以下之遠景鏡頭），則說明了角色與環境之間的關係，強調的是該環境的訊息。一場戲經常從較遠的位置開始（遠景），逐步進入劇中人物（中景、特寫），等到這場戲結束，影像則緩緩的抽離（遠景、大遠景），帶領觀眾離開。這樣的敘事模式稱為建立式（Establishing）

的敘事，可有效帶領觀眾逐步投入故事情節與情感中。反之，一場戲也可先從近距離開始（特寫），再逐步抽離（中景、全景），給觀眾一種震懾、好奇、逐步透露原委的恍然大悟的效果，此稱為揭露式（Revealing）的敘事手法，常用於懸疑、偵探、恐怖影片類型中。此外，鏡頭尺寸的轉換使用，可作為節奏調整或轉場之用。近似鏡頭尺寸間的互換（例如，特寫接特寫），類似標點符號的逗點或句點，可用於同一段落間敘事節奏的變換。而較大的尺寸轉換（例如，特寫接大遠景），則有較明顯的切割效果，可用在場與場之間的轉換。

攝影角度分為水平攝影角度與垂直攝影角度，水平攝影角度的調整，可使攝影機從角色的背後一路移轉至角色的正面。從角色後方拍攝，呈現的角色背影，提供觀眾一種窺視的效果，彷彿跟蹤該角色，有一種神祕的氛圍效果。轉至角色側面的拍攝，可提供一種較為疏離、旁觀的觀視位置，常用在紀錄類型的影片拍攝。轉至正面拍攝角色，則將觀眾置於與角色相互交流的假想狀態中，觀眾很容易投入其中，投入角色的情感互動。如果攝影鏡頭在對話的兩人位置上來回交換（從甲的位置拍攝乙，再由乙的位置拍攝甲），此種正面、反面的交互拍攝，我們稱之為「正反拍」。「正反拍」帶領觀眾從甲和乙的位置立場上瞭解故事，參與在兩者的情感動線中，最能使觀眾產生設身處地的一種同理心（Empathy）的效果。先拍一個角色的正面臉部，再反拍其所看見之場景，這樣的正反拍鏡頭連接，亦可產生主觀或觀點效果（Subjective或Point of View），使觀眾認為第二鏡頭裡的場景為該角色所見。這樣的主觀鏡頭暗示著觀眾，該角色的所見與所想，接近文學寫作中第一人稱的敘事效果。

在這裡，我們試著使用一個例子來說明劇作者如何運用影像語言來建構一個完整的場面，完成一個具有氛圍效果的寫作。我們將運用光線、色彩、聲音、背景、道具、音樂等幾種元素。我們所要描述的主題是「等待」，故事是一隻小狗蹲踞在小巷口等著它的

主人。它的主人可能回來，也可能不回來。在這個簡單的情境中，我們要如繪畫一般給予這場戲一些視覺的描述，使得「等待」的意味清晰，「等待」的感覺動人。我們所使用的影像語言元素包括光線、色彩、聲音、背景、道具，以及音樂。

首先，我們先將主角，一隻小狗，放在巷子口蹲著。為了強化它的等待感，我們將場景時間設定在近晚時刻，回家晚餐的時間。這樣，我們需要營造回家的晚間時分的氛圍。在這裡，我們先移開日光，點亮巷子口一盞老舊的街燈；偶爾讓車燈掃過，引起小狗抬頭注意；然後，我們在場景的一角移入一個小香腸攤，攤子上一盞昏暗的小紅燈裹著錫箔紙，在風中搖晃。接著，我們放進一點聲音，例如附近某家主婦敲磁碗的聲音，另一隻小狗歡愉地奔回；再加入遠處公園小廣場上，今日最後的籃球聲，有一搭、沒一搭地敲擊籃板；然後，我們還可放入隱隱然一點晚間新聞的背景音樂，一些回家路人的輕聲笑語。同時，在背景裡，我們為巷子補上破落的紅磚牆面和青苔、鐵灰的路面和斑駁的人家大門，呈現時間的老舊色調。另外，我們在小香腸攤上製造一點點煙，使食物的氣味得以被想像、被聞見。或者，我們在路面上劃上跳房子遊戲的線條，在電線桿上掛上一隻殘破的風箏，或在巷子牆壁上補幾筆塗鴉，增添曲終人散的荒涼。當然，我們也可以放進最有效的煽情工具──音樂。

視覺、聽覺的添寫，可以使同樣的一場戲，出現各種不同的風味。準確地把握場面氛圍，可以使故事不落言詮地感動觀眾。這樣的寫作技巧，除了倚賴寫作者對視覺、聽覺元素的準確把握外，也視其對視覺符號意義的拿捏。一位好的視覺使用者應當清楚一個圖像可以述說什麼，並且選擇清楚有效、又不流於淺白的描述。例如，假設我們需要寫一場戲，以具體的視覺符號表現抽象的「等待」感覺。那麼，我們當然考慮各種表示「等待」的符號，像是滿地的煙灰、時鐘、車站、來回踱步的人物、日曆、家書、照片⋯⋯等等。但這些符號已經反反覆覆出現在各種表示「等待」的通俗劇

場景裡。繼續使用吧，可能使我們的描述流於淺白和俗氣。那麼，有什麼其他的符號也可以表達「等待」感，又少為人所使用呢？試試球場裡，觀眾踩地板的不耐聲音；食堂裡，學生敲碗盤的聲音；田地裡，乾涸的土地與遠方一片烏雲；祠堂中庭裡，荷花缸和房簷上欲滴未滴的雨水；小學門口，蹲踞的小狗；課室裡，頻頻回頭看鐘的小學童……，這些都寓意著「等待」感，並且很少被使用。寫作者可以透過生活中大量的細膩觀察，閱讀好的攝影、美術、影像、甚至文學作品，去理解「生命大學」如何不斷地向我們陳述故事，或創作前輩們如何有效地向我們訴說著細膩的情感。

記述的作品可以凱陳其思想，擬像的作品可以薰染其情感，學習寫作的人需要大量地觀察與閱讀，將自己訓練成為思想與情感的饕食者，不斷培養自己豐富的述說能力，豐富自己說故事的材料。那麼，當書寫的時候，想像力便會像一支漏斗，從頂端龐大的素材中，篩選出最好的描寫，落在稿紙上。

本章作業

試著將下面這則文字描寫，改寫為具有清晰的人物、動人的情節、適當的敘事結構、以及感人的場面影像的劇本：

風鈴響了，她醒了。走到窗前，她看見街上嬉戲的小孩，笑了。

遠處有鴿哨聲。她望向天空，天清氣爽。

但她不知道命運的變化正緩緩地、一步一步地向她逼近。

什麼都沒有了。

幾年後，她站在當時的街道上，望向那扇窗，風鈴響了……。

延 伸 閱 讀

Abrams, M. H. *A Glossary of Literary Terms* Fort Worth: Harcourt Brace Jovanovich College Pub., 1993.

Barthes, R., 李幼蒸譯《寫作的零度：結構主義文學理論文選》。臺北：時報文化，1992。

Blacker, I. R., *The Elements of Screen-writing: A Guide for Film and Television Writing* N.Y.: Collier Books, 1986.

Dancyger, K. & Rush, J., 易智言譯《電影編劇新論》。臺北：遠流，1994。

Field, S., 曾西霸譯《實用電影編劇技巧》。臺北：遠流，1993。

Forster, E. M., 李文彬譯《小說面面觀》。臺北：志文，1990。

Hall, O. *The Art and Craft of Novel Writing* OH: Writer's Digest Books, 1989.

Hicks, N. D. *Screenwriting 101: The Essential Craft of Feature Film Writing* CA: Michael Wiese Productions, 1999.

Hilliard, R. L. *Writing for Television, Radio and New Media* CA: Wadsworth/ Thomson Learning, c2000.

Mehring, M. *Screenplay: A Blend of Film Form and Content* MA: Focal Press, 1990.

Rabiger, M. *Developing Story Ideas* MA: Focal Press, c2000.

第十一章　公關寫作

陳憶寧

第 一 節　公關寫作的功能與目標

　　如果說公共關係的價值是可以使組織建立與維繫與其相關公眾的良好關係，則公關寫作就是運用語言與文字以培養組織與其關係人的良好關係。一般而言，公共關係的目的是為了謀求組織與公眾的共同利益而存在，使雙方都獲得最大的滿足。以公關角度而言，組織期望公關協助其在相關公眾當中享有聲譽與信任等正面形象。目前大型企業絕大多數設有公關部門，如果沒有獨立的公關部門，也有公關人事的編制。不僅如此，這些公司還經常倚賴外在公關顧問公司的力量，幫助處理企業公關問題——亦即與其利益關係人的問題。

　　由於公關本質上是一個高度重視情境因素的傳播工作，所以對於情境的掌握為實務工作是否成功的第一要務，情境有效掌握之後，才能妥切地運用語言與文字達到建立、發展與維持關係的效果。也就是說，寫作者必須有審慎的策略規劃。所謂策略規劃，就是考慮到面對的公眾是誰，以及意圖達到的公關效果為何。當然，公關在組織當中運作，所以必須符合組織目標。公關人員必須先清楚組織的目標為何，如果組織目標不清，公關有責任助其釐清，且把組織目標與公關目標結合。

公關寫作的溝通對象一如公關的溝通對象,背景與身分相當多元而廣泛,從組織內的管理階層與一般員工,到組織外的新聞媒體、投資大眾、一般社會大眾都可能是寫作的對象。限於本書之讀者為傳播相關科系大學生以及本章篇幅,本章將介紹最常使用的幾類型式的公關寫作,其中最主要為新聞稿寫作。除此之外,包括背景資料、事實資料、聲明稿、演講稿、備忘錄等的寫作原則介紹。

在進入新聞稿寫作之前,必須先對媒體關係進行瞭解。

第二節 公關人員的媒體關係

本章將公關寫作所面對的公眾範圍,界定為新聞媒體。公關人員面對新聞媒體,必須顧慮到新聞媒體的需求以及組織自身的利益。公關人員運用新聞媒體達成組織目的之前,建立良好的媒體關係是明智的策略。

公關人員是媒體組織的利益關係人之一,而且是非常重要的利益關係人。大型企業的公關人員或是公關公司人員,恐怕有一半以上的工作量與媒體關係之建立、維繫有關。公關與記者兩個專業的關係,可以由守門(gatekeeping)開始談起。守門能夠解釋媒體為何只能報導有限的新聞。

一、媒體關係的重要概念:守門與互賴

守門概念認為:新聞室(媒體的編採部門)通常會依循著某個慣例,來評估哪些新聞有「新聞價值」,媒體的時間與篇幅有限,因此,以最重要、最能吸引閱聽人的新聞為優先,那些符合新聞價值標準的新聞,就會被編輯從眾多新聞中挑選出來;公關的新聞稿送到報社,要能雀屏中選,一定是報社編輯或新聞主管認為該訊息具有某種新聞價值。另一方面,公關人也瞭解這種情況,為了開拓傳播管道,公關人員試圖和握有新聞決策權的人熟識;有能力的公

關專才與記者、編輯、新聞主管均擁有良好的人際關係。但是，新聞人員通常相當謹慎，不會輕易相信公關人所提供的資訊。除守門關係之外，公關人與新聞人也相互依賴。現今許多新聞，來自記者會、新聞稿、或是公關人準備的各種公開資料，再輔以記者另作的採訪。公關人依賴記者發稿，使公司的新聞得以見報；記者也依賴公關人提供資料和線索，以之為基礎發展出新聞。

從公關本身的工作來理解媒體關係，公共關係的重要工作是為組織創造良好的公眾輿論，爭取公眾的理解與支持。這項工作是否可以順利完成，與媒體關係是否良好關係密切。所謂媒體關係，即是指與新聞傳播機構與新聞界人士的關係。工商企業組織與媒體的互動目的，無非就是要透過溝通方式，在互惠原則下產製資訊。對公關人員來說，新聞是一種值得開發利用的資源，它有助於形象之塑造，並且能幫助公關人員達成溝通管理的目標。

媒體所生產的資訊，是「第二手真實」（the second-hand reality）。媒體可以根據多元的採訪管道與消息來源取得資訊，但這意味著媒體工作者受限於時間、人力與物力，所能觀察到的現象有限。也就是說，媒體所傳遞的訊息也許很接近事實，但訊息本身並不等於真實本身，所以公關人員在提供新聞記者資訊時，在事件的定義與解釋上，有了許多空間，所以可以說，公關在新聞的資訊提供上扮演了很重要的角色。

然而，就資訊服務上，公關人員與記者兩種資訊服務業最大的不同，在於對資訊功能之認知。媒體記者認為新聞旨在滿足公共服務，它具有告知（to inform）、教育（to educate）與娛樂（to entertain）等功能。理想中，為了滿足閱聽人知的權利，媒體記者必須做公正平衡的報導，不得對新聞事件任何一方有所偏袒。

然而，在現實生活中，媒體資訊的產製是受到外在條件限制的。媒體工作人員為了取得新聞，必須與消息來源維持穩定的關係，緊湊的截稿時間也限制了媒體深入瞭解新聞事件的機會。此時公關人員就扮演了重要的角色，在以不違背正確原則之下，公關人

員所發布的新聞，提供了媒體記者值得參考的訊息，鼓勵他們進一步瞭解新聞事件的來龍去脈。換言之，公關人員扮演了一種資訊提供的功能，減輕了新聞記者龐雜的採訪負擔。

在商業發達的社會，公關的行銷功能受到更多重視。從行銷的角度來看，公關人員經營媒體關係主要是為了幫助讓公司的正面消息見諸報端，塑造公司或是產品良好形象，最後達成創造營收的目標。所以，如何讓正面消息曝光，成為行銷公關的的一大挑戰。因為這樣的目標看似簡單，其實牽涉許多因素。過多宣傳意味濃厚的新聞容易讓敏感的讀者察覺，帶來反效果。另外，就記者而言，基於專業訓練以及自我期許，也將新聞視為服務社會大眾的「非賣品」，對公關人提供的資訊服務，並非來者不拒。

所以公關人員體察社會趨勢以製造社會大眾可能關心的話題，讓記者願意主動索取資料，引起新聞記者感到興趣，才是高明的媒體關係。 為了找出合適的新聞話題，公關人員平日需多看報紙、雜誌、電視，瞭解各個媒體的性質、特色，瞭解線上記者的動態，找出最適合的記者人選遞送新聞稿。公關人員也必須瞭解，宣傳意味過重的公關訊息很難得到媒體青睞。公關人員必須敏銳地觀察時事與流行，以證據（例如研究報告或是市場結果）說服媒體記者該訊息的價值，不要以不當操弄而傷害記者專業的自主性。若想要控制資訊、指導記者寫稿，或是詢問記者新聞何時可以見報，都是讓記者厭惡的行為，將會傷害與媒體的關係。

媒體對於組織塑造形象助益匪淺。媒體的相關露出（報導），可以大幅增加組織的知名度，可說是組織資訊的擴大器。媒體將組織的產品、負責人、經營理念、社會角色等，透過媒體的報導，在社會大眾面前揭露。好的新聞報導可以增加組織能見度、建立組織品牌，或在大眾心中塑造優良的形象。如果組織經常代表產業發言，也可能成為該產業的意見領袖，並建立權威的專業地位。

所以，我們可以這樣總結媒體關係對於一個組織的重要性。如果組織本來不為人知，可以透過媒體的介紹宣傳引起大眾的注意，

進而認知到組織的存在；如果組織本來具有知名度，但外界可能對組織仍然不甚清楚，公關人員則可透過媒體的報導讓社會大眾更清楚地瞭解組織；如果組織形象已經非常優秀，仍可以透過媒體維護或提升形象；如果組織既有的形象與組織本質有差距，透過媒體報導來扭轉社會大眾的印象，更是公關的價值所在。妥善運用媒體工具，企業要達到塑造形象、建構形象的目的是有可能的。

第 三 節　媒體關係建立的幾個前提

一、瞭解新聞價值

　　如果想要有效運用新聞媒體報導來塑造企業形象，就必須先瞭解新聞媒體的本質及運作方式，組織才能針對媒體的特性，因應不同的情境與問題達到媒體溝通的目的。在進行媒體關係建立之任務前，首要之務是認識新聞價值。公關部門必須先瞭解什麼是新聞？什麼樣的消息具有新聞價值，會引起媒體的報導興趣？新聞媒體偏愛什麼樣的題材？如果可以掌握這些要點，組織可以不用花錢在媒體上刊登廣告，卻可以直接將對組織有助益的消息傳遞給新聞媒體，引起記者採訪的興趣，對組織作出相關且有利的報導。通常新聞價值是指一則新聞有下列五大特性的全部或一部分：

　　1. 時宜性

　　又稱「時效性」或「時新性」，意思是「新」。組織有新的產品、服務、技術發展、新的人事、新的經營理念，都有可能引起媒體報導的興趣，對企業形象也有所助益。例如臺灣的IBM新任總經理上任、Acer開發最新型筆記型電腦等等，都是具有時宜性的新聞。

　　2. 鄰近性

　　除了少數極端的例子，媒體訊息流通區域內所發生的事件，遠

比外地所發生的事情來得重要。閱聽人關切熟知的人事物，畢竟人都是以自我為中心，他關心四周的事物，重視的程度與閱聽人所在的地理距離呈反比。根據這個原理，發布新聞應儘量在地化，與目標對象的關係愈密切愈好。所以，新聞學上才會有「一條最重要的國際新聞，才能擠掉一條次要的地方新聞」之說。地緣上與社會大眾利益切身相關的事件，因可能影響讀者權益，所以會受到強烈的關心注意，媒體自然也有報導的需求。如果組織所欲發布的訊息距離遙遠，則公關人員必須在訊息製作上努力將訊息與本地生活產生關聯，才比較容易見報。

3. 趣味性

幽默趣味，可以滿足閱聽人的休閒娛樂需求，即使不具時效，沒有名人參與。如果組織中發生了有人情趣味或戲劇化發展的人物事件，將是爭取媒體青睞的好時機，可以吸引媒體報導，增加組織可見度、知名度，加深社會大眾對企業的印象。

4. 顯著性

顯著性意味著「不尋常」。名人製造新聞，一個眾所皆知的名字，本身就已經具備了新聞價值。名人代言企業產品，或是名人為政府政策背書等等，都可以製造媒體曝光。

除此之外，通常新聞媒體對於發展經過認證的頂尖的技術感到興趣，所以當企業有一項頂尖或不尋常技術得到認證，可能會吸引媒體的注意。

另外，危機災難以及人事糾葛的負面事件一向是媒體最愛的新聞題材，大型企業如果發生這類事件，多半會引起大幅的負面報導。但如果企業對問題負責、處理得當，也有可能因此受到媒體的肯定，進而使媒體站在中立客觀立場，對企業做出較有利的報導。

5. 影響性

事件的發生，可能改變閱聽人的基本生活。層面越大，越有新聞價值。如果事件影響的範圍深廣遠大，可能從此改變社會大眾的生活型態、消費方式、或行為模式等，則媒體沒有不主動報導。例

如，網路發展快速，改變了消費者原有的生活、工作或購物方式，媒體都做出了關於「在家工作」、「網路購物」等大幅深入的探討。又例如這幾年臺灣家庭少子化的趨勢，對於未來社會的型態以及消費趨勢將產生重大影響，相關企業可以針對少子化的社會議題做出回應，例如企業如何鼓勵婦女生育的相關措施，以及員工在企業政策鼓勵下生育增加的新聞，也會得到媒體的青睞。

二、瞭解媒體

公關人員應該熟悉各種媒體的特性與組織體制，何種新聞受歡迎，何種新聞不容易被採用，並與新聞界維持密切的關係。公關若未能好好研究媒體，則可能會發現寄送的新聞稿雖多，但大部分進了垃圾桶。登不出來的新聞稿可能是與報社的新聞策略不符，或是稿子送到的時間太遲，或缺少新聞價值。

每一家媒體有他們的編輯風格，所以應該因應媒體特性的不同而在寫作元素的組合上有所差異。公關人員準備新聞稿時，應根據不同的風格準備不同的稿件，而不是以一份通稿遞送各媒體，這種以不變應萬變的作法，最後的結果可能是所有發出的稿件都進了記者的垃圾桶。

在報紙方面，第一要瞭解報紙發行量、主要讀者是誰以及議題立場。前兩項資料可透過具有公信力的調查機構取得。瞭解報紙主要讀者是很重要的，例如根據最近的調查，《蘋果日報》的讀者較為年輕，而《聯合報》讀者較為年長。此類不同的讀者特性資料，勢必影響公關人員在資訊的傳遞上的考量。這與企業公關的目標對象息息相關。許多媒體以綜合性報紙自居，希望能以一份報紙吸引所有不同階層的消費者，事實上，即使是一份綜合性的報紙，不同版面的編排也是為了吸引不同的讀者，所以公關人員需思考什麼樣的新聞適合放在何種版面、每家媒體登上頭版頭條的重要依據為何？二、三版、消費資訊版、醫藥版、工商版、社會版、地方

版、或政治版的新聞寫法又有何差異？公關人員必須長期觀察版面特性，並紮實地進行媒體分析，研究各種報紙風格走向，才能瞭解何種媒體適合運用與某項公關作業，進而凸顯出企業特色。2003年《蘋果日報》登陸臺灣，對公關人員而言是一大挑戰，事先瞭解該報的版面特性，是進行媒體關係的第一步。

報紙的定位也影響到公關如何運用媒體。有些報紙以財經產業新聞見長（如《工商時報》、《經濟日報》等），它的閱讀對象與一般讀者不同，多屬於工商業人士，內容也多以報導企業動態、政府的財經政策、以及非消費性商品新聞為主，這類媒體所需要的企業訊息就會與綜合報紙有所差異。

媒體的組織架構也會決定它的新聞採訪範圍。一般而言，綜合性的報紙其組織採訪架構會比專業型的報紙來得複雜。在規模龐大的綜合性報紙的編制裡，總編輯之下可依照工作性質分為不同的新聞中心，而新聞中心之下又可以依照採訪範圍與新聞性質分為不同的組，每一位記者則又可依採訪單位與互相支援的需要，分配採訪路線。報社採訪組織架構並非一成不變，許多記者常因工作需要而更動採訪路線，公關人員必須常常更新組織架構的負責主管與採訪記者名單，以便利媒體聯絡與特性之觀察。另外，透過媒體內容的分析，也可以瞭解報社的定位與立場。每家報社可能因歷史因素或市場區隔，或是主管作風，對於政治社會等問題會採取特定的態度與立場，自然會影響到新聞報導被呈現的方式。公關人員在提供資訊之時，必須瞭解報社的立場，以免產生不當的期待。

另外，在有關媒體關係的研究當中，總是不忘強調尊重記者的作業時間，也就是瞭解記者的截稿壓力，方便在適當的時候及時提供足夠的資訊。如果是新聞稿，早則於數日之前，晚則於截稿前幾小時送到媒體的內容製作單位。如果是特寫，時間要提前多時，有些版面不具時間急迫性，如副刊等版面，發稿的時間要更提前。各媒體的作業時程情形不一，公關人員應事先與各版編輯討論出最好的時間，方便對方的截稿作業。

相較於報紙，雜誌有更加明顯的市場區別，以女性為銷售對象的雜誌為例，就可區分為銀髮族、一般上班族、年輕上班族以及青少女雜誌。公關人員依據企業目標顧客群，選擇適合的雜誌。而各種雜誌的發行量、刊期不同，作業時程的差異更大，企業公關於規劃資訊提供時，需考慮雜誌的出刊時間以及議題規劃排期，才能發揮預期的媒體曝光效果。

三、瞭解記者

企業本質要好，才具備媒體公關的條件。不過，在掌握媒體特性、發揮有利訊息之前，企業還必須先從頭做起，與媒體記者建立長期的良好關係，與記者作朋友。一方面讓記者可以瞭解企業，做出對企業較有利的報導；另一方面企業在規劃執行與媒體相關活動時，媒體記者也會較願意主動配合參與活動，企業才能如期達到目的、完成目標。

除此之外，對相關路線的記者個人，其於新聞取材的喜好與態度，也是公關人員必須作的功課。有些記者喜歡撰寫深入分析的調查式報導，有些記者則喜歡報導人情趣味的消息。這時候公關人員就應比較各大報社同一路線不同記者的寫作風格與取材偏好，並在規劃媒體策略時給予所需以及所喜的訊息。

然而，由於公關與記者在教育、訓練、職業角色上的不同，兩者對彼此的工作、角色與形象可能有著極為相反的看法。例如，新聞記者認為公關人員的消息來源可信度相當低，有記者認為對多數記者而言，公關人員有企圖控制的嫌疑。但多數公關人員卻認為，在新聞的蒐集、寫作以及傳遞上，公關人員提供了非常有用的服務。另外，公關人員經常被指責只提供事件的光明面，所以是記者追求真實的障礙；然而，有趣的是，有研究發現，公關人員如果跟記者越熟識反而越看不起記者。

Grunig & Hunt（1984: 223-224）也指出，聽新聞記者與公關人

員談論彼此，會覺得媒體關係是個戰場。記者覺得自己受許多公關人員包圍，這些人不斷提供記者不想要的或沒有新聞價值的資料，但另一方面，公關人員卻感覺記者與編輯對他們的組織有偏見，同時也不太知道組織的複雜性。有研究者指出，「自有公關行為以來，新聞記者與公關人員的愛憎關係便已存在。」Cultip（et al., 1985: 430）綜合過去的研究，歸納出新聞記者對公關人員的看法如下：

1. 公關人員企圖裝飾（color）或檢查（check）應屬自由流通、合法的新聞。

2. 公關人員獲取媒體版面或時段做免費的廣告，使媒介損失實質收入。

3. 公關人員企圖間接、甚至直接收買記者，以影響或壓迫新聞之報導。

4. 公關人員完全忽略媒體編輯上的需求，對何謂新聞或撰寫新聞沒有概念。

5. 公關人員企圖對資深記者賄賂財物。

相對地，公關人員對新聞記者的評價是：

1. 媒體組織未善盡職責增加記者人數與各類專業人才，以致未能跟上社會發展潮流，針對相關領域如工業、金融、教育、醫療等，作更多的報導。

2. 媒體對新聞的定義缺乏變通，只強調衝突性並簡化社會事件的複雜性，總是以聳動性（sensationalism）作為取捨新聞的標準。

3. 記者總認為公關人員所發布的新聞稿不是新聞，而是具有商業目的的發言稿。

4. 記者分不清哪些是誠實、肯幫助記者的公關人員，同時否認媒體對公關人員的依賴正逐漸增加中。

公關人員在與記者接觸中，需瞭解記者可能如何看待自己以及自己所屬的職業，有這層認知，對於各種狀況方能泰然處之。

雖然記者眼中的公關人員不見得很正面，但要擁有良好的媒體關係基礎，還是得盡力與新聞記者建立專業且友好的關係，平時要保持與新聞記者的接觸，以獲得信任。值得注意的是，公關人員對新聞記者應該一視同仁，主要媒體或是小媒體的記者都有不同的影響力，對企業形象都有一定程度的影響，因此公關人員應該公平誠懇對待。面對記者時若有大小眼現象，會是媒體關係的致命傷。另外，我們也需知道所有的大牌記者都是從小記者開始做起，如果面對小記者能多給予幫助，更可以建立公關人員最在乎的長久且持續的關係。

四、關心時事

媒體監看是企業公關重大責任之一，其目的在於瞭解外在重大事件或是社會議題對企業造成的可能衝擊。企業的公關人員要注意新聞、議題的動向，遇到與產業相關報導，必須將報導存檔以及分析，瞭解其對企業組織是否造成影響。若是出現直接報導企業的新聞，也要仔細察看媒體報導的內容是否不利，若不利且並非屬實報導，則企業要對媒體作出適當回應，並持續關心後續報導。

五、建立完整媒體記者資料庫

公關人員辛苦完成的新聞稿，如果送錯了人，則不可能登出。但這種錯誤在人事更動頻繁的媒體難保不會出現，所以最好的辦法是將新聞稿直接送給記者本人，事後再以電話聯繫，告知對方留意有一則新聞稿已經送了過去，要是送錯了人也會在此時發現，來得及補救。媒體人事變動頻繁，公關人員在此時也可以藉機保持這種名單的正確無誤。

公關人員平時需注意報導、蒐集資料，瞭解與自己產業相關的媒體記者姓名、電話、電子信箱地址、服務單位、專門負責路線、

寫作風格、黨派立場、以及學經歷等等，以建立一個與產業相關的完整媒體資料庫。因為這些記者的採訪與寫作不時與企業營運有關，企業應該致力瞭解這些合作伙伴，對於建立關係不無助益。

第四節　媒體溝通的工具

一、媒體事件的創造

公關人員希望組織的消息能夠見報，但往往因為沒有足夠的新聞價值而無法通過記者與編輯的守門。公關人員的重大責任便是使未具有新聞價值的消息變成有新聞價值。本來不能引起讀者興趣的新聞變成可以引起讀者興趣，這就是「創造新聞事件」（creating news event）」。然而，要注意的事，創造新聞事件並不是「製造新聞」（creating news）」。製造新聞是虛構事實，有道德爭議，是有損新聞專業的行為。

創造新聞事件本身，必須符合具有新聞價值、符合機構利益、符合群眾利益等三前提。公關人員常運用機會發布具有新聞價值的新聞稿以造成媒體曝光。這些機會包括：機構高級主管發表演講、頒獎給機構員工、新建築的破土典禮、公司的改組合併、週年慶、發表重要人事案、公司年度報告、新產品開發上市、產品的新用途、機構重大災難。

二、新聞資料袋（press kit）

當公司宣布一種新產品或舉辦一項重大活動時，配合媒體採訪之需，公司應發給記者一個資料袋（press kit），裡面裝新聞稿、事實資料、背景資料、公司其他資料、照片與抽印文件等，特別要注意的是需提供發言人以及新聞聯絡人的聯絡方式。

(一) 新聞稿

　　資料袋中最重要的文件為新聞稿。新聞稿專用紙上面應該印有公司名稱、公司企業識別、公司地址、電話、傳真號碼，還要明顯地印出「新聞稿」三個字。這些資訊全部要集中在紙張最上方四分之一的地方。

　　新聞稿的每一頁都要標明頁碼，第一頁要註明發稿日期。每頁頁尾打上「轉次頁」字樣，文末則註明一個「＃」字號或打上「完」字，表示後面沒有資料了。在「完」字之後，要讓記者知道從何處以及向誰可取得更多資訊，因此要加上新聞聯絡員人等字樣，並在其後打上聯絡人的姓名、電話號碼以及電子信箱。

　　新聞稿是否該下標題雖然是個爭辯，但是一般而言，通常公關人員仍會下標，目的是在吸引記者對於該則新聞稿的注意，雖然新聞稿標題難有機會成為最後的新聞標題。

　　以下分別為公關人員撰寫新聞稿時在結構與風格上應該注意的要點。新聞稿的寫作在結構上要注意以下幾點：

(1)倒金字塔寫作：採取 5W 和 1H 的寫作原則。也就是何人（who）、何事（what）、何時（when）、何地（where）、何故（why），以及如何（how）。從最重要的資訊開始寫作。

(2)導言（lead）：新聞稿的重點應該在導言的前兩句話中就已揭露。讀者閱讀導言的心智狀態有所謂「20秒規則」（20-second rule）」，也就是在20秒閱讀完導言後，就應該得知新聞重點，決定是否需要繼續往下讀。而5W1H當中也擇其中的一、兩項置於導言當中，做為吸引讀者興趣即可，其餘資訊則於之後段落漸漸鋪排。

(3)軀幹（body）：導言是重點事實，而之後的段落稱為軀幹，軀幹的目的在於告訴記者這則新聞稿為何重要、新聞事件的細節、詮釋與反應，最後一段是發稿之組織的相關資訊。一般而言，記者與公關對於新聞價值有所共識，但

是對於訊息的目的卻往往不同，所以在軀幹的安排上會顯現最大的差異，尤其是在事件詮釋以及組織資訊上，原因出於公關的目的往往在於說服與組織曝光，而新聞記者寫稿卻對於說服與組織較無興趣。

新聞稿的寫作風格，要注意以下要點：

(1)既然是新聞稿寫作，溝通對象是新聞記者，就要迎合新聞這一行的需求，讓記者面對截稿壓力時的感覺好過一些，所以新聞寫作中所要求的中立、平衡與正確原則，一樣適用於公關新聞稿寫作。新聞媒體當然瞭解公關人員發布新聞稿必有其目的，不外是希望媒體之閱聽人藉由閱讀新聞而選擇該公司的產品、服務，或是活動。而媒體也不期待公關主動發布關於組織的壞消息，但仍期待公關發布的消息是正確與誠實的，就算不是面面俱到。

(2)由於新聞的目的是提供資訊，而非改變態度，所以新聞稿也應儘量避免說服性的字眼，尤其是在自我讚揚與攻擊他人上，以免給人宣傳意味過於濃厚之感。另外，與純淨新聞寫作一樣，應該避免形容詞的出現，例如獨一無二、首屈一指、高人一等、廣受歡迎、世界級、成效卓著的、突破性的、重大的、多才多藝的、關鍵性的。

(3)公關目的與媒體興趣要協調。雖然媒體的興趣非常重要，但新聞稿仍應照顧到工商企業組織的需求。發布的新聞稿當中，應該注意以不唐突的方法將組織的目標、任務置於其中。另外，新聞稿中若能藉由客觀的第三人以直接引述方式說明組織、產品或是服務的優點，自然也比公司內部的主管或是公關來得有可信度與說服力。另外，以直接引述方式也會使新聞稿比較有「人味」。

(4)簡潔。簡潔的句法會受到忙碌的記者的歡迎，這對於分秒必爭的電子媒體人尤其重要。

新聞稿可以報導的事情很多，最常見的，是有關新產品上市、

企業發展的宣布事項、高階管理人事異動、高層主管的演說等等。有人說公關寫作如同行銷學,也有4P,即people、product、place、price。有關人事、產品、組織地點、價格都可以成為新聞稿之主題。

　　圖11.1為公關新聞稿之範例。一般而言,公關實務操作上,以不到五行的空間呈現新聞稿基本資訊(包括標誌、地址、發稿日期)。之後呈現標題,以示新聞稿之重點,而後即為導言。一般而言,新聞稿不會超過兩頁。結束後必須告知聯絡人電話。企業聯絡人以及公關顧問公司之聯絡人之聯絡方式都可呈現於新聞稿結束之後。

新聞稿

組織標誌(logo)
組織名稱(中英文)
地址:
日期:
新聞稿:請立即發布(或者是請於__月__日之後發布)

新 聞 稿 標 題

本文開始
(臺北訊)第一段是導言,一定要抓住記者的注意力以及引起興趣,並清楚地讓記者瞭解到該媒體的閱聽人會感到興趣。注意適當行距。使用倒金字塔結構呈現資訊,從最重要的開始,直到最後的細節。

# # #

企業聯絡人:
辦公室電話:
行動電話:
公關公司聯絡人:
辦公室電話:
行動電話:

圖11.1　公關新聞稿範例格式

㈡背景資料（Backgrounder）

第二件重要文件是背景資料，背景資料雖非新聞的一部分，但與新聞間接有關，可以提供比新聞稿更多、更仔細的訊息。例如補充組織宣布事項的細節，說明新聞主題之背景，或是討論相關議題，讓新聞記者方便撰寫新聞背景。背景資料通常比新聞稿長，甚至四到五頁。寫法上可以是新聞稿，也可以是故事型寫作。

㈢事實資料（Fact Sheet）

此外，事實資料也可幫助新聞記者寫作。事實資料是將組織有關的事實與數字，用簡潔的文字列舉，通常新聞稿及背景資料的補充資料，是機構、個人、事件的簡述。記者甚至也可以根據事實資料擴展為新聞。這種資料不僅可幫助記者瞭解公司情況，記者可建立資料庫，可作為往後工作備查之用。

除此之外，也有傳記資料（Bio），是敘述某個人的資料。大多數公司都保有其高級主管的傳記資料檔案。

第五節　其他形式的公關寫作

一、立場說明（Positioning Paper）

立場說明內容通常敘述內部背景，提出各種事實來說明組織的立場。此文件通常是用以做為討論之基礎，進而成為組織立場的核心。管理階層一旦批准立場文件之後，公關人員就可以製作一份修整好的立場宣示文告，分發給相關之利益關係人。

二、聲明稿（Statement）

組織在採取某種行動或是進行某項宣告時，可能會引起社會大眾的關切，媒體可能因此詢問或是遭到民眾抗議，因此組織事先準

備好簡短聲明，在處於必須解釋的時候，可以澄清組織立場。聲明稿風格應該非常簡潔且不含糊，否則會引來更多的問題。通常組織遭遇撤換主管、遣散員工、漲價、嚴重虧損等可能引起會大眾好奇的狀況，最好事前準備好聲明稿。

三、演講稿（Speech）

許多公司高級主管必須公開演講，面對的可能是政府官員、股東、或是特殊利益團體（如獅子會、青商會等）說明組織之經營理念以及企業社會責任。演講稿的撰寫是公關人員的工作內容之一，以下幾點是演講稿撰寫的注意事項：

1. 演講稿是給人家聽的，不是看的，所以需聽來順耳，不可過於文謅謅。
2. 語言要貼近聽講對象的生活經驗，語言需有活力，方能引起共鳴。
3. 需事前瞭解演講的溝通對象是誰、主題為何、何處發表、何時。
4. 需要與演講者溝通，瞭解演講之主題以及演講者想要傳達的個人風格。

四、邀請函（Pitch letter）

邀請函是一種單純的推銷信，目的在引起記者對於公關活動、訪問、報導組織或產品的興趣。所以文章一開頭便要抓住記者注意力，並讓記者產生他非去參加這項活動不可的興趣。最好邀請函是以親切的筆法寫出，讓人感覺到是針對收信者所寫的。

五、備忘錄（Memorandum）

備忘錄是許多機構中常用的溝通形式。備忘錄寫作要點是精簡，也就是立即切入主題，並且提出各種可解決方案、有效的行動方案、以及行動過程之說明。結尾通常是請裁示執行。

第 六 節　本章重點摘要

媒體是一般組織的重要利益關係人之一，所謂媒體關係即是指與新聞傳播機構與新聞界人士的關係。組織與媒體的互動目的，無非就是要透過溝通方式，在互惠原則下產製資訊。對公關人員來說，新聞是一種值得開發利用的資源，它有助於組織與產品形象之塑造，並且能幫助公關人員達成溝通管理的目標。在現實條件下，新聞記者也相當依賴公關人員提供資訊，所以公關人員體察社會趨勢以創造社會大眾可能關心的話題，引起新聞記者興趣，是高明的媒體關係。但是建立媒體關係之前，必須有幾點準備，如瞭解新聞價值、瞭解媒體、瞭解記者、關心時事、建立完整媒體記者資料庫。在媒體關係建立之後，必須依照情境加以評估，做為未來媒體關係發展的參考依據。

除了面對媒體之外，寫作的對象還包括組織內員工、一般社會大眾與投資人。所以寫作於公關人員而言，是一項難度高且重要的本領。公關人要有突出的寫作表現，如同從小的作文能力，除了瞭解各種公關文體的基本要求之外，還需要不斷地練習。

本章介紹的公關寫作，為一般公關人員必須熟悉的寫作形式。除此之外，新聞信（newsletter）、年度報告、公關廣告、公關企畫案亦都有或多或少的獨特寫作元素。不過，其形式更為複雜，非本書所能論及。相關書籍請進一步於延伸閱讀書單中搜尋。

本章作業

1. 公關寫作的功能為何？

2. 公關寫作有哪些主要形式？

3. 新聞稿的目的為何？

4. 公關人員撰寫新聞稿需注意哪些重點？

5. 為何新聞稿要用倒金字塔方式寫作？

6. 新聞袋中包括哪些資料？

延 伸 閱 讀

Bivin, T. (2004). Public relations writing : the essentials of style and format.
New York: cGraw-Hill, 2004.

Treadwell, D. (2005). Public relations writing: Principles in practice.
Thousand Oaks, CA: Sage Publications.

Wilcox, D. L. (1997). Public relations writing and media techniques. New
York: Longman.

參 考 文 獻

Cutlip, S. M., Center, A. H., & Broom, G. M. (2000). *Effective Public Relations*. Englewood Cliffs, N.J.:Prentice-Hall, Inc.

Grunig, J. E., & Hunt, T. (1984). *Managing Public Relations*. N.Y.: CBS College Publishing.

國家圖書館出版品預行編目資料

傳媒類型寫作／政大傳院媒介寫作教學小
組著. --初版.--臺北市：五南, 2009.03
面； 公分
含參考書目
ISBN 978-957-11-5546-3（平裝）
1.新聞寫作　2.媒體
895.4　　　　　　　　　　98001104

1ZAR

傳媒類型寫作

作　　　者 — 政大傳院媒介寫作教學小組(258.5)

發 行 人 — 楊榮川

總 經 理 — 楊士清

總 編 輯 — 楊秀麗

副總編輯 — 陳念祖

責任編輯 — 李敏華

出 版 者 — 五南圖書出版股份有限公司

地　　　址：106台北市大安區和平東路二段339號4樓

電　　　話：(02)2705-5066　傳　　　真：(02)2706-6100

網　　　址：http://www.wunan.com.tw

電子郵件：wunan@wunan.com.tw

劃撥帳號：01068953

戶　　　名：五南圖書出版股份有限公司

法律顧問　林勝安律師事務所　林勝安律師

出版日期　2009年3月初版一刷
　　　　　2015年3月初版四刷

定　　　價　新臺幣380元